위령촉루

慰靈燭淚

위령촉루 3

강재영 新무협 판타지 소설

초판 1쇄 찍은 날 § 2003년 12월 6일
초판 1쇄 펴낸 날 § 2003년 12월 16일

지은이 § 강재영
펴낸이 § 서경석

편집장 § 문혜영
편집책임 § 권민정
편집 § 유경화
마케팅 § 정필 · 강양원 · 이선구 · 김규진 · 홍현경

펴낸곳 § 도서출판 청어람
등록번호 § 제1081-1-89호
등록일자 § 1999. 5. 31
어람번호 § 제2-0292호

주소 § 경기도 부천시 원미구 심곡1동 350-1 남성B/D 3F (우) 420-011
전화 § 032-656-4452   팩스 § 032-656-4453
http://www.chungeoram.com
E-mail § eoram99@chol.com

ⓒ 강재영, 2003

값 8,000원

ISBN 89-5505-873-X 04810
ISBN 89-5505-870-5 (SET)

강재영 신무협 판타지 소설

慰靈燭淚
위령촉루

3

살아남은 자의 몫

도서출판
청어람

등장 인물

심의령: 부모 없이 두 동생들과 할아버지 밑에서 자람. 열아홉 살이 되던 해 뜻밖의 사고로 두 동생들을 잃음. 개봉 연좌를 계획하여 대의에 따른 복수를 꾀하나 실패. 무인의 복수를 시작해 감.

심미령, 심효령: 의령의 두 여동생. 추월각에 가던 중 마차에 치여 죽음.

마우간, 패일로: 천패궁의 사대현왕 중 일인들. 마차를 몰아 미령과 효령을 살해한 인물. 천추서림의 말살계에도 간여.

이무력: 개봉지부. 이씨 세가의 장자. 이가령의 오빠. 재판을 통해 마우간 등에게 무죄를 선고함. 연좌의 정신적 압박을 견디지 못해 폐인이 됨.

주소축: 이무력의 장자방. 개봉 연좌를 무너뜨린 인물. 천패궁으로 들어가 군사가 됨. 천추서림을 불태우고 한광후를 해침.

진영: 이십여 년 전의 사무친 기억으로 무림을 떠나 방랑하던 중 아우들과 우연히 심의령을 돕게 됨. 칠 형제의 정신적 지주.

조온: 진영의 의동생. 외눈의 좌수검객. 연좌대의 죽음에 책임을 느끼고 있음. 피 끓는 열혈남.

차자선: 묵인. 진영의 의동생. 흑창이라 불림. 중원인들을 혐오하나 의령에게 진심을 엶.

반류: 진영의 의동생. 암기류의 달인. 뛰어난 손재주를 갖고 있는 장인이며 명궁.

유성훈: 진영의 의동생. 귀두도를 사용. 머리카락으로 눈을 가리고 다님. 의령을 아끼나 임교연에게 연모의 정을 느껴 방황함.

임교연: 진영의 의동생. 채찍을 사용. 의령을 돌보다 의령에게 형제 이상의 정을 느끼게 됨.

한광후: 심명조와 어깨를 나란히 하는 유림의 대거두. 황하의 치수 사업을 하던 중 의령을 돕게 됨. 개봉 연좌를 주도함. 천추서림에서 최후를 맞음.

왕삼: 의령 남매를 피붙이처럼 아끼는 천추서림의 집사.

낙일도: 천패궁 개봉 분타주.

노삼: 천패궁 개봉 분타 청룡단 단주.

척무결: 천패궁의 궁주.

공야치: 천패궁의 군사. 밀전의 전주.

고화: 현무교의 간세. 개봉 연좌를 정탐하다 사로잡힘. 고문을 받다 스스로 의식을 금제함. 의령에게 구출됨.

형설건: 한광후의 밑에서 황하의 치수를 담당하던 인물.

조홍: 천패궁의 사대천왕 중 일인. 협산 추격에 가담했다 진영에게 죽음.

혜재: 오대산 망해봉 암자에 기거하는 승려. 진영의 고림성 동도.

금지민: 고림성 성주의 딸. 진영의 옛 연인. 현무교의 소교주.

남옥당: 금지민의 딸 수아의 사부. 고화의 조부.

단삼양: 천패궁 한단 분타주. 군량미를 옮기던 중 의령 등의 습격으로 몰살.

범달: 천패궁 제남 분타주. 폭약과 흑룡탄을 보관하던 중 의령 등의 습격으로 죽음.

단엽: 의령이 사귄 첫 친구.

17장 불타는 천추서림(千秋書林)

비라도 내릴 것만 같은 밤.

점점 바람이 세차게 불어오고 있다.

주소추는 언덕에 서서 천추서림을 내려다보고 있었다.

주소추의 백색 피풍이 바람에 나부꼈다.

그의 뒤로 마우간과 패일로, 그리고 척무절의 친위대인 천패검수대의 전원이 도열해 섰다.

그들의 어깨에서도 백색 피풍이 휘날린다.

'결국 무림인가…….'

주오걸이 떠오른다.

고아였던 주소추는 비럭질을 하며 떠돌다 형산의 어느 골짜기에서 칡뿌리를 캐어 먹는 중이었다.

점점 깊은 곳으로 들어갔다.

사람이 보기 싫었다.

세상은 더러운 곳.

주소추에게 세상은 더러운 악귀의 고향이었다.

발이 미끄러져 가파른 계곡 사면을 뒹굴다 커다란 나무 둥치에 몸이 걸렸다.

수천 년은 되었음 직한 거목은 나무뿌리가 구불구불 지면으로 튀어나와 있었다.

나무뿌리의 사이에 있는 낮은 구멍을 발견한 주소추는 몸을 쉬고자 들어갔다. 온몸이 욱신거렸다.

바닥에 등을 대던 주소추는 등을 찌르는 낯선 느낌에 몸을 일으켰다.

무언가 땅속에 파묻혀 끝이 튀어나와 있었다.

시신의 뼈 조각이었다.

허연 백골이 토사에 덮여 있었던 것.

어린 주소추는 놀라지 않았다.

그 정도에 놀라기엔 주소추는 너무 가혹하게 자라왔다.

돈이 될 만한 것이 있나 백골을 파헤쳤다.

시신의 가슴에서 기름을 먹인 가죽 주머니가 나왔다.

그 안에서 주소추는 대나무 조각 뭉치를 발견했다.

무공 구결이었다.

그 백골이 바로 천면호리 주오걸이었던 것이다.

세상을 조롱하며 자신의 광기를 마음껏 터뜨렸던 자존심 강한 주오걸은 자신의 시신이 농락당하는 것을 용납할 수 없었다. 최후의 남은 힘을 모아 이곳으로 숨어든 주오걸은 이곳에서 자신의 생을 마감했던 것이다.

주오걸의 유진에는 그의 모든 무공과 자신의 신세 내력, 그리고 혹여 자신의 무공을 수습할 후인에 대한 섬뜩한 당부가 적혀 있었다.

나는 본래 난쟁이 곱추에 천하에 다시없는 흉물로 태어났다.

나를 낳은 어머니는 마귀를 낳았다고 쫓겨나 몸조리도 못하고 죽었다. 나는 헛간에 버려져 하인들의 품에서 자라났다.

내가 나리라 부르는 나의 주인이 사실은 나의 아버지였고 나를 때리며 매일 곱추라 괴롭히던 도련님이 나의 배다른 동생이란 것을 알게 된 날, 나는 집을 뛰쳐나왔다.

길거리에 쓰러져 죽어가는 나에게 온정을 베푼 유일한 이는 강호를 피로 물들이는 잔인한 악마였다.

나는 그에게서 세상을 향한 독기와 증오, 그리고 무공을 이어받았다.

그의 무공을 수습한 나는 제일 먼저 나의 집으로 찾아가 나의 빌어먹을 아비와 그 마누라, 그리고 배다른 내 동생을 찢어 죽였다.

나의 과거를 알고 있던 모든 식솔들을 남김없이 도륙했다.

그러나 내 마음은 안식을 찾지 못했다.

이 더럽고 추괴한 육신이 문제였다.

빌어먹을 더러운 육신을 바꾸고자 세상의 모든 변신술을 조합해 천면변환공(千面變幻功)을 창시했다.

그 변환공을 바탕으로 나는 나를 버린 세상을 조롱했다.

세상이 나를 무어라 부르는지 알고 있었으나 그것은 나에게 아무런 의미가 없는 것이었다.

그들이 애초에 내게 준 것은 아무것도 없었다.

……

이 글을 보는 놈이 나와 같이 세상을 증오하는 자이기를 간절히 바란다.

하늘이 나의 염원에 화답한다면 아마 그자는 나보다 더 지독한 악마가 될 것이다.

세상을 뒤집어 싹쓸이해 다오.

그 밑천으로 나의 모든 것이 쓰인다면 나는 더 바랄 것이 없다.

그리고 그대가 죽기 전, 반드시 그대보다 더한 독종을 찾아 내 무공을 전해다오.

세상이 피로 물들어 증오에 찬 세상이 되는 그날까지 계속 나의 무공을 이어가 다오.

주오걸의 말은 어린 주소추를 사로잡았다.

세상에 대한 복수와 조롱. 자신이 꿈꾸던 그것이었다.

주소추는 산을 내려갔다.

무공을 곁눈질하고 기본을 배울 수 있는 곳으로 들어가 미친 듯이 혼자서 주오걸의 무공을 익혔다.

주소추는 결국 혼자 힘으로 천면호리의 무공을 수습했다.

자신이 몸담았던 곳에서 나와 제이의 천면호리로 재탄생한 것.

자신을 고아로 내버린 부모를 증오해 천면호리의 성을 따 이름을 주소추라 지었다.

주소추는 세상을 철저히 파괴하리라 작정하고 세상을 멋대로 할 수 있는 방법을 찾아 학문을 익혔다.

학문과 무공을 수습한 주소추는 자신의 다짐을 현실화시키기 위해 치밀한 계획을 짰다.

원래의 구상은 관계(官界)에 진출해 권력의 정점에 서보는 것이었다.

그래서 이무력을 선택했던 것이고 개봉부의 개봉 연좌가 있기 전까지는 그의 구상이 착착 진행되어 가는 듯했다.

계획대로라면 이 해가 지난 후 주소추는 이무력과 함께 순천부로 화려히 입성했을 것이다. 그리고 이무력의 인맥을 따라 자신의 인맥을 구축하며 자신만의 권력을 쌓아 올려 나갔을 것이다.

뜻밖의 사건으로 엉뚱한 재판을 열 때까지만 해도 주소추는 자신이 있었다.

권력의 비정함을 모르는 촌뜨기 학사들과 낭인들쯤이야 자신의 세 치 혀만으로도 충분히 농락할 수 있다고 여겼고 또 실제로 그랬다.

재판은 그의 의도대로 끝났다.

심명조와 서문추월이 죽은 후 일어난 개봉 연좌는 그로서는 상상할 수도 없는 일이었다.

어중이떠중이 같은 평민들과 힘없는 유생들이 모여 무얼 어쩌겠는가 하는 생각에 우습게 지켜보았고 방치하다시피 내버려 두었다.

장난치듯 세운, 반드시 자신의 승리로 돌아갈 것이라 믿었던 계획은 개봉 연좌대의 단결된 대오 아래 무너지고 말았다. 그들의 분열을 그리도 획책했지만 그들은 결코 분열하지 않았다.

만일 우연히 천패궁 개봉 분타의 무사가 연좌대의 학사와 기녀를 죽여 연좌대가 그들 스스로의 명분을 무너뜨리지 않았으면 지금보다 훨씬 더 긴 시간이 걸렸을 것이다.

개봉 연좌대를 생각하니 이가 갈린다.

자신이 결국 이무력을 버리고 척무절에게로 올 수밖에 없었던 계기를 만든 개봉 연좌대.

그중에서도 심의령과 한광후에게 더욱 증오가 솟구쳐 일어났다. 아무리 최고의 자리라 해도 무림과 황실은 너무도 큰 차이가 있었다.

주소추는 자신의 뒤에 서 있는 마우간에게 물었다.
"지금쯤이면 개봉부의 연좌대 진압이 시작되었겠지요?"
"그럴 것이외다, 군사."
주소추는 못 이기는 척 척무절의 청을 받아들여 천패궁의 제이 군사로 입궁한 상태였다.
척무절은 주소추가 이 계획을 직접 지휘하는 것을 강하게 만류했으나 심의령과 한광후의 마지막을 꼭 자신의 손으로 장식하고 싶다며 고집을 부렸다.
몇 번 만류하다 한광후의 뛰어남을 들어 자신을 설득하는 주소추에게 척무절은 선선히 웃으며 바람이나 쐬라고 보내준 것이다.
그와 함께 본궁의 사대봉공 직할대 위주로 꾸리려 했던 척살대를 자신의 친위대, 천패검수대로 대체했다.
이는 주소추에 대한 절대적인 신뢰를 드러내는 것이었다.
천패검수대는 자신의 명령 외에는 누구의 명령도 듣지 않는 말 그대로의 친위대였으나 척무절은 한 번의 예외라는 단서를 달아 그들의 지휘를 주소추에게 맡겼다.
주소추의 입가에 비릿한 미소가 피어올랐다.
추월각에서 심의령에게 당한 쓰디쓴 기억이 떠올랐다.
한광후가 계획을 짰는지 심의령의 단독 계획이었는지는 모른다. 하지만 남을 속이는 것을 장기로 삼던 그가 농락에 가깝게 철저히 속았다는 사실이 앙금처럼 남아 있었다.

패일로가 입을 열었다.

"군사, 슬슬 움직일 때가 되지 않았소?"

"그래야지요."

주소추의 오른손이 번쩍 치켜 올려지자 일단의 백색 인영들이 쏜살처럼 천추서림을 향해 난입하기 시작했다.

*   *   *

"심 학사……."

"예."

"자넨 모두와 함께 죽을 작정이지?"

"……예."

의령은 고개를 떨구었다.

자신이 할 수 있는 바는 모두 했다.

그러나 개봉 연좌는 결국 실패로 돌아갔다. 황제는 움직이지 않았다.

경사에 간 학사들의 희생으로 각지의 연좌를 멈추게 한 것이 그나마 소득이랄까. 다행히 많은 사람을 살렸다.

이제 남은 건 마지막까지 싸우는 사람들과 함께 죽는 것이다.

한광후의 낮은 음성이 울렸다.

"자네 무공의 연원을 아직 모르지?"

의령은 고개를 들었다.

"예. 하지만 지금 와서 그게 무슨 상관입니까?"

한광후는 낮게 웃음을 터뜨렸다.

"후후, 어찌 유사가 서책의 연원에 대한 호기심을 버린다는 말인가?
그럼 안 되지."

말이 없는 의령에게 한광후는 미소를 지었다.

"그건, 엄밀히 말해 무공이 아니야."

"예?"

의령은 의아했다.

무공이 아니라니.

이미 호연심결에 있는 무공의 효과를 직접 몸으로 경험하지 않았던
가.

그리고 한광후가 어찌 호연심결을 안단 말인가.

"호연심결에 대해 아…… 십니까?"

"알지."

"어찌……?"

"자네 조부님과 내가 망년지우(忘年之友)였다는 것을 잊었는가? 우
리에겐 서로 비밀이 없었다네."

"그렇다면, 호연심결의 존재를 할아버지가 아셨다는 것입니까?"

"당연하지. 자신의 서고에 무슨 책이 있는지 모르는 유사도 있던
가?"

"무공을 그리도 싫어하시던 할아버지가 어찌……?"

"그건 엄밀히 말해 무공이 아니라니까."

"자세히 말씀해 주십시오."

"이제 호기심이 좀 생기나?"

한광후는 가볍게 웃음을 터뜨렸다.

한광후의 웃음은 곧 기침으로 변했다. 밭은기침을 내뱉는 한광후의

가슴에 의령은 손을 얹었다. 따스한 진기가 한광후를 보듬었다.

"음…… 고맙네."

"천만의 말씀입니다."

의령의 도움으로 숨을 고른 한광후는 미소를 지었다.

"호연심결은 말 그대로 심결이네. 마음 공부를 위한 책이지."

"하지만……."

"알아. 무공과 비슷한 효과를 낸다는 것을. 하지만 무공과는 근본이 좀 다르다네."

"……."

"자네, 호연심결을 수련하다 언제 무공인 줄 알았나?"

"처음엔 그저 몸이 튼튼해지고 힘이 세어졌지요. 저는 그게 호연지기인 줄만 알았습니다."

"허허, 그럴 수 있지."

"구 년쯤 수련한 다음에 언젠가부터 갑자기 몸 안의 기(氣)가 스스로 움직이기 시작했습니다. 기를 밖으로 내보내 보고 싶다고 생각하니, 되더군요. 손발을 써보다 호연심결 안에 담긴 동작들이 무술의 초식이기도 하다는 걸 그때야 알았습니다."

"그전까지는 모든 동작이 호연지기를 키우는 기초 자세인 줄만 알았지?"

"……예."

한광후의 입가에 조용한 웃음이 떠올랐다.

"호연심결은 마음을 닦기 위한 공부지. 다만, 전심으로 수련하면 일정 경지에 도달한 후 무공과 비슷한 효과를 내기 시작해. 하지만 무공과는 다르지."

의령은 여전히 이해할 수 없었다.

무공이면 무공이고, 아니면 아니지. 비슷한 것은 무언가.

"아직은 그 차이를 알 수 없을 게야. 언젠가는 자연히 알게 될 것이네."

"저는……."

의령은 모두와 함께 죽겠다는 결심을 다시 말하려 했으나 한광후는 고개를 저어 말을 막았다.

"자네 조부님은 호연심결을 익히지 않으셨네. 호연심결은 아주 어릴 때부터 수련하지 않으면 무공과 같은 효과는 나타나지 않지. 그분의 신념대로라면 없애서야 옳았겠지만 유림 대대로 내려오는 귀한 서책이라 한구석에 눈에 안 띄게 보관만 하셨을 거야. 자네가 그것을 이은 것은 인연이 닿았다고 할 수 있겠지."

유성혼이 한광후가 무공을 익힌 듯하다고 말했던 기억이 났다.

"그렇다면……?"

한광후는 고개를 끄덕였다.

"나도 비슷한 공부를 했지. 내 공부는 조금 달라. 호연심결의 원형에 가깝다고 할 수 있지. 호연심결은 후대에 무공의 영향을 받아 조금 바뀐 것이야. 자, 이걸 받게."

한광후는 베개 밑에서 서책 하나를 꺼내 들었다.

"틈틈이 썼네. 내가 자네에게 전할 것이 모두 여기 있어. 나중에 보도록 하게."

"한 학사님, 저는……."

돌연, 한광후는 엄숙히 얼굴을 굳혔다.

"심 학사, 사람에겐 죽을 자리라는 게 있는 거야. 자네가 죽을 자리가 여기라고 생각하는가?"

"저로…… 인해 많은 이들이 목숨을 잃었습니다. 이제 개봉 연좌는 끝났습니다. 남은 이들은 어떤 방식으로든 목숨을 잃을 것입니다. 그들과 함께 죽는 것이 저의 도리라고 생각합니다."

"아직도 착각하고 있군."

"……."

한광후의 엄숙한 목소리에 의령은 묵묵히 고개를 떨구었다.

"그들이 죽은 것이 자네가 사주한 때문인가? 그들은 모두 자신들의 선택으로 죽은 거야. 자네가 모이라 해서 모인 것이 아니고 자네가 죽으라 해서 죽은 것이 아니야! 자네의 생각이 그들의 죽음을 모독하는 오만함이라는 생각은 안 하는가?"

의령은 여전히 고개를 숙이고 있었다.

"어서 받게!"

"저는……."

한광후의 단호한 꾸짖음이 터져 나왔다.

"자네가 죽으면 모든 일이 끝나는가? 두 여동생의 죽음은 어찌할 것인가? 조부님과 서문 각주의 죽음은? 경사에서 죽은 육백여 학사들의 죽음은? 같이 죽기만 하면 끝인가! 살아남아 그들의 한을 풀고 대의를 세우는 것이 진정한 정도(正道)라는 걸 아직도 모르나!"

의령은 고개를 숙인 채 몸을 떨었다.

더 이상 어찌하란 말인가.

이제 길이 없지 않은가.

더 어떻게 하라는 말인가.

그때였다.

사방에서 높다란 비명 소리가 들리기 시작했다.

"아차! 그들이 이렇게 빨리 오다니……."

자리에 누운 채로 한광후가 돌연 자신의 팔 개 대혈을 점혈하기 시작했다.

백회혈과 천돌혈, 중문혈 등 하나같이 치명적인 사혈.

"한…… 학사님……."

의령은 놀라 눈을 크게 떴다.

병자처럼 누워만 있던 한광후가 몸을 날려 침상에서 뛰어내린 것이다. 그러나 그의 얼굴은 창백하기 그지없었다.

"더이상 천기를 자세히 볼 수가 없었던 것이 천추의 한이 되었군. 천추서림의 식솔들이 아직 많이 남아 있거늘……."

한광후는 의령을 바라보다 느닷없이 손을 뻗어 의령의 마혈과 아혈을 짚었다.

온몸이 굳고 말까지 잃은 의령의 눈을 응시하며 한광후는 재빨리 말을 이었다.

"그 서책을 잘 간직하게. 반드시 읽어보아야 하네. 그리고 낙양에 날 찾아왔을 때 만난 형설건(刑雪乾)을 꼭 찾게. 점혈은 하루가 지나면 저절로 풀릴 것이네."

의령의 눈동자가 떨려왔다.

한광후는 자신을 살리려 하고 있었다.

모두 죽을 것이다.

한광후도 죽을 것이다.

자신만 살 수는 없다.

'안 됩니다! 한 학사님! 절 풀어주세요! 싸우다 죽게 해주세요!'

의령의 눈에서 주르륵 눈물이 흘러내렸다.

"시간이 얼마 없네. 곧 그들이 들이닥칠 것이고 내가 모은 생기(生氣)는 얼마 되지 않아."

한광후는 의령의 몸을 들어 내실의 구석에 눕혔다.

한차례 손을 떨치자 의령이 누운 내실 구석의 바닥에 십여 개의 구멍이 뚫렸다.

"자네 몸은 그들의 눈에 띄지 않을 거야. 이 안에선 밖이 보이겠지만, 밖에선 다만 벽으로만 보일 것이네."

의령은 눈물을 흘리며 간절한 염원을 담아 한광후를 올려다보았다.

'절 풀어주세요. 같이 죽겠습니다!'

한광후는 빙긋이 미소를 머금었다.

"내가 죽을 자리는 여기야. 자네는 아니야. 그동안…… 자네를 만나 정말 즐거웠네. 자넨 내…… 자랑이야."

무언가 더 할 말이 있는 듯 입술을 달싹이던 한광후는 소란스러워지는 주변에 입을 다물었다.

한광후는 재빨리 의령의 몸을 돌려 벽을 보고 눕게 만들었다.

'한 학사님!'

한광후가 몸을 날려 침상 위로 올라앉아 가부좌를 틈과 동시에 벌컥 문이 열렸다.

쾅―!

문짝이 떨어져 나가며 일단의 무리가 쏟아져 들어왔다.

한광후는 침상에 꼿꼿이 앉아 조용한 시선으로 그들을 지켜보았다.

백색 무복에 선명히 수놓아진, 붉은 창살에 꽂혀 비명을 지르는 별이 보였다.

그들을 헤치고 한 사람이 조용히 모습을 드러냈다.

주소추였다.

주소추 역시 가슴팍에 천패궁의 표식이 수놓아져 있었다.

"오랜만이오, 한 학사."

빙글빙글 미소를 지으며 주소추가 한광후에게 느물거리며 인사했다.

"그렇구려. 오랜만이오."

한광후의 입가에 엷은 미소가 지어졌다.

한광후의 창백한 안색을 보며 주소추는 낄낄거렸다.

"이렇게 만날 줄은 꿈에도 몰랐겠지? 결국 당신들은 내 손바닥 위의 손오공이었던 게야."

승리를 눈앞에 둔 주소추는 거들먹거렸다.

당대 최고의 유학자를 머리 싸움에서 눌렀다는 짜릿한 쾌감이 주소추를 감쌌다.

"기다렸소."

한광후의 여유있는 대답에 주소추의 얼굴에서 웃음이 사라져 갔다.

재빠르게 사위를 훑어보았다.

이들이 자신들을 기다렸다는 증거는 어디에도 없었다.

방 안에도 특별한 안배 같은 것은 보이지 않았다.

지금 천추서림의 식솔들은 천패검수대에 의해 무자비하게 도륙당하고 있었다.

천추서림을 지키던 낭인 무사들의 얕은 무공으로는 척무절의 친위대인 천패검수대를 견뎌낼 수 없었다. 수적으로는 비등했으나 그들 개개인의 무공 수위가 너무나 차이가 났다.

주소추는 한광후의 말이 허세라고 판단했다.

비릿한 웃음을 날렸다.

"흐흐, 허장성세는 이제 통하지 않소이다."

주소추를 건네다 보는 한광후의 눈에는 언뜻 측은함이 담겨 있었다.

"전에 들으니 그대가 천변만화하는 변환술을 익히고 있다 하더군요. 내 그대의 진면목을 마주할 수 있는 영광을 주시겠소? 그 정도의 자격은 있다고 보오만."

주소추는 흠칫했다. 그의 정체가 이곳에서 폭로되어서는 안 되는 것이다.

주소추는 얼른 둘러댔다.

"흐흐, 어디서 엉뚱한 말을 들으셨구려. 이것이 나의 본모습이외다."

한광후는 엷게 미소 지었다.

"그것이 당신의 본모습입니까?"

"그렇소."

"정녕 그것이 당신의 본래면목입니까?"

"그렇다니까!"

한광후는 폭갈을 터뜨리는 주소추를 안쓰럽게 바라보았다.

"그 사악한 모습이 바로 당신의 밑바닥에 있는 본래의 당신이란 말이오? 천하를 덮을 경륜을 익힐 수도 있는 재주를 피에 젖은 유희의 도구로 삼고 있는 것이 당신의 모습이라는 것이오?"

주소추는 한광후를 노려보았다.

이자의 말재주에 말려든 것이 분명했지만 이것은 이미 하나의 대결이다.

어찌 칼 든 자의 대결만 결투라 하리.

학사의 송곳 같은 정문일침 한마디가 한 나라의 운명조차 바꾼 예는 얼마든지 있었다.

주소추는 주위를 둘러보며 짧게 명령했다.

"나가서 쓸어버렷—!"

이미 천패궁 군사의 위에 올라 척무절에게 전권을 위임받은 주소추의 말에 누가 거역할 것인가.

주소추를 따라왔던 천패검수대의 대원들은 절도있게 부복하고 모두 밖으로 달려나갔다.

주소추는 차분히 문을 닫고 한광후의 앞에 의자를 끌어다 앉았다.

"당신은 나의 모습이 본래면목이 아니라 말하는 것이오?"

한광후는 엷게 미소 지었다.

"위도천, 아니, 이것조차 진실한 이름인지 모르겠구려. 이 자리에서만큼은 자신의 본모습을 보여주고 이야기하는 것이 어떻겠소. 당신에게도 아마 앞으로 이런 자리는 없을 것이오. 나도 그렇고."

주소추는 한광후를 노려보다가 온몸의 역용을 풀기 시작했다.

삼십 대 중반에서 사십에 가까운 잘생긴 미남의 얼굴이 나타났다.

눈꼬리가 사나운 것이 흠이랄까.

본모습의 주소추는 길 가던 여인들이 뒤돌아볼 만큼 수려한 용모의 사내였던 것이다.

"이제 만족하오?"

한광후는 고개를 끄덕였다.

"그것이 당신의 본모습이라 믿겠소."

주소추의 입에 슬쩍 미소가 걸렸다.

"당신은 아직 이것이 나의 진짜 얼굴임을 믿지 않는구려. 혹시 내가 꼽추에 추물이라도 될 것 같아서 하는 말이오?"

한광후는 주소추의 말에 가볍게 고개를 저었다.

"그런 것은 중요한 일이 아니오. 그것이 본모습이라 당신이 말한다면 그 얼굴이 본모습인 것이오. 거죽이 어찌 중요하겠소. 나는 다만 당신의 진짜 얼굴을 한 번 보고 싶었을 뿐이오."

"이유가 뭐요?"

한광후는 조용히 미소 지었다.

"사람의 얼굴은 결국 그가 살아온 일생의 반영이오. 그대의 삶이 어떠했는지 알고 싶었을 따름이오."

주소추의 얼굴이 흥미있다는 표정으로 바뀌었다.

"그래, 보니 어떻소이까?"

한광후는 조용히 말을 이었다.

"불쌍하외다."

뜻밖의 말에 주소추의 얼굴이 일그러졌다.

자신이 남에게 동정의 대상이 되리라고 생각한 적은 한 번도 없었다. 아니, 그 자신이 자신을 동정하는 것도 극도로 경멸하는 주소추였다.

그것이야말로 약한 자의 버릇이고 인생을 비겁하게 사는 자들의 전형이라고 주소추는 믿고 있었다.

"나는 당신의 말을 인정할 수 없소."

한광후는 주소추를 보며 웃음을 지었다.

"그대는 그대의 본얼굴을 본 것이 얼마나 되었소이까?"

주소추는 흠칫했다.

천면변환공(千面變幻功)을 익히고 난 후 그는 자신의 본얼굴대로 있어본 적이 한 번도 없었다. 잘 때도 풀지 않았던 변환이었으니 그가 자신의 본얼굴을 본 지는 거의 십여 년이 다 되어가고 있었다.

주소추의 태도를 보던 한광후가 소리 내어 웃었다.

"하하, 그것 보시오. 아마도 꽤나 오래된 모양이구려. 그러니 자신의 얼굴에 어떤 세월의 흔적이 묻었는지 모를 수밖에."

주소추의 얼굴이 붉게 달아올랐다.

"닥치시오! 이제까지 나 자신이 불쌍하다고 여긴 적은 한 번도 없었소. 어찌 내 얼굴이 불쌍하게 변할 리 있단 말이오!"

한광후는 여유있게 웃으며 주소추에게 말했다.

"저기 벽에 걸린 동경(銅鏡)이 보이오? 한 번 당신의 얼굴을 비춰보구려. 오늘이 아니면 또 한동안 볼 기회가 없을 것이오."

주소추는 망설이다 한광후가 말한 동경 앞으로 서서히 다가갔다. 참으로 오랜만에 보는 얼굴이었다.

거울 속에 비치는 낯선 자가 서서히 자신에게 다가오고 있었다.

그자는 천패궁의 백색 무복에 백색 피풍을 두르고 자신에게 다가왔다. 얼굴을 가까이 하고 마주 보았다.

낯선 자의 얼굴이 미미하게 찡그려졌다.

주소추는 그자의 얼굴을 찬찬히 뜯어보았다.

침침한 눈빛에 날카롭게 위로 치떠진 눈꼬리가 폭급해 보이는 사내였다.

잘생겼지만 어딘가 모르게 균형이 어긋나 보이는 얼굴.

홀쭉하니 들어간 뺨에는 한 움큼의 여유도 보이지 않았고 찌푸려진 미간에는 깊숙이 주름살이 패어 있어 고난한 사내의 역경이 들여다보였다.

주소추는 사내에게 어긋나 있는 균형이 무엇인지 알 수가 없었다.

전체적으로 일그러져 보이는 균형을 잃은 얼굴은 묘한 서글픔을 느끼게 했다.

한광후의 말이 맞았다.

눈앞에 보이는 낯선 사내는 분명 불쌍해 보이는 얼굴이었다.

주소추는 눈앞에 보이는 동경을 주먹을 들어 내려쳤다.

자신을 응시하던 사내의 얼굴이 산산이 부서져 내렸다.

한광후를 향해 휙 돌려지는 얼굴은 어느새 책사 위도천, 천패궁의 제이 군사 주소추의 얼굴로 바뀌어져 있었다.

한광후의 얼굴이 그를 향해 안되었다는 듯 미소 짓고 있었다.

한 치의 망설임이나 두려움이 없는 얼굴이었다.

자신의 삶에 한 오라기의 부끄러움도 없어 보이는 한광후의 얼굴을 주소추는 부러운 듯 바라보았다.

한광후가 입을 열었다.

"당신은 자신의 얼굴이 어찌 변했는지도 모르고 살아온 정말······ 불쌍한 사람이오. 그렇지 않소?"

주소추의 입에서 한줄기 비명이 터져 나왔다.

자신도 처음 들어보는 애통한 소리였다.

조용히 미소 짓고 있는 한광후를 향해 푸른 음청지가 손가락에서 발출되었다.

2

왕삼은 한 팔이 잘리고 머리가 반쯤 날아가 천추서림의 뜨락에 나뒹굴고 있었다.

그르륵거리며 숨을 쉬고 있었지만 곧 숨이 끊어질 듯 가르릉거리는 소리가 가냘프게 이어졌다.

아직은 의식이 남아 있는 왕삼의 시야에 문지기 서씨가 뛰어나오다 백의인들에게 목이 날아가는 광경이 들어왔다.

아직 몸이 제 기능을 하고 있는 것일까.

죽어가는 와중에도 왕삼의 눈에선 뜨거운 눈물이 흘러내렸다.

이런 결말이 올 것을 몰랐던 것은 아니었다.

황제의 칙령이 떨어지지 않는 것에 노심초사하는 한광후의 모습을 지켜보며 왕삼은 개봉 연좌가 결국 실패하리라고 예상했다.

한 사람의 보통 백성에 불과했던 그는 황제를 신뢰하지 않았다.

그가 모시던 심명조도 벼슬을 하지 않았다. 한 올의 잘못도 용납하지 않던 심명조는 조정의 더러움에 침을 뱉곤 했다.

그런 꼿꼿함을 그대로 물려받아서였을까?

의령은 참으로 굳센 심성의 젊은이로 성장했다.

이 해가 다가면 의령은 스물이 될 것이다.

혹여 의령이 스무 해의 빛나는 태양을 보지 못하게 될까 봐 한광후에게 특별히 부탁까지 하지 않았던가.

왕삼은 꺼져 가는 눈빛으로 무수히 쓰러져 가는 천추서림의 학사들을 지켜보고 있었다.

다소나마 저항하던 낭인 무사들은 이미 모두 쓰러진 후였다.

엄청난 무위의 차이에 낭인들은 속절없이 쓰러져 갔다.

연좌대를 보호하던 낭인들도 돌아왔지만, 그들마저 모두 흐르는 피 속에 잠겼다.

무사들을 도륙하고 나자 백의인들은 천추서림의 곳곳에서 학사들과 식솔들을 끄집어내어 무참히 살해하고 있었다.

그 와중에 왕삼도 당하고 만 것이다.

부엌의 살림을 맡아 깔끔한 식사를 책임졌던 삼월 어미가 긴 비명을 내지르며 쓰러졌다.

백의인들은 피에 굶주리기라도 한 것마냥 한칼에 죽이는 것이 아니라 놀리듯이 여자들을 죽이고 있었다.

삼월 어미의 젖가슴이 백의인들의 칼날 아래 공중에 떠오르는 것이 보였다.

쓰러져 있던 왕삼의 머리에서 한줄기 피가 솟구쳤다.

분노로 인해 흥분하자 반쯤 갈라진 뒤통수에서 분수 같은 핏줄기가 뿜어져 나왔다.

왕삼은 천천히 정신을 잃어갔다.

고통은 더 이상 느껴지지 않았다.

심명조의 얼굴이 보이는 듯했다.

무공을 모르는 일반인들을 도륙해 가는 천패검수대 대원들의 눈엔 살기를 넘어 차츰 광기가 번뜩이고 있었다.

처음 낭인 무사들을 해치울 땐 이렇지 않았다. 그것도 비록 일방적인 학살에 가까웠지만 적어도 마주 칼을 부딪쳐 오는 자들을 베어낼 때는 아무런 양심의 가책이 없었다.

그것은 무인의 숙명이다.

그러나 민간인들을 도륙해 가며 천패검수대의 칼은 차츰 요기(妖氣)를 띠어가고 있었다.

피와 함께 죽은 이들의 기름을 잔뜩 머금은 칼이 달빛 아래 희번덕거리며 요사스러운 웃음을 흘리고 있었다.

천추서림의 식솔들과 학사들은 도망치려고 하지 않았다.

잡아다 죽이고 잡아다 죽이고를 되풀이하는 동안 천패검수대원들의 눈은 서서히 뒤집혀 갔다.

저항을 하지 않는 민간인을 죽이면서 어찌 양심의 가책이 없으리.

그러나 그들은 그러한 양심의 가책을 무시하고 이들을 남김없이 죽여야 한다는 명령을 받은 몸이었다.

천패궁에서 특별히 자질이 좋은 젊은 무사들만을 선별해 척무절이 직접 지도한 이들이 천패검수대였다. 비록 척무절의 직전제자들은 아니었지만 한 자락씩 직접 무공을 배운 천패궁 최고의 인재들인 것이다.

천패검수대는 천패궁의 차기 실세들의 집합체라고 보아도 좋은 집단이었다. 척무절의 제자 중 차기 궁주가 나올 경우 궁의 실세와 봉공의 자리들은 이들에게 돌아올 터였다. 미래를 보장받은 만큼 주어진 명령을 더 철저히 수행해야 하는 것이 이들의 주어진 운명이었다.

광기에 물들어 살인을 해가며 이들은 차츰 한 가닥 죄책감마저 버려가고 있었다.

천패검수대의 막내 냉우는 이상하게도 누각을 뒤질 때마다 여자만 잡혀 나왔다.

올해, 열아홉이 된 냉우.

개봉이 고향이라 이 작전에서 제외될 뻔했으나 냉우의 강력한 요청으로 참가한 터였다.

피로 물든 머리칼을 쓸어 올리며 냉우는 눈을 빛내 의령을 찾고 있었다.

다섯 살이었던가.

골목에서 의령에게 코피가 터진 이후, 자라는 내내 눌려 지냈다.

열넷이었던가.

의령의 모욕에 한마디 반항도 못하고 벌벌 떨던 초라한 자신을 견딜 수 없어 도망치듯 천패궁에 입궁했다.

아버지의 후광으로 간신히 입궁했지만, 오 년간의 뼈를 자르는 고통 속에서 단련을 거듭했다. 아비가 제공해 준 온갖 영약과 무공교두들, 자신의 노력. 이제 그는 천패궁주의 직속인 천패검수대의 일원이었다.

이 정도면 의령을 넘어섰으리라 여겼건만 지금 의령의 명성은 천하를 진동하고 있었다.

'천추노호? 지랄하네!'

냉우는 부드득 이를 갈았다.

의령은 꼭 자신의 손으로 죽이고 싶었다.

냉우의 눈은 천추서림 곳곳을 이 잡듯 뒤져 갔다.

찾는 의령은 눈에 안 띄고 아녀자들만 눈에 띄었다.

냉우는 명령을 받은 대로 가차없이 검을 휘둘렀다.

계속 여자들만 죽이다 보니 냉우의 심성은 점점 잔인해져 갔다. 무공을 모르는 연약한 여자들만을 죽인다는 자신에 대한 모멸감이 반대

급부로 폭발했던 것이다.

처음 죽일 때는 찜찜했다.

자신의 백색 무복에 튀는 핏줄기도 이전의 피와는 다르게 느껴졌다.

여자는 처음 죽여 보았던 것이다.

아이부터 노파까지 싸그리 죽이라는 명령을 받았기에 냉우는 자신의 재수없음을 원망했다.

처음엔 목을 날려 죽였다.

조금이라도 고통을 줄여주려는 심사에서였다.

몇몇 여자들의 목을 날리자 조금씩 지겨워졌다.

그 다음부터는 가슴을 찔러 죽이기 시작했다.

여인네의 젖가슴은 사내의 가슴을 찌를 때와는 다른 뭉클한 부드러움이 손끝에 전해와 특별한 감흥을 느끼게 했다.

마침내 냉우는 젖가슴을 도려내기 시작했다. 출혈로 인해 천천히 죽어가는, 고통에 젖은 얼굴을 보며 클클 괴소를 지었다.

어느덧 의령을 찾아 죽이겠다는 마음은 점점 엷어져 가고 있었다.

이제 다음 사냥물을 찾아 나설 때였다. 거의 다 죽인 것 같았다. 얼마나 더 남아 있을려나.

어린 시절, 보물찾기를 위해 산속을 헤매던 때와 비슷하다는 생각에 냉우는 쿡쿡거리며 몸을 날렸다.

전각이 불타고 있었다.

시뻘겋게 불타는 전각을 바라보며 냉우의 눈도 붉게 물들어갔다.

쫘당!

문을 박차고 들어선 냉우의 눈은 번개같이 사방을 훑어보았다.

분명 사람의 기척이 느껴졌던 것이다.

그러나 냉우의 눈에는 아무도 보이지 않았다.

'잘못 들은 것인가.'

몸을 돌려 나오려 할 때, 냉우의 귀에 나직한 울음소리가 분명히 들려왔다. 앳된 여자 아이의 흐느낌이었다.

다시 방 안을 꼼꼼히 보고 있을 때, 문득 벽장 가운데 올려져 있는 쇠상자가 보였다.

냉우는 상자 앞으로 다가갔다.

그의 발소리를 들었음인가. 울음소리가 좀 더 크게 나왔다.

냉우는 입꼬리에 괴소를 머금었다.

활짝 상자의 뚜껑을 열어젖혔다.

상자 안에는 발발 떠는 대여섯 살가량의 어린아이가 공포에 젖은 눈으로 냉우를 쳐다보며 울먹이고 있었다.

"흐흐, 이번엔 아이새끼군."

냉우는 소녀의 눈을 보지 않았다.

무사가 적을 상대할 때에는 상대의 시선을 놓치지 않아야 했지만 이곳에서 무공을 모르는 민간인들을 죽이며 냉우는 그들의 눈을 보지 않게 되었다.

아무 감정 없이 그를 바라보는 선량한 학사의 눈.

공포에 젖어 그를 쏘아보는 여인의 눈.

악을 쓰며 저주를 퍼부어대는 눈.

그 눈들이 그를 미치게 했다.

냉우는 바들바들 떨고 있는 소녀의 뒷덜미를 들어 방 안에서 빠져나왔다.

서서히 대들보가 무너져 내렸다.

소녀를 끌고 나오며 냉우는 잠시 이상한 생각에 사로잡혔다.

'내가 왜 이 애를 끌고 나왔을까? 어차피 불에 타 죽을 아이였는데.'

소녀는 삼월이었다.

어미가 미처 피신시키지는 못했으나 한 가닥의 희망을 걸고 눈에 잘 띄는 쇠상자에 숨겨놓았던 것이다.

눈에 잘 띄는 곳에는 무언가 숨겨놓지 않는다고 생각하는 사람의 심리를 잘 이용한 시도였지만 아쉽게도 삼월이는 너무 어렸고 설상가상으로 불까지 났던 것이다.

냉우는 마당에 쌓인 시체의 한 켠에 소녀를 내던지며 생각했다.

'얘는 어떻게 죽일까?'

이미 살인의 광기에 휩쓸린 냉우에게 소녀는 살인의 유희를 위한 대상에 불과했다.

냉우의 고개가 비스듬히 기울어져 소녀를 관찰했다.

삼월이는 누워 있는 시체 중에서 양 젖가슴이 잘려 나간 채로 두 눈을 흡뜨고 죽어 있는 자신의 어미를 발견하고 처절히 울부짖고 있었다.

냉우는 자신을 노려보며 살인마라고 외치는 삼월이와 정면으로 눈이 마주쳤다.

흑백이 또렷한 맑은 눈 한가득 눈물을 머금고, 증오 어린 시선으로 쏘아보는 소녀의 눈.

'빌어먹을.'

그렇게 눈을 보지 않으려 했건만 결국 마주치고 말았다.

냉우는 발작적으로 검을 뽑아 소녀의 목을 한숨에 날려 버렸다.

베어진 소녀의 목은 날아오르면서도 냉우를 향해 흡떠진 눈을 감지 않았다. 냉우를 향한 증오의 시선은 그대로 화인이 되어 냉우의 가슴에 깊이 틀어박혔다.

냉우의 눈이 천천히 뒤집어지며 다른 사냥감을 찾아 몸을 날렸다.

이 더러운 기분을 잊으려면 더 많은 피가 필요했다.

장내를 날아다니던 백의인들의 모습은 차츰 질서를 잃고 분주해졌다.

천패궁의 정예 무사, 천패검수대는 무고한 양민의 학살에 차츰 이성을 잃고 마음에 무거운 쇳덩어리를 하나씩 들어앉혀 가고 있었다.

이것은 그들에게 평생의 짐이 될 것이다.

지금은 살육의 마력에 빠져 날뛰지만 제정신이 돌아온 그날부터 죽을 때까지 오늘의 만행은 그들의 머리를 떠나지 않을 것이다.

천추에 빛나라고 이름 지어진 천추서림이 결국 심명조가 죽은 지 일 년도 안 되어 불길에 휩싸여 훨훨 타올랐다.

시뻘건 불길 속에서 하얀 백의를 입은 유령들이 춤추고 돌아다니며 사람들을 잡아먹고 있었다.

*　　　*　　　*

의령의 눈앞에는 회 칠한 벽만이 뿌옇게 보였다.

운기(運氣)를 통해 혈을 풀어보려 했으나 어떻게 점혈했는지 꼼짝도 할 수 없었다.

한광후와 주소추의 대화, 동경을 깨뜨리는 소리, 주소추의 날 선 비명, 공간을 찢어버리는 음청지의 소음이 귀를 파고들었다.

퍽 하고 무언가 부서지는 둔탁한 소리와 털썩하고 쓰러지는 소리가 들렸다. 주소추의 광란에 찬 비명과 한광후에게 쏟아 붓는 욕설이 들렸다.

　의령의 머리 속에는 동경을 깨뜨리고 한광후에게 푸른 음청지를 발출하는 주소추의 모습이 그린 듯 떠올랐다.

　머리가 박살나 산산이 뇌수를 흩뿌리는 한광후의 모습이 그려졌다.

　의령의 눈에서 한줄기 눈물이 흘러내렸다.

　'한 학사님……!'

　주소추가 자리를 떠난 후, 방 안에는 음습한 고요가 떠돌았다.

　한광후의 돌연한 죽음에 멍한 상태에 있던 의령의 귓전에 여기저기서 멀고도 가까운 비명 소리가 끊이지 않고 들려왔다.

　천추서림에 남아 있는 모든 이들을 죽인단 말인가.

　노인도 있고 아이들과 아낙네도 있다.

　찢어지는 비명에 날카로운 여자들의 비명도 섞여 들렸다.

　광기에 찬 괴소가 귓속을 파고들었다.

　천추서림의 식솔들이 천패궁의 무사들에게 둘러싸여 하나둘 도륙되는 모습이 머리 속에 떠올랐다.

　왕삼 아저씨, 서 노인, 삼월이…….

　비명 소리가 하나하나 들릴 때마다 의령은 움찔움찔 몸을 떨었다.

　그가 사랑하는 이들이 머리가 날아가고 가슴에 칼이 꽂혀 피를 흘리며 쓰러지는 모습이 시야를 가득 채워갔다.

　'아…… 안 돼……!'

　자신의 피붙이나 다름없는 식솔들이다.

　개봉 연좌에 참여하러 온 죄없는 학사들이다.

　그들이 모두 피를 뿌리며 죽어간다.

　의령은 온 힘을 다해 호연심결을 끌어올렸으나 제압된 혈은 꿈쩍도 하지 않았다.

'일어나야 해! 일어나야만 해!'

안타까움과 분노로 미칠 것만 같았다.

비명 소리와 함께 눈앞에 펼쳐지는 지옥도에 의령의 마음은 부글부글 끓어오르는 쇳물처럼 달구어졌다.

가슴속에 울혈이 차 올라 호흡마저 가빠졌다.

천추서림의 사람들이 흘리는 피가 그의 시야를 가득 채웠다.

눈앞이 시뻘겋게 변하기 시작했다. 눈꼬리가 찢어져 그의 눈물은 뻘건 피눈물로 흘러내렸다.

'아악! 움직이란 말이야! 제발—!'

얼굴 근육이 꿈틀했다.

한 사람이라도 구해야 한다!

저 악마 같은 놈들을 한 놈이라도 죽여야 한다!

그의 귓속에 영혼을 지지는 화인처럼 낯익은 비명 소리가 계속 들려왔다.

'안 돼, 안 돼! 일어나! 일어나란 말이야!'

순간, 그의 단전이 꿈틀하더니 독맥(督脈)을 따라 한줄기 기운이 노도처럼 일어나 솟구쳤다.

'우욱!'

임맥(任脈)을 따라 움직여야 할 기운이 제압된 혈도를 피해 반대로 역행해 버렸다. 거꾸로 역류하는 거센 기운이 온몸을 산산이 찢어발기는 듯했다.

솟구친 기운은 단숨에 영대혈과 대추혈을 지나 뒤통수의 뇌호혈을 강타해 버렸다.

꽝—!

독맥을 따라 솟구친 기운은 단단한 벽에 막힌 듯 더 이상 나가지 못하고 자욱하게 흩어져 버렸다.

뇌호혈을 때린 거대한 충격으로 의령의 의식은 흐릿해져 갔다.

귓속으로는 계속해서 비명 소리와 웃음소리가 내리꽂혔다.

움직일 수 없다는 절망감과 또다시 아무것도 할 수 없다는 비탄에 의령은 미칠 것만 같았다.

'듣고 싶지 않아…… 듣고 싶지 않아! 아아악—!'

갑자기 그의 머리 위로 커다란 뚜껑이 푹 내리덮이는 듯 암흑이 엄습했다.

돌연, 비명 소리와 웃음소리가 뚝 끊겼다.

바다 속 깊은 심연(深淵)에 가라앉은 듯 시꺼먼 정적만이 세상에 가득했다.

의령은 아득한 암흑 속에 빠져 서서히 정신을 잃어갔다.

의령의 머리 위로 불에 탄 서까래가 우르르 떨어지기 시작했다.

천장이 무너지며 기왓장과 흙더미가 의령의 몸을 내리덮었다.

3

"멈춰!"

전속력으로 천추서림을 향해 몸을 날리던 진영의 의형제들은 급작스레 들리는 진영의 외침에 신형을 바로 세웠다.

선두에 멈추어 선 채 몸을 돌려 자신들을 바라보는 진영을 응시하며 다섯 명의 눈에는 공통된 의문이 떠올라 있었다.

왜?

진영은 침중히 다섯의 형제들을 둘러보며 입을 열었다.

"선택을 해야 한다."

느닷없이 던져진 진영의 말에 모두들 의아한 표정을 지었다.

"형님! 무슨 말이오?"

진영은 한광후의 유언을 짤막하게 모두에게 설명했다.

"……한 학사님은 아마도 오늘 일을 대강은 예견하고 계셨나 보다. 너희에겐 보이지 않겠지만…… 천추서림이 불타고 있다. 모두가 이미 죽었을지도 모른다. 저곳으로 달려가 함께 죽을지, 훗날을 도모해야 할지 선택할 때다."

진영의 말이 떨어지자 깜짝 놀란 임교연의 몸이 퉁기듯 날아올라 천추서림을 향해 쏘아져 갔다.

진영은 섬전 같은 신법으로 임교연을 앞질러 앞을 가로막았다.

"경거망동하지 마! 내 얘기는 아직 끝나지 않았다."

처음 듣는 진영의 강한 어조에 임교연은 일순 말문을 열지 못했다.

진영을 밀치고서라도 천추서림으로 달려가고 싶었으나 진영의 엄한 눈길을 마주 대하고는 입술을 깨물었다.

"한 학사님은 우리에게 이번 일로 죽어간 이들의 목숨값을 갚아주라는 짐을 지워주셨다. 살아남아 개봉 연좌를 계속하라고 하셨지. 이제 보니 그것이 유언이셨나 보다."

진영의 말이 끝나자마자 조온이 독안을 번뜩이며 외쳤다.

"훗날을 도모하라고요? 우리끼리 개봉 연좌를 계속해요? 심 공자도 없는데 그게 말이 된다고 생각하시오? 나는 한 사람이라도 구해야겠수다!"

달빛을 받아 번뜩이는 조온의 외눈에 언뜻 물기가 스쳐 지나가는 듯했다.

생각해 보면 기이한 인연이었다. 진영의 전서를 받고 얼마나 신이 나 달려왔던가.

길바닥에 뿌리듯 낭비하며 살아온 자신의 인생. 그래서 목숨을 걸 가치가 있는 일이라는 진영의 말에 조온은 앞뒤 가리지 않고 개봉으로 달려왔다.

개봉에 와서 본 연좌는 과연 목을 걸 가치가 있는 일이었다.

한 번도 시위대 앞에 모습을 드러낸 적이 없었지만 몸을 은잠하고도 그들의 뜨거운 마음을 온몸으로 느끼고 공감해 왔다. 어느새 너무나 익숙해져 친구같이 느껴지던 그들. 그 사람들을 지키지 못하고 오늘 처참히 무너졌다.

그런데 천추서림이 불타는 지금, 무슨 선택이라는 말인가! 아직 살아 있는 사람이 있을지도 모르는 것을.

진영의 일갈이 터져 나왔다.

"못난 놈! 어찌 하나만 생각하고 둘은 생각지 못한단 말이더냐!"

조온의 불타는 외눈을 바라보며 진영은 크게 소리쳤다.

"이제 네놈의 눈에도 보일 것이다. 저 불길을 봐라! 저 정도 불길이면 이미 모든 일이 끝나고 뒤처리마저도 끝나간다는 의미야! 우리가 지금 천추서림에 뛰어드는 것은 함께 죽자는 의미밖에는 없어!"

아득히 보이는 불길을 바라보던 차정선은 창대를 바닥에 내리꽂았다.

“개자식들, 양쪽에서 치다니…….”

진영은 자신의 형제들을 둘러보았다.

“지금 우리가 저곳으로 간다면 아마 모두 죽을 것이다. 누가 알아주지는 않겠지만 흔쾌한 죽음이 되겠지. 그러나 한 학사님은 의령이를 우리에게 부탁하고 함께 개봉 연좌를 계속하라 하셨다. 이것은 삶을 구하기 위한 비겁이 아니다. 대의를 따르는 것이 무엇일지 생각해 다오.”

진영의 조용한 말에 외눈을 든 조온이 하늘을 응시했다. 천추서림을 집어삼킨 불길은 어느새 모두의 눈에도 선명히 보이고 있었다.

“저 정도 불길이라면 이미 습격한 지 꽤 되었다는 이야기겠지요. 형님 말대로 아마 지금쯤 살아 있는 사람은 없을 겁니다. 빌어먹을…….”

묵묵히 듣고만 있던 임교연이 입을 열었다.

“심 공자도 천추서림에 남아 있어요. 그가 과연 살아 있을까요? 그마저 없다면 우리가 목숨을 부지한다고 해도 무슨 의미가 있는 거죠?”

“나는 한 학사님을 믿는다. 그분은 의령이가 죽게 내버려 두지 않으셨을 게야. 지금은 아프더라도 참자. 저들이 물러가고 의령이를 구해 내 다시 개봉 연좌를 시작한다. 그것이 우리의 갈 길이다.”

아우들이 고개를 끄덕이자 진영은 잠시 불타는 천추서림을 바라보다 고개를 돌렸다. 진영의 몸이 팟 하고 사라졌다.

그의 아우들도 모습을 감추었다.

그들은 무너지는 천추서림을 지켜보아야 할 것이다.

원혼의 무게를 두 어깨에 짊어져야 할 것이다.

*   *   *

천추서림의 식솔들은 모두 죽었다.

불탄 잿더미를 파헤쳐 가며 미처 죽이지 못하고 불탄 시신들까지 모두 찾아내 뜰 안에 내던졌다.

그 시신들의 가운데에는 한광후의 시신도 있을 터였다.

여기저기 연기가 피어오르는 뿌연 잿더미 사이로 천패검수대가 아직도 시체를 찾아 헤매고 있었다.

불탄 시체야 뚜렷한 자취도 남지 않으니 그럴 필요가 굳이 없었건만 이미 뒤집혀진 그들의 눈은 이성을 잃고 여기저기 계속 잿더미를 뒤져 가고 있었다.

냉우는 결국 삼월이를 죽인 후, 한 명도 죽이지 못했다.

허공을 날아가며 증오에 찬 시선으로 자신을 쏘아보던 삼월이의 눈동자에서 벗어나지 못한 냉우의 눈은 완전히 풀려 초점을 잃고 있었다.

잿더미를 파헤치며 검을 들쑤시고 있는 냉우의 검과 선배인 유도치의 검이 맞부딪쳤다.

쨍.

냉우의 귀에는 유난히 역하게 들리는 소리였다.

이미 자신의 검은 더 이상 명검이 아니었다. 요검이었다.

죄없는 이들의 피를 잔뜩 머금어 요검이 되어버린 것이다.

자신의 검이 요검이 된 것이 아니라 자신이 요괴가 된 것임을 냉우는 몰랐다.

귀에 들리는 역한 소리에 괴소를 내뱉으며 검을 치켜들었다.

눈앞에 있는 이 거추장스러운 자를 베어버려야 했다.

유도치의 눈 역시 정상이 아니었다.

개개풀린 눈은 학살의 흔적이 남아 정기를 잃고 있었다.

냉우가 검을 들어 내려치자 유도치도 함께 검을 내뻗었다.

서로의 검이 부딪치며 다시 귓전을 날카롭게 쑤시는 요괴의 음성이 들리는 듯했다.

"무슨 짓인가!"

패일로가 날아들어 냉우와 유도치의 혼혈을 짚었다.

의식을 잃고 두 젊은이가 쓰러지자 패일로는 미간을 잔뜩 찌푸렸다.

척무절이 주소추에게 보여준 지나친 호의로 인해 아까운 젊은이들이 씻을 수 없는 상처를 입은 것이다.

본래대로 사대봉공의 직할대가 왔어야 했다.

척무절에게 수련받으며 무공은 높아졌지만 살벌한 전투의 실전 경험이 부족한 천패검수대는 민간인을 사냥하며 오히려 자신의 마음을 난도질하고 만 것이다.

주소추는 클클거리며 미친 듯이 웃고 있었다.

뜰 안에 가득 쌓인 시체를 화골산으로 녹이며 백색 유령들의 축제가 끝나가고 있었다.

댓돌에 주저앉아 고개를 숙이고 클클대며 웃는 주소추의 눈앞에 검은 가죽신이 나타났다.

주소추는 서서히 웃음을 멈추고 고개를 들었다.

천패검수대를 돌보던 중 주소추를 발견하고 다가온 패일로가 서 있었다.

패일로는 천추서림이 불탈 때부터 내내 품고 있던 의문을 주소추에게 물었다.

"군사! 도대체 어찌 된 것이오. 천추서림을 불태운다는 것은 애초의 계획에는 없는 일 아니었소?"

주소추는 헛웃음을 띠었다.

한광후와의 마지막 싸움에서 처절한 패배감을 맛보았다.

자신의 내면 깊숙한 밑바닥을 단숨에 끄집어내 철저히 비웃은 한광후를 단 한 방의 음청지로 죽였다.

한광후는 아무 저항도 하지 않았다.

머리가 부서지는 그 순간까지 그는 웃음을 잃지 않았다.

적을 죽이고도 극심한 패배감에 시달리던 주소추는 이성을 잃었다.

천추서림 곳곳에 불을 지른 것은 자신이었다.

애초의 계획은 이것이 아니었다.

연좌대가 개봉부의 무력 진압에 쫓겨 돌아오기 전, 천추서림을 급습해 완전히 말살한다는 계획이었다.

텅 빈 천추서림에 쌓인 시체에 광분하는 연좌대의 남은 인원을 이 자리에서 모조리 해치운다는 계획이었다.

혹시 모를 도망자를 위해 한광후를 살려두어 인질로 사용한다는 것이 계획이었다.

그러나 자신의 계획을 꿰뚫어 본 한광후의 마지막 승부수에 주소추는 철저히 패배했다.

한 사람 앞에 완전히 발가벗겨져 자신의 모든 것이 드러났다고 느낀 순간 주소추는 광분했고 이성을 잃었다.

정신을 차렸을 때는 이미 천추서림의 곳곳에 불을 지른 후였던 것이다.

자신의 뼈저린 패배를 미친 듯 비웃고 있을 때 패일로가 나타났던 것. 자신을 내려다보고 있는 패일로의 의혹에 찬 시선이 흔들렸다.

주소추는 패일로의 눈빛을 보다 전신에 냉수를 끼얹은 듯 정신이 번쩍 들었다.

여기서 약한 모습을 보여서는 절대 안 된다.

자신의 거대한 야망에 새로운 일보를 내딛는 이 순간, 작은 실수 한 번으로 나락으로 떨어질 수는 없는 일이다.

주소추는 혀를 깨물어 피를 삼켰다.

간신히 정신이 돌아오는 듯했다.

"계획을 바꾸었소."

"아니, 왜요?"

패일로 따위에게 구질구질하게 변명을 늘어놓아야 하는 자신이 더욱 한심스러웠다.

"한광후를 너무 얕보았소."

대충 시신들의 정리가 마무리되자 마우간도 주소추에게 다가왔다. 패일로와의 대화를 듣던 마우간은 고개를 갸웃거렸다.

"그게 무슨 말이오?"

눈앞에 선 두 명의 봉공을 보며 주소추는 쏜살같이 머리를 굴렸다.

"한광후는 미리 독약을 깨물고 있다 자결했소. 그뿐 아니라 천추서림의 곳곳에 자연스레 화재가 발생하도록 해놓았더구려."

마우간이 감탄한 듯 탄성을 발했다.

"허, 그자는 마지막까지 우리를 놀라게 하는구려. 방금 마지막 남은 시체를 깨끗이 청소했소. 천추서림도 전소되었으니 우리의 목적을 달성한 것 아니오? 지금 천패검수대의 사정이 아주 나쁘오. 웬만하면 빨리 철수했으면 하오이다."

주소추는 고개를 가로저었다.

"아직 심의령과 진영이 남아 있소이다."

"그들은 이곳으로 돌아오지 않을까요?"

주소추가 패일로를 쳐다보았다.

"왜 그렇게 생각하는 거요?"

패일로는 나름대로 추론을 전개했다.

"천추서림의 학사와 식솔들은 아무도 도망가려 하지 않았소. 그들이 그렇다면 심의령과 진영이라는 자도 마찬가지가 아니겠소? 사정이 있어 늦어졌지만 천추서림이 불타는 것을 본다면 더욱 흥분해서 달려오리라 보오만."

주소추는 고개를 흔들었다.

"아마 아닐 것이오."

주소추의 부정에 마우간이 다시 물었다.

"내가 듣기에도 일로의 말이 타당하게 들리오."

주소추는 답답하다는 듯 말을 뱉었다.

"한광후가 어떤 인물인데 그런 사실을 생각지 않았겠소. 이미 그들 사이에는 어떤 밀약이 있었을 것이오. 따로 후일을 도모한다는 맹세 같은 것 말이오."

말을 해 나가면서 주소추는 이 가정이 옳을지도 모른다는 이상한 확신이 들었다. 죽은 한광후는 자신이 이성을 잃고 불을 낼 것도 예상했을지 모른다는 생각마저 들었다.

이 자리에서 더 기다려도 심의령과 진영이 온다는 보장이 없었고 그들을 추적해 가자니 개봉부에서부터 흔적을 찾아야 할 것이 틀림없었다. 그사이 그들은 자취를 감추고 사라질 것이다.

주소추는 다소 멍해졌다.

자신이 패일로에게 한 말이 진정 옳다면 그는 정말로 철저히 한광후에게 놀아난 것이 틀림없었다.

멍해 있는 주소추를 사이에 두고 마우간과 패일로가 그물을 빠져나간 고기를 아쉬워하는 사이 천추서림은 천천히 무너져 내리고 있었다.

18장 살아남은 자의 몫

이제 자시(子時)에 가까운 시간, 검은 구름이 하늘을 가려 드문드문 보이던 별들도 자취를 감추었다.

시뻘건 불길이 점차 사그라들었다.

수십여 칸의 건물들이 앙상한 잔해를 남기고 무너져 흰 연기만 날리고 있다.

마우간은 천패검수대를 도열시키고 인원을 점검했다.

경상을 입은 자가 몇 있을 뿐 이탈자는 없었다.

그러나 점혈을 풀어준 냉우와 유도치를 포함한 반수 정도의 대원들이 초점 잃은 눈동자로 허공을 응시하며 힘없이 서 있었다.

학살을 마친 그들의 흰 옷은 붉게 물들어 있었다.

눈살을 찌푸리며 정기가 흩어진 천패검수대를 일별한 패일로는 아직도 댓돌에 앉아 있는 주소추에게 고개를 돌렸다.

"이제 철수합시다."

주소추가 번쩍 고개를 들었다.

"안 되오! 이대로는 후환을 남길 우려가 있소!"

패일로는 확 짜증이 치밀었다.

이 작전은 여러모로 보아 실패였다. 궁주는 자신의 신임을 보여주기 위해 천패검수대를 주소추에게 맡겼지만 처음 겪는 민간인 학살은 젊은 그들에게 큰 타격을 주고 말았다.

심의령을 놓친 것은 그야말로 치명적인 실패였다.

게다가 주소추는 명철한 판단을 내리지 못하고 어디에서 뺨이라도 맞은 듯한 얼굴이다.

패일로는 목소리를 높였다.

"그럼 어쩌자는 거요? 지금 천패검수대는 정상이 아니오. 빨리 궁으로 돌아가 안정을 시켜야 하오!"

"개봉에서부터 다시 되짚어 나가야겠소. 패 봉공이 인솔해 천패검수대를 철수시키고 마 봉공은 나와 함께 개봉 분타로 갑시다."

"개봉 분타를 동원해 심의령을 추적하겠다는 거요?"

"그렇소."

패일로는 어처구니없다는 듯 고개를 설레설레 저었다.

"지금 온 천하에 천추서림을 도륙한 게 우리라고 공개적으로 알릴 셈이오?"

"잡초를 없애려면 뿌리를 뽑아야 하오. 철저히 위장하면 별 지장 없을 거요."

주소추와 패일로의 시선이 강렬하게 부딪쳤다.

그러나 패일로는 곧 한숨을 내쉬며 시선을 돌렸다. 이 작전의 책임자는 어디까지나 주소추였다.

"이곳은 어떻게 하는 것이 좋겠소?"

다소 갈라진 목소리로 패일로가 질문했다.

주소추는 잠시 생각을 굴렸다.

한광후에게 받은 충격 때문이었을까.

평소 같으면 하나의 상황에 수십 가지의 변수와 함께 그에 적합한 판단이 떠오를 터인데, 머리 속이 흐릿하기만 했다.

주소추는 깊숙이 미간을 찌푸렸다.

주소추가 말이 없자, 다시 패일로가 말을 꺼냈다.

"원래 이 밤이 지나기 전, 모든 일을 해치우고 흔적없이 떠나기로 한 계획이오. 지금쯤 천추서림에 난 불을 개봉부에서도 보았을 거요. 빨리 이 자리를 철수해야만 하오."

이제까지 지켜만 보던 마우간이 나섰다.

"그래도 감시 인원 정도는 남겨둬야 하지 않는가? 혹시라도 그들이 다시 올지도 모르잖아?"

패일로는 마우간에게 시선을 돌리며 고개를 끄덕였다.

"글쎄…… 내 생각도 그렇네만."

마우간과 패일로가 이후의 계획을 의논하자 주소추는 확 짜증이 치밀었다.

'이자들이 날 어떻게 보고!'

주소추는 댓돌에 앉은 몸을 일으켜 세우며 날카롭게 일갈했다.

"대체 내 말을 귓등으로 들은 거요? 한광후는 틀림없이 심의령 등을 빼돌렸소. 개봉 연좌가 토벌된 후, 천추서림에 난 불을 보고 그들은 어디론가 피했을 거요. 개봉에서부터 그들을 추격해야 한단 말이오!"

패일로와 마우간의 얼굴은 주소추의 일갈에 딱딱하게 굳었다.

주소추가 아무리 척무절의 총애를 받고 있다고 하지만, 이제 겨우 무림에 발을 들인 처지이다.

궁 내의 위치를 생각해도 그들에게 이렇게 훈계하듯 소리치는 것은 무례한 처사였다.

잠시 침묵이 흘렀다.

그러나 이 작전에 한해서는 모든 결정권이 주소추에게 있었다.

패일로와 마우간은 물러나야 될 때임을 직감했다.

"군사의 결정대로 합시다. 아무튼 이 자리를 빨리 정리해야 하오."

주소추는 한발 물러선 그들의 의중을 짐작했다. 여기서 조금이나마 그들의 체면을 세워줄 필요가 있었다.

"그럼 이렇게 합시다. 천패검수대 중 십여 명을 남겨 이곳을 감시하도록 하지요. 나는 마 봉공과 함께 개봉 분타에 들러 인원을 보충해 그들의 자취를 추적하도록 하겠소. 패 봉공은 남은 인원을 이끌고 회궁하십시오. 심의령과 진영, 그리고 유성혼이라는 자가 개봉을 빠져나간 게 확실할 경우 지급으로 알리도록 하지요. 미리 그들의 화상(畵像)을 마련해 주시오. 내가 연락하면 그들의 화상을 각 분타에 뿌려 은밀히 추적토록 합시다."

"알겠소."

자신의 의견을 주소추가 받아들이자, 패일로는 조금 마음이 풀렸다.

패일로는 아직 정신이 멀쩡해 보이고 그나마 강호 경험이 풍부한 천패검수대원 십여 명을 선발했다.

십여 명의 천패검수대원을 돌아보던 주소추의 얼굴에 만족한 듯한 미소가 떠올랐다. 천패검수대원들 중 가장 강인해 보이는 이들이었다.

주소추는 그들에게 매복할 곳을 일일이 지적한 후 한마디 덧붙였다.

"마 봉공과 내가 추적대를 이끌고 이곳에 올 때까지는 절대 누구에게도 자취를 들키면 안 된다. 정체가 드러날 정도의 무인이 접근해 올 시는 후퇴하도록 하라. 만일 심의령이나 진영 등으로 추정되는 인물들이 발견되면 뒤만 밟도록. 마무리는 내가 직접 하도록 하겠다."

"존명!"

절도있는 복명 소리와 함께 그들이 매복지로 자리를 옮기자, 주소추는 패일로에게 포권을 하고 마우간과 자리를 떠났다.

대부분 멍하니 눈동자가 풀린 천패검수대를 지켜보던 패일로는 혀를 차며 철수 명령을 내렸다.

폐허가 된 천추서림이 텅 비어갔다.

"형님, 저놈들이 그대로 철수하도록 놔두자는 겁니까? 저 자식들은 무공도 모르는 사람들을 도륙한 놈들이오!"

"참아야 한다. 지금은 의령이를 찾는 게 더 급선무다."

"빌어먹을!"

진영을 비롯한 의형제들이 천추서림의 뒷동산 한구석에 낮게 몸을 깔고 있었다.

바위에 가려진 그곳에서는 천추서림의 전경이 한눈에 내려다보였다. 이제는 잔해만 남은 천추서림이.

조온은 시뻘게진 눈동자로 부드득 이를 갈았다.

진영이 말리는 것은 이해할 수 있었다. 그러나 이해한다고 참을 수 있는 것은 아니다. 가슴속을 휘몰아치는 분노에 몸을 맡겨 무작정 돌진하고 싶은 마음을 조온은 꾸욱 눌렀다.

임교연이 진영에게 고개를 돌렸다.

"저 불길 속에 과연 심 공자가 있었을까요? 한 학사님이 다른 곳으로 피신시킨 것은 아닐까요?"

진영은 고개를 저었다.

"우리가 이곳에 도착했을 때는 이미 학살이 끝나 있었어. 전투가 아니라 일방적인 도륙이었겠지. 아마도 내가 천추서림을 떠나고 얼마 안 있어 저들이 들이닥친 모양이다. 의령이를 밖으로 빼돌릴 만한 시간은 한 학사님에게도 없었을 거야."

임교연의 곁에 몸을 웅크리고 있던 유성혼이 낮게 중얼거렸다.

"하지만 시신들 중에는 심 공자가 없었습니다. 한 학사님의 시신도 보지 않았습니까."

진영은 고개를 숙였다.

비록 멀리 떨어져 있었지만, 학창의를 걸친 시신은 한광후가 분명했다. 그들은 시신들을 모아 불에 태우고 뼈를 녹이는 광경을 모두 지켜보았던 것이다.

움켜쥔 주먹이 부르르 떨렸다.

'참아라. 참아야 한다. 이 빚은 반드시 갚는다.'

살아남아 개봉 연좌를 계속하라던 한광후의 목소리가 들리는 듯했다. 자신을 지우(知友)로 대접했던 한광후가 떠올랐다.

진영은 눈을 번쩍였다.

'지켜봐 주시오, 한 학사님. 그대와의 약속을 지키고야 말겠소.'

피에 젖어 검붉게 변해 버린 피풍을 휘날리며 천패검수대는 천추서

림의 폐허를 모두 떠나갔다. 진영은 아우들을 둘러보며 낮은 목소리로
지시했다.

"매복한 놈들은 모두 열하나다. 흩어져서 단숨에 해치운다. 잊지 마
라. 우리의 목적은 어딘가에 있을 심 공자의 자취나 그를 찾는 것이
다."

진영은 손가락으로 천패검수대원들이 숨어 있는 방향을 하나하나
지적하며 형제들에게 분담했다.

"지금부터 숫자를 센다. 백까지 세고 난 후, 일제히 자신이 맡은 놈
들을 덮친다. 소리없이, 빠르게 해치우는 게 우선이다. 잊지 마라."

진영의 수신호를 따라 여섯의 신형이 사방으로 갈라지며 은밀히 쏘
아져 나갔다.

정문 주위의 무너진 담을 따라 몸을 움직이던 반류의 시선이 번쩍
빛났다.

이 정도라면 눈을 감고 던져도 맞출 수 있는 거리였다.

그가 맡은 인원은 정문을 지키는 두 놈이었다.

'아흔여덟, 아흔아홉, 백!'

반류의 손이 작게 움직였다.

손목의 탄력만으로 날린 두 자루 비수가 두 놈의 뒤통수 아문혈(啞門
穴)을 꿰뚫었다.

경추가 끊기며 식도와 기도가 단숨에 박살난 두 놈이 스르르 앞으로
넘어갔다.

'날 만난 걸 다행으로 여겨라. 조 형님이나 정선이에게 걸린 놈들은
너희처럼 편하게 죽지 못했을 거야.'

천추서림의 중앙에 위치한 석탑 쪽에서 낮은 휘파람 소리가 들렸다.

익숙한 진영의 부름. 반류는 비수를 회수하며 짧게 휘파람을 불었다. 여기저기에서 날카로운 휘파람 소리가 울렸다.

모두가 단숨에 암격에 성공한 것이 틀림없었다.

'은신과 암격으로는 우리를 당할 자가 없지.'

반류는 석탑을 향해 몸을 날렸다.

지금 급한 것은 의령을 찾는 일이었다.

"한 학사님이 머물렀던 북명원 내실 주변을 우선적으로 뒤진다. 그곳에서 의령이를 발견하지 못했을 때는 북명원을 중심으로 사방으로 자취를 찾는다. 무언가 발견한 사람은 신호를 보내고 막내는 개봉부관도를 감시하도록."

진영의 빠른 지시에 임교연의 날씬한 교구가 사라지고 다섯의 신형은 북명원의 내실로 향했다.

북명원의 내실은 천장이 무너져 내린 가운데, 아직도 군데군데 불길이 남아 있었다.

이미 천패검수대원들이 한차례 뒤지고 간 듯 여기저기 헤집어져 있었다.

진영을 비롯한 다섯의 형제들이 무너진 천장을 헤쳐 나갔다.

진영의 손에 한광후가 누워 있던 침대의 잔해가 모습을 드러냈다.

나무로 된 침대는 시꺼멓게 불탄 채 중동이 박살나 있었다.

'한 학사님……'

진영은 잠시 바쁜 손길을 멈추고 멍하니 침상을 내려다보았다.

떨치듯 고개를 흔든 진영은 다시 무너진 잔해를 들추기 시작했다.

내실의 구석을 덮고 있던 대들보와 기왓장을 치우던 차정선의 손길이 멈칫했다.

"형님!"

진영을 비롯한 이들의 신형이 한숨에 달려왔다.

차정선의 조심스런 손길에 구석을 가로막고 있던 서까래와 기왓장들이 천천히 흩어졌다.

무너진 잔해 사이로 언뜻 하얀색이 드러났다.

다섯의 손길이 바빠졌다.

얼굴이 드러났다.

의령이었다.

의령은 벽을 보고 웅크려 누워 있었다.

"의령아!"

차정선이 와락 달려들어 안아 일으키려 하자 진영이 제지했다.

"기다려!"

진영은 조심스럽게 손가락을 의령의 목에 대었다. 미약하지만 맥이 잡혔다.

"살아 있구나!"

모두의 얼굴에 안도의 기쁨이 떠올랐다.

유성혼이 짧게 휘파람을 불었다.

휘익!

관도를 감시하고 있을 임교연에게 보내는 신호였다.

"얼른 파냅시다."

조온이 외치며 빠르게 의령을 덮고 있는 잔해를 헤치기 시작했다.

진영은 조심스레 의령의 몸을 안아 일으켰다.

"여기에 누워서 어떻게 그놈들의 눈을 피한 거지?"

유성혼이 중얼거렸다.

진영이 의령의 몸을 이리저리 훑어보고 맥을 짚어보며 입을 열었다.

"점혈된 상태구나. 호흡이 거의 끊어져 있다. 의식도 없어. 생명엔 지장이 없어 보인다만……."

반류가 입을 열었다.

"살아 있는 것을 확인했으니 일단 이 자리를 피하고 봅시다. 언제 놈들이 몰려올지 모릅니다."

유성혼이 망설이며 진영을 응시했다.

"죽은 이들을 위해 초혼(招魂)의 예(禮)라도 올려줘야 하지 않을까요?"

조온이 고개를 저었다.

"시간이 없다. 빨리 피해야 해!"

"하지만 전쟁터에서도 화살촉이나마 던져 해주는 것을……."

진영은 고개를 저었다.

"초혼 의식은 시신이 온전히 남았을 때나 하는 것이다. 시신을 모두 불태우고 화골산으로 뼈까지 녹여 버렸으니…… 무의미한 일이야. 나중에 정식으로 위령제를 치르고 비석이나마 세우자꾸나."

진영은 차정선에게 고개를 돌렸다.

"정선아."

"예, 형님."

"아까 해치운 놈들의 피풍을 뜯어다 의령이를 단단히 싸매 업어라. 고된 길이 될 것이야."

"예."

차정선이 몸을 날리는 가운데 임교연이 달려왔다.

"심 공자!"

의령의 몸을 안아 든 임교연은 고개를 돌려 진영을 바라보았다.

"괜찮을까요, 오라버니?"

임교연이 떨리는 목소리로 진영에게 묻자, 진영이 고개를 끄덕였다.

"생명에 지장은 없을 듯하구나. 일단, 자리를 옮기고 자세히 보아야겠다."

임교연이 먼지로 뒤덮인 의령의 얼굴을 조심스레 닦아내었다.

두 눈을 내리 감은 의령의 얼굴은 잔뜩 찌푸려져 있었다.

얼굴에는 고통스런 기색이 가득했다.

의령의 양 눈가에는 왼편으로 가늘게 핏자국이 나 있었다.

"이, 이건……? 어딜 다쳤을까요?"

임교연의 물음에 진영은 꼼꼼히 의령의 얼굴을 뜯어보았다.

나직한 탄식이 이어졌다.

"이건 피눈물을 흘린 자국이구나. 아마 한 학사님이 의령이를 점혈해 내실 구석에 무슨 방법을 써서 숨겼나 보다. 의령이는…… 벽을 보고 누워 있었지만 한 학사님의 죽음과 식솔들의 죽음을 모두 들은 것 같구나……."

진영의 탄식에 짧은 침묵이 이어졌다.

차정선이 두 개의 피풍을 뜯어와 단단히 의령의 몸을 감싸 업었다.

여섯의 신형은 묵묵히 입을 다문 채 순식간에 천추서림의 폐허에서 사라졌다.

역겨운 피비린내를 뒤덮은 매캐한 탄내가 천추서림을 가득 채웠다.

하늘에서는 한두 방울씩 빗방울이 내리기 시작했다.

2

개봉을 벗어난 육 인의 신형이 질주하고 있다.

점차 빗방울이 굵어지기 시작했다.

유성혼이 선두에 선 육 인은 서쪽으로 방향을 잡고 전속력으로 경공을 펼치는 중이었다.

낮은 구릉을 넘어가 커다란 바위가 나타나자 진영이 번쩍 손을 들었다.

비를 피해 바위 밑에 모여든 육 인은 차정선의 등에서 의령을 내려놓고 세심하게 살피기 시작했다.

"오라버니, 어때요?"

눈을 감고 진맥하며 의령의 몸을 응시하는 진영에게 임교연이 조심스레 물었다.

진영이 눈을 떴다.

"다행히 경맥이 어긋나거나 하지는 않았구나."

유성혼의 입에서 안도의 한숨이 뱉어졌다.

의령이 천추서림의 학살을 모두 겪었다는 것을 안 이후, 줄곧 주화입마를 걱정했던 것이다. 잇따른 고난과 좌절로 인해 의령의 내면이 위험한 지경에 처해 있음을 유성혼은 잘 알고 있었다.

"점혈을 풀어야 하지 않을까요?"

"한 학사님이 어떻게 점혈했는지 알지 못하는 이상, 의령이가 의식을 회복하는 것을 기다리는 것이 더 낫다."

"언제 깨어나겠습니까?"

진영은 미간을 찌푸렸다.

"몸 상태로 보아선 지금쯤 깨어나야 정상인데…… 아무래도 스스로 의식을 닫고 있는 듯하다."

"그럼 깨어나지 못할 수도 있다는 것입니까?"

차정선이 걱정스런 얼굴로 끼어들었다.

"지금으로선, 무어라 말할 수 없다. 스스로 정신이 들 때까지 기다리는 수밖에……."

잠시 침묵이 흘렀다.

임교연이 진영에게 시선을 돌렸다.

"오라버니, 이제 어디로 가죠?"

"천패궁에서 곧 우리를 추적하기 시작할 게다. 개봉부의 병사들에게 너희들의 인상이 모두 각인되었을 테니, 우리 인원까지 곧 파악할 거야."

"도망가야 한단 말이오?"

조온이 눈을 번뜩였다.

진영은 조용히 조온을 돌아보았다.

"그럼 우리 힘으로 천패궁과 정면으로 맞붙자는 말이냐? 몸을 피하지 않고 정면으로 추적대와 마주한다면 우리는 사면초가에 빠질 거야! 더구나 의령이가 정신을 잃고 있다. 일단, 안전한 곳으로 피해야 해."

반류가 얇은 입술을 움직였다.

유난히 깨끗함을 좋아하는 그의 옷도 여기저기 먼지와 재가 묻어 거뭇거뭇했다.

"도회로 감이 적당하지 않을까요? 사람들 사이에 숨는 것이 가장 안전할 거요."

진영은 고개를 저었다.

"우리가 흩어져 있으면 모르겠지만, 이렇게 모여 있으면 눈에 띄기 십상이다. 그리고 웬만한 도회는 모두 천패궁의 이목이 거미줄처럼 깔려 있어. 도회는 안 된다."

진영의 말에 모두 고개를 끄덕였다.

조온은 외눈, 차정선은 묵인, 유성혼은 얼굴의 반을 가린 특이한 머리 모양으로 어디서나 눈에 띌 것이다. 개봉부 병졸들과의 충돌로 그들의 인상착의는 천패궁에도 전해질 것이 틀림없었다.

유성혼이 물었다.

"형님이 생각한 곳이 계신 듯한데요?"

진영은 고개를 끄덕였다.

"우리에게 가장 익숙한 곳으로 추격대를 끌어들여 중간에 떼어놓자."

차정선이 눈을 번쩍였다.

"산으로 가자는 말씀입니까?"

"그래. 여기서 곧장 황하를 건너 신향현(新鄕縣)을 우회해 첨산(尖山)으로 오른다. 그곳에서부터 산줄기를 따라 북상하자꾸나."

조온이 고개를 갸웃하다 외눈을 빛냈다.

"그럼 어디로 가는 거요? 설마……."

진영이 고개를 끄덕였다.

"그래. 이십 년 만에 그곳으로 가보련다. 오대산으로 간다."

"괜찮으시겠습니까?"

지난 이십여 년간 진영이 단 한 번도 오대산을 찾지 않았음을 잘 알고 있는 유성혼이 조심스레 물었다.

진영은 빙긋 미소를 지었다.

"이제 피하지 않을 것이다. 언제까지나 과거의 상처에 연연할 수는 없겠지. 살아남은 자는 살아남은 자의 몫을 해야 한다. 긴 세월을 돌아 겨우 깨달았구나."

유성혼을 비롯한 형제들의 입가에도 조용한 웃음이 떠올랐다.

그들의 대형, 진영이 드디어 뒤가 아닌 앞을 보기 시작했음을 그들은 실감하고 있었다.

"성혼, 지난번 낙양에 갈 때 이용한 배가 이 근처에 있지 않은가?"

"예, 형님. 여기서 얼마 떨어지지 않은 갈대밭입니다."

"좋다. 여기에서 우리의 흔적을 완전히 지우고 배를 이용해 황하를 건넌다. 성혼이 안내해라. 모두 돌만 밟아 경공을 전개하고 한 사람의 발자국만 따른다. 유능한 추쇄꾼이라면 우리 뒤를 밟아오겠지만, 결코 쉽게 뒤를 밟혀선 안 된다."

"예."

차정선이 다시 의령을 단단히 묶어 등에 업자 모두 행낭에서 우의를 꺼내 들었다.

그들은 떠돌이 낭인들, 언제나 길에서 지낼 만반의 준비를 하고 다녔다.

빗길을 질주할 준비를 하는 육 인의 눈이 조용히 마주쳤다.

"그놈들이 제대로 쫓아오면 좋겠군."

차정선이 두툼한 입술을 움직였다.

"의령이가 정신을 차릴 때까지는 시간을 벌어야 해."

진영의 말을 조온이 받았다.

"심 공자가 정신만 차리면 그놈들을 가만두지 않을 겁니다. 산으로 쫓아오라고 하지요."

반류가 머리에 우의를 덮어쓰며 머리칼을 쓸어 올렸다.

"좋지. 산에서는 아무도 우리를 당하지 못해."

"특히 비 내리는 산은 말이지."

육 인의 몸에 조용히 살기가 덮이기 시작했다.

유성혼이 앞장서 몸을 날리자, 진영과 차정선이 그 뒤를 따랐다.

임교연과 조온이 몸을 날리자 반류가 재빨리 나뭇가지를 들어 그들의 발자국을 지우고 마지막으로 뒤를 따랐다.

빗줄기가 점차 거세지기 시작했다.

진영 등은 폭우가 쏟아지는 황하를 건너 백 리를 단숨에 주파해 신향현에 도착했다.

서서히 날이 밝기 시작했지만, 내리는 폭우로 인해 회색 빛 자욱한 마을은 깊은 정적에 깔려 있었다.

진영은 마을 외곽에 있는 농가에 들러 유숙을 청했다.

험악한 사내들의 등장에 다소 기가 질려 있던 노부부는 병자가 있다는 말에 선선히 방을 내주었다.

임교연이 싹싹하게 노부부를 대거리하는 동안, 방에 들어간 진영은 차정선에게 의령을 받아 침대에 눕혔다.

차정선의 등에 업혀 우비를 눌러쓰고 달려온 의령의 몸은 차정선의 땀과 열기로 인해 체온을 잃지 않았다.

진영은 조심스레 의령의 옷을 헤치고 온몸을 추궁과혈하기 시작했다.

진영의 손이 빗살처럼 움직여 일 다경쯤 의령의 온몸을 격타했다.

추궁과혈을 마치자 의령의 얼굴에 불그레한 화기가 돌았다.

호흡을 가다듬으며 의령의 옷깃을 여미어주고 이불을 덮는 진영에게 차정선이 물었다.

"점혈은 풀렸습니까?"

차정선의 물음에 진영은 고개를 끄덕였다.

"그리 복잡한 점혈은 아니었던 듯싶구나. 이제 의식을 차릴 때가 되었는데……."

"제가 돌보겠습니다. 이제 형님은 산행 준비를 해야지요."

"그래, 류에게 마을에 좀 다녀오라고 해야겠구나. 물품을 보충해야겠다."

문이 열리며 조온이 들어섰다.

"형님, 이곳에 머물러도 괜찮을까요?"

"괜찮을 거야. 폭우 때문에 우리 자취는 완전히 사라졌어. 황하까지 어떻게 추격했다고 하더라도 배까지 가라앉혔으니, 놈들은 우리가 내린 곳을 찾기 쉽지 않을 거다. 거의 남기지 않은 발자국도 이 정도 비에는 모두 씻겨 나갔을 테고. 이런 비에선 사냥개도 제구실을 못해."

진영은 몸을 일으켰다.

"여긴 정선이와 교연이한테 맡기고 우린 나가서 떠날 준비를 하자꾸나. 식사도 좀 해야지."

"그러지요."

진영과 조온이 밖으로 나서자 홀로 남은 차정선은 침상에 누워 있는 의령의 얼굴을 묵묵히 쳐다보다 오른손에 들고 있던 창을 탁자에 올려놓았다.

젖은 몸을 닦지도 않고 옷을 갈아입지도 않았지만 차정선은 무기 손질부터 시작했다. 우의 속에 메고 와 비 대신 땀에 젖은 행낭 속에서 동백기름과 마른 천을 꺼내고 창두(槍頭)를 덮은 가죽 주머니를 풀었다.

차정선은 꼼꼼히 자신의 흑창(黑槍)을 닦아갔다.

보통의 창두에 비해 다소 폭이 넓은 한 자 길이의 창두가 기름을 먹어 검게 반짝였다.

차정선은 빗물에 젖은 창영(槍影)을 꼼꼼하게 닦아내며 검은 솔기를 정성스레 닦아 나갔다. 빗물에 씻겨가고 남은 핏자국이 하얀 천을 붉게 물들였다.

왼팔 하박에 찬 방패, 패우간을 끌러 꼼꼼하게 닦고 있을 때 방문이 열리며 임교연이 들어섰다.

"정선 오라버니, 무기만 손질하지 마시고 몸도 좀 추슬러요. 식사하세요."

차정선이 검은 얼굴을 들었다. 하얀 이를 드러내며 차정선이 빙긋 웃었다.

"난 여기서 먹겠다. 수고스럽지만, 갖다 주겠니?"

임교연도 방긋 미소를 머금었다.

"그러죠. 저하고 같이 드세요."

임교연은 의령이 누워 있는 침상으로 다가섰다.

뾰족한 교성이 울렸다.

"오라버니! 심 공자가 눈을 떴어요!"

차정선은 의자에서 몸을 일으켜 번개같이 신형을 날렸다.

과연 의령은 눈을 뜨고 있었다.

"형님!"

차정선의 기쁨에 찬 목소리가 비를 뚫고 울려 퍼졌다.

진영과 조온, 유성혼이 나는 듯 방문을 열고 들어섰다.

물품을 준비하러 마을로 간 반류를 제외하고 모두들 의령이 누운 침상에 둘러섰다.

"심 공자!"

임교연이 기쁨에 차 의령의 어깨를 잡으려 하자 진영이 만류했다.

"건드리지 마라. 아직 의식이 없어."

"예? 눈을 떴잖아요?"

"잘 봐라. 눈동자에 초점도 없을 뿐 아니라 한곳에 고정되어 있어."

의령은 눈을 뜨고 정면의 천장을 향해 똑바로 누워 있었으나 눈동자는 멍하니 오른쪽 구석을 응시하고 있었다.

진영은 의령의 눈앞에서 두어 차례 손가락을 퉁겼다.

아무 반응이 없었다.

차정선이 답답한 듯 손으로 가슴을 꽝꽝 두드렸다.

"눈은 떴는데, 의식은 없다니! 형님, 이게 어찌 된 일입니까?"

진영은 침중한 목소리로 낮게 말했다.

"한 학사님은 점혈만 한 듯했는데 계속 정신을 차리지 못해 이상하다 했더니……."

유성혼이 다급히 물었다.

"형님, 주화입마에 빠진 것입니까?"

진영은 고개를 저었다.

"그것과는 조금 다르다. 전에 이런 사람을 두엇 본 적이 있다. 대부분 아이들이었는데……. 외부의 자극에 거의 반응을 보이지 않고 자신만의 세계에 침잠한다. 언뜻 보면 미친 사람 같지…….”

“그렇다면 의령이가 미쳤다는 거요?”

조온이 주먹을 불끈 쥐며 외치듯 물었다.

“아니, 미친 것과는 다르다. 의령이는 고개를 벽으로 돌린 채 점혈되어 숨겨져 있었어. 마혈과 아혈을 짚었다 해도 소리는 들렸을 것 아니냐. 그 방에서 한 학사님이 죽는 것도, 천추서림의 식구들이 죽임을 당하며 질러대는 절규까지도 손가락 하나 까딱 못하고 모두 들었을 거야. 의령이는 자신의 친인들을 속수무책으로 계속 잃어왔다. 개봉 연좌에 관계된 사람들의 죽음에도 무거운 책임감을 느끼고 있었지. 그러다 자신의 등 뒤에서 또다시 친인들이 죽어 나갔다. 자신은 아무것도 하지 못하고서……. 의령이가 피눈물을 흘린 자욱을 너희도 보았지 않느냐. 자신이 사랑하는 사람들이 죽어 나가는데 같이 죽을 수도, 그들을 구할 수도 없었어. 좌절과 분노, 슬픔을 견디다 못해 자신의 의식을 스스로 닫은 듯하구나.”

진영의 긴 설명이 끝나자 모두들 말없이 의령을 바라보았다.

나무 침상에 이불을 덮고 똑바로 누워 사시(斜視)처럼 오른쪽으로 시선을 모은 의령의 모습은 기이한 슬픔을 불러일으켰다.

유성혼이 잠긴 목소리로 진영에게 물었다.

“계속…… 이 상태로 있을까요?”

진영은 한숨을 내쉬었다.

“지금으로서는…… 알 수 없다. 하지만 너희도 알다시피 의령이는 나이가 무색할 정도로 의지가 단단하고 심지가 굳센 친구다. 스스로 닫은 문을 스스로 열리라 믿어보자.”

차정선이 혼잣말로 중얼거리며 의령의 어깨에 손을 얹었다.

"이 자식이 얼마나 억울하고 비통했으면……. 얼른 일어나야지! 그 동안은 내가 업고…… 어?"

차정선은 혼잣말로 중얼거리다 의령이 부스스 일어나는 것을 보고 말을 끊었다.

의령이 상체를 들어 몸을 일으키더니 침상에서 내려와 바닥에 선 것이다.

"의령아!"

"정신이 들었구나!"

기쁨에 찬 목소리가 방 안을 울렸으나 곧 그들의 얼굴은 시무룩해졌다.

의령은 분명 바닥에 서 있었지만 그의 두 눈동자는 여전히 정면이 아닌 오른쪽 구석을 응시하고 있었다.

인형처럼 똑바로 서서 약간 고개를 기울인 채, 시선을 오른쪽에 모은 의령의 얼굴엔 아무 표정도 떠올라 있지 않았다.

임교연이 의령에게 다가갔다.

"심 공자! 심 공자? 내 말 들려요?"

"소용없을 거다. 넋이 나간 사람 같잖아?"

조온이 설레설레 고개를 젓다가 외눈을 휘둥그레 떴다.

의령이 시선이 정면으로 돌아오더니, 임교연을 똑바로 쳐다보는 것이 아닌가.

"심 공자! 날 알아보겠어요? 나, 임교연이에요!"

임교연이 반갑게 소리쳤다.

그러나 의령의 얼굴엔 아무런 표정의 변화도 없었다.

"내 말 들리는 거죠? 나, 임교……."

자신을 응시하는 의령에게 말을 시키던 임교연은 중간에 입을 다물었다.

분명 자신을 바라보고 있었으나 의령의 눈은 먼 곳을 바라보듯 텅 비어 있었다.

심연(深淵)을 응시하는 듯한 의령의 눈동자에 임교연은 말을 잃었다.

텅 비어 공허한 의령의 눈 위에 뿌연 물막이 고이기 시작했다.

의령의 눈물에 임교연의 가슴은 왠지 아득해졌다. 날카로운 무기에 명치를 찔린 듯 선연한 아픔이었다.

의령이 임교연에게 한 발자국 다가서 천천히 어깨에 손을 얹었다.

부드럽게 임교연을 품 안에 꼭 끌어안았다.

당황한 가운데 얼결에 의령의 품에 안긴 임교연의 귓전에 낮은 속삭임이 들려왔다. 꿈을 꾸는 듯한 음성이었다.

"오빠가…… 지켜…… 줄게……."

임교연의 눈이 커졌다. 자신이 미령이나 효령이로 보이는 것일까?

임교연은 천천히 의령의 등 뒤로 손을 돌려 끌어안았다.

한줄기 눈물이 흘러내렸다.

방 안의 탁자에는 진영 등 일곱 명이 앉아 있었다.

산에 오를 물품을 구하러 갔던 반류가 돌아온 것이다.

"형님, 저걸 어떻게 해석해야 합니까?"

반류는 의령을 보며 곤혹스러운 듯 눈살을 찌푸렸다.

임교연이 살짝 얼굴을 붉혔다.

의령은 임교연의 옆에 꼬옥 붙어 앉아 임교연의 얼굴만 쳐다보고 있었다.

다른 이들의 시선을 전혀 느끼지 못하는 듯했다.

진영은 한숨을 내쉬었다.

"교연이가 자기 누이동생인 줄 아는가 보다."

차정선이 물었다.

"아까는 왜 일어난 것일까요?"

진영이 생각에 잠길 때, 유성혼이 조심스레 끼어들었다.

"아까 정선 형님이 '얼른 일어나!' 라고 하지 않았습니까? 그 말에 반응한 게 아닐까요?"

"그럼 지금은 왜 내 말을 안 듣는데? 교연이만 보고 교연이 말만 듣잖아?"

"형님보다…… 임매가 좋은가 보죠."

유성혼의 말에 차정선은 입술을 불쑥 내밀었다.

"젠장! 여자가 더 좋다 이거지? 여기까지 업고 온 게 누군데……."

"지금 그런 말이 아니잖아요?"

뾰죽한 임교연의 교성이 울리자 차정선은 목을 움츠렸다.

임교연은 목까지 붉어져 있었다.

조온이 빙글빙글 미소를 지었다.

"어쨌든 의령이가 몸을 움직이고 누구의 말이든 들을 수 있다는 것만으로도 다행 아니냐? 왜 흥분하고 그래? 너, 정말로 의령이에게 다른 마음 품고 있는 거 아니냐? 나이 생각을 해라. 저보다 네 살이나 어린 친구한테……."

임교연은 버럭 소리를 질렀다.

"여기서 나이 얘기가 왜 나와요? 그리고 네 살 차이가 뭐 어떻다고 그러는 거예요!"

반류가 눈을 동그랗게 떴다.

"오호! 마음이 아주 없는 것은 아니구나? 이런, 이런!"

임교연이 몸을 벌떡 일으켰다.

"류 오빠!"

돌연, 의령이 벌떡 일어서 임교연의 앞을 번개같이 막아섰다. 손을 뒤로 돌려 임교연을 감싸듯 보호했다.

그러나 그의 눈은 오른쪽 구석을 응시하고 있었다.

의령의 뜻밖의 행동에 당황한 임교연은 반류에게 화를 내지 못하고 의령을 달랬다.

"심 공자, 그러지 말고 앉아요. 아무 일도 아니에요."

임교연의 말을 들은 의령이 천천히 자리에 앉았다.

그러나 좌중의 누구와도 눈을 마주치려 하지 않았다.

오직 임교연만 쳐다볼 뿐이었다.

임교연의 얼굴은 다시 붉어졌다.

이렇듯 뚫어져라 자신만 응시하는 눈길을 받은 적이 언제였던가.

남장을 한 이후로는 받아본 적이 없는 눈길이었다.

비록 여동생으로 오해하고 자신을 지켜보는 것인 줄 뻔히 알지만 임교연의 가슴엔 달콤한 기쁨이 일렁였다.

반류가 고개를 저으며 킥킥 웃음을 터뜨렸다.

임교연이 다시 무어라 하려 하자, 진영이 손을 들어 분위기를 정돈했다.

"자자, 온이 말대로 의령이가 정신을 차린 것만으로도 다행이다. 우리 부담이 크게 줄어든 거야. 일단은 지켜보는 수밖에 없다. 지금부터는 산행 준비에만 힘쓰자. 류!"

"예, 형님."

"준비해 온 것이나 펼쳐 보아라. 배분을 해야지."

반류는 웃음을 멈추고 임교연을 한 번 짓궂게 쳐다본 후, 탁자 위에 준비한 물품을 펼치기 시작했다.

튼튼한 밧줄이 세 묶음, 물을 담을 가죽 주머니, 우의 한 벌, 죽립 하나, 넉넉히 준비한 마른 건량이었다.

"그래, 신발은 구하지 못했느냐?"

"우리야 뭐, 여벌로 항상 갖고 다니니 상관없지만 의령이 것을 구해보려 했는데, 역시 마땅한 것이 없더군요. 아예, 소가죽을 구해왔습니다. 제가 하나 만들지요."

"좋아, 지금부터 각자의 무기를 챙기고 장비를 정비하도록. 류의 것은 내가 챙기마. 교연이는 의령이의 짐을 준비해 주고."

"예."

"시간이 많지 않다. 반 시진 내에는 이곳을 떠야 한다."

진영의 말에 모두의 손길이 부산스럽게 움직였다.

각자 식량과 물 주머니를 챙기고 진영과 유성혼, 반류가 밧줄을 행낭에 넣었다.

각자의 병기를 손질하고 있을 때, 진영이 그의 행낭에서 납작한 나무 상자 하나를 꺼내 뚜껑을 열었다.

양끝에는 창날이 붙어 있고 중간에 소가죽으로 단단히 묶은 손잡이가 달려 있는 한 쌍의 병기였다. 창날과 연결되어 손잡이를 보호하듯 이어져 달린 날카로운 초승달 모양의 월아(月牙)가 빛을 뿜었다.

조온이 크게 놀란 듯 소리쳤다.

"형님, 월아자(月牙刺)를 다시 사용하시는 겁니까?"

진영이 고개를 끄덕였다.

"이십 년 만이구나. 가끔 손질만 해왔는데……. 이번엔 이놈을 들고 싸워야 할지도 모르겠다."

권을 쓰는 자의 공방 능력을 크게 증대시키는 것이 이 단병기, 월아자였다.

진영은 뚫어져라 월아자를 쳐다보더니, 마음을 굳힌 듯 한숨을 내쉬고 월아자를 손질하기 시작했다.

반류가 몸을 일으켜 의령에게 다가섰다.

"자, 발 크기를 재보자."

반류가 자신의 발을 잡자 의령은 얼른 발을 들어 의자 위로 끌어 올렸다. 양발을 모아 잔뜩 웅크리고 임교연만을 바라보았다.

반류가 섭섭한 듯 중얼거렸다.

"참내, 밑천 털어서 암기술을 가르쳐 줬더니, 완전히 찬밥 신세구만."

채찍을 손질하던 임교연이 고개를 돌렸다.

"심 공자, 신발을 만들려 하는 거니까 발 크기를 재도록 발을 내미세요."

임교연의 말에 의령은 머뭇머뭇 발을 내밀었다.

반류는 입을 삐죽 내밀었으나, 아무 소리 없이 발 크기를 재어 소가죽에 대강 그렸다.

탁자로 돌아간 반류는 품에서 비수를 꺼내어 솜씨있게 소가죽을 잘라내어 덧대기 시작했다. 두텁게 겹으로 깔린 가죽을 힘줄로 꼼꼼히

매어갔다.

"너는 그 길로 나가도 충분히 먹고살 거야."

반류와 동갑인 차정선이 빠른 손놀림을 보며 감탄한 듯 중얼거렸다.

"아주 악담을 해라."

"어? 칭찬을 해도 그러네. 이것아, 선의로 말할 때는 좋게 좀 받아들여라."

반류는 밑창을 완성하고 소가죽을 길게 잘라 불에 그을리며 꼬기 시작했다.

"무인이 칼 대신 바늘을 들 일이 무엇이 있겠냐? 비참하게 무공 상실하고 목숨만 겨우 부지한 경우 말고는……. 그건 악담 중에도 최고의 악담인 거야."

일찌감치 무기를 손질하기 시작했던 차정선이 행낭을 등에 메며 투덜댔다.

"재수없게 왜 그 따위 말을 하냐? 내가 잘못했다. 으이구."

"걱정 마라. 네놈이 하두 굳어 있는 것 같아 농담한 것뿐이야."

"굳긴 누가 굳어?"

반류는 밑창에 꿰매어 묶은 소가죽 끈이 튼튼한지 잡아채면서 차정선에게 빙글거렸다.

"너, 의령이 업고 올 때부터 계속 부득부득 이 갈았잖아. 초장에 너무 기운 뺄까 봐 미리 한마디 한 거야."

"걱정 마라. 네놈에게 돌아갈 놈은 한 놈도 없을 테니까!"

"에휴, 곰 같은 녀석! 네가 그럴까 봐 걱정이라는 거야! 도대체 저 녀석이 어디가 그리 마음에 들었냐? 네놈이 처음 본 녀석한테 정을 주는 건 정말 처음 본다."

차정선은 자기 키만한 팔 척짜리 흑창을 휘휘 돌리며 말했다.

"내 몸 색깔 때문에 처음 본 놈들은 모두 나를 신기한 동물 보듯이 하지. 여태까지 한 놈도 예외가 없었다. 의령이 저놈은 아무렇지도 않게 우리를 대했어. 조 형님이 왜 한 눈이 없는지, 내가 어디서 왔는지 한 번도 묻지 않았다. 처음 봤을 때, 저놈이 내게 보인 호기심이라곤 이 패우간밖에 없었어. 날 신기한 검은 곰이 아니라 그냥 인간으로 대한 놈은 저 녀석밖에 없었다. 그래서 맘에 들었다."

차정선이 그답지 않게 긴 고백을 하자 모두 고개를 끄덕였다. 차정선이 의령을 마음에 들어하는 것을 보고 모두 안심을 했던 것이 사실이었다. 차정선은 중원인들에 대한 적개심이 지나치게 강했기에 낯선 이에겐 항상 적대적이었던 것이다.

반류는 완성한 듯 보이는 신발을 거꾸로 잡더니 꼼꼼히 밑창에 얇은 칼집을 내기 시작했다. 새 발자국처럼 보이는 홈이 촘촘히 그어졌다.

유성혼이 궁금한 듯 물었다.

"형님, 항상 궁금했는데 그 홈이 왜 필요한 거요?"

"야, 네 녀석이 산을 타며 사냥질한 게 몇 년인데 그런 질문을 하냐?"

유성혼이 불퉁거렸다.

"아니, 모르는 것도 죄요? 언제 가르쳐 줬나?"

반류는 혀를 찼다.

"쯧쯧, 그걸 머리라고 달고 다니냐? 장식물이 무거워 보이니 옆구리에 차고 다녀라."

유성혼이 코를 킁킁거리자, 반류는 질겁을 했다.

"너도 정선이 따라 하냐? 에…… 지저분한 것들."

"왜 나는 끌어들이고 난리여?"

"자기도 그냥 배운 대로 만드는 거겠지."

조온이 빙글거리며 끼어들었다.

반류는 고개를 저었다.

"이 홈이 있고 없고는 하늘과 땅 차이예요. 형님까지 왜 그렇십니까? 이 홈이 있어야 바위를 탈 때 미끄러지지 않는다고요. 이런 신발을 아무나 만들 수 있는 줄 압니까?"

반류는 완성한 신발을 들고 의령에게 다가갔다. 발가락이 드러나는 신발을 신겨주고 발목과 정강이에 꼼꼼히 소가죽을 묶었다.

"좋아. 급하게 만든 것치고는 잘 만들어졌어."

반류가 만족한 듯 웃음을 지었다.

진영이 한마디 던졌다.

"자, 우리도 모두 신을 갈아 신고 우의를 걸치도록 하자. 행낭도 단단히 묶고. 이제 출발하자꾸나."

진영의 말에 따라 모두 준비를 마무리하고 방을 나섰다.

빈틈없이 준비를 한 일행은 곧 농가를 벗어나 서북쪽으로 달리기 시작했다.

간밤에 줄기차게 내리던 빗줄기가 조금씩 가늘어지기 시작했다.

비수처럼 뾰족이 갈라진 바위 능선이 이어진 험한 산세.

산서(山西)와 섬서(陝西)를 가르는 황하의 거센 물살은 하구진(河口鎭)에서부터 남쪽으로 방향을 꺾어 진섬협곡(晋陝峽谷)을 지나 용문(龍門)에 이른다. 용문을 지난 황하는 북동쪽에서 흘러 들어오는 분하(汾

河), 서쪽에서 흘러드는 위수(渭水) 등과 어울려 동쪽으로 도도히 굽이쳐 흘러 산동의 발해(渤海)로 흘러가는 것이다.

첨산은 진섬협곡을 따라 분수를 휘감아 달리는 산세 중 남녘의 끄트머리에 위치한 산이다.

산허리를 휘감아 자욱하게 깔린 물안개를 쳐다보던 진영은 시커먼 죽립을 위로 치켜 올렸다.

의령만 보통의 죽립을 쓰고 있고 나머지는 모두 시커먼 오죽(烏竹)으로 만든 죽립을 쓰고 있었다.

여름철이면 폭우가 쏟아지는 것이 다반사인 하남에서는 낭인들의 필수품 중의 하나가 죽립이었다.

조온이 옆으로 다가와 섰다.

"형님, 놈들이 여기까지 추격해 오겠습니까? 빗줄기로 인해 전혀 추격할 수 없을 텐데요."

진영은 고개를 저었다.

"우리가 산에 오르느라 신향현에서 물품을 사지 않았느냐. 그들의 정보망과 조직력이라면 하루 이내에 이곳까지 추격해 올 것이다."

"그럼, 남은 여유는 하루란 말입니까?"

"그렇지."

"그럼 선택이 남은 것이군요. 그들을 기다려 치든지, 하루의 시간 동안 산에서 자취를 감추든지."

"일단 형편을 보아 결정하자. 지금쯤 산이 잔뜩 빗물을 머금었을 테니."

"예."

"성혼이 선두에 서라. 그 뒤를 류가 따르고 교연이, 의령이, 정선이가 달린다. 나와 온이는 뒤를 맡는다. 가자!"

진영의 낮은 외침에 따라 칠 인의 신형이 첨산을 달려 오르기 시작했다.

의령은 행여나 놓칠세라 임교연의 뒤를 바싹 따라 달리고 있었다.

19장 도주(逃走)

신향현의 한 작은 객잔에 천패궁의 요인 다섯이 모여 있다.

주소추는 침중한 얼굴로 앉아 탁자에 놓인 지도를 바라보고 있었다.

이번 작전은 처절한 실패였다.

각지의 연좌대를 천패궁의 편으로 끌어들이고 모든 죄를 현무교와 회회교에 뒤집어씌운 것까지는 대성공이었으나, 마지막 점을 잘못 찍어 그림을 망쳐 버렸다.

천추서림을 습격했을 때, 한광후에게 받은 정신의 타격이 결국 냉정한 판단을 방해한 결과였다.

옆 자리에 앉아 있던 마우간이 건너편의 개봉 분타주 낙일도에게 말을 건네는 것이 보인다.

"흠, 이곳에서 첨산으로 이동한 것 같다는 말인가?"

낙일도는 숫사자의 갈기와도 같은 수염을 쓸어 올리며 고개를 끄덕였다. 낙일도는 현무교의 남하를 막은 개파공신 중의 한 명이었다. 천패궁이 안정되자, 고향인 서안(西安) 근처의 개봉 분타주 자리를 희망해 하남에 자리를 잡았다. 사대봉공에 결코 뒤떨어지지 않는 무공과 명성을 갖고 있었고 마우간과는 친구 사이였기에 편하게 말을 주고받았다.

"그렇네. 추격에 아주 애를 먹었어. 간밤에 내린 폭우 때문에 모든 자취가 사라졌다네. 다행히 이곳에서 그들 일곱의 흔적이 발견된 것은 천운(天運)이라 할 수 있네. 그것이 아니면 영영 놓칠 뻔했군 그래."

"그들이 첨산으로 향했다는 것은 정확한 정보요?"

주소추가 낙일도를 향해 질문하자, 낙일도의 미간이 미미하게 흔들렸다. 낙일도는 옆 자리에 앉아 있던 수하 노삼에게 턱짓을 했다.

낙일도는 주소추란 이 작자가 정말 마음에 들지 않았다. 개봉부에서 추관이나 하던 관리가 느닷없이 천패궁의 고위급 인사로 둔갑해 자신의 상급자가 된 것이 못마땅했다.

노삼은 낙일도의 마음을 재빨리 알아차리고 주섬주섬 이야기를 늘어놓았다.

"이곳에서 그들이 구입한 물품 중 대부분이 산행에 필요한 도구였습니다. 신향현에서 가장 가까운 산은 코앞에 있는 첨산입니다."

주소추는 자신을 상대하지 않으려는 낙일도를 보고 내심 콧방귀를 끼었다.

'건방진 놈, 어디 두고 보자!'

"그들이 전혀 엉뚱한 산으로 갈 수도 있지 않소? 아예 산으로 가지 않을 수도 있고."

주소추의 도발에도 낙일도는 꿈쩍하지 않았다.

노삼이 나서 주소추의 말에 대꾸했다.

"그들이 머물렀던 농가의 주인에 의하면 그들은 첨산으로 떠난 게 확실하게 보입니다. 마을 사람들 몇몇이 이를 보증했습니다."

"그들의 말을 무엇으로 믿소?"

마침내 낙일도가 참지 못하고 지나가는 말처럼 허공에 대고 중얼거렸다.

"그렇게 철두철미하면서 왜 그들을 놓친 것인가……?"

주소추는 탁자를 내려쳤다.

쾅!

"그 말, 나 들으라고 하는 소리요?"

낙일도의 무성한 눈썹이 하늘로 치솟았다. 가뜩이나 못마땅한 작자가 감히 탁자를 두드리다니.

"여기가 개봉부 관저인 줄 아는가! 겨우 추관질이나 해먹던 작자가 어디서 큰 소리야! 애초에 천추서림을 말살하려 했으면 그 자리에서 끝장냈어야지, 중요 인물들을 몽땅 놓친 주제에 어디서 큰 소린가!"

"뭐요!"

주소추가 자리를 박차고 일어났다.

자리에 앉은 채로 일어선 주소추를 바라보는 낙일도의 호안(虎眼)이 부르르 떨렸다.

낮게 깔린 낙일도의 목소리가 살기에 젖었다.

"왜, 여기서 한 판 붙어보자는 말인가?"

이제까지 잠자코 있던 싸늘한 표정의 흑의인이 조용히 소매를 저었다. 날카로운 하관과 쭈욱 찢어진 눈초리가 섬뜩한 사내였다.

"그만들 하시오. 지금은 우리끼리 다툴 때가 아니오이다."

조용한 말 한마디가 일촉즉발의 긴장을 누그러뜨렸다.

주소추는 이를 부드득 갈더니 자리에 앉았다.

마우간이 나서 서로 노려보고 있는 두 사람을 달랬다.

"조 봉공 말이 맞소. 두 분은 화기(和氣)를 상해선 안 될 것이오. 조 봉공의 말이나 들어봅시다. 이 근처 지리를 가장 잘 아는 사람이 바로 조 봉공이오."

주소추의 눈이 천패궁의 사대천왕 중 일인인 조홍(趙鴻)에게 향했다. 산서성의 주변 지리에 가장 능통한 그가 척무절의 지시에 의해 수하들을 이끌고 합류했던 것이다.

조홍은 주위의 소란엔 아랑곳하지 않고 탁자 위의 지도만 응시하고 있었다.

"아마도 그들이 첨산으로 향했다는 말은 맞을 것이오이다."

"특별한 이유라도 있는가?"

마우간의 질문에 조홍은 고개를 끄덕였다.

"그렇네. 그들이 천추서림에서 의령을 구출해 서진(西進)한 것은 이미 확인된 사실이지. 개봉에서 서진을 했다면, 황하를 따라 낙양을 지나 서안으로 향하는 길이네. 이 도중에는 소림과 무당, 화산이 있네. 그들은 이미 정파무림에 한 번 배신당했기에 이들을 찾지는 않을 것이네."

"찾아가 봤자 찬밥 신세일 테지."

마우간이 말을 섞었다.

"맞아. 그런데, 이들의 자취가 신향현에 나타났네. 그들이 샀다는 물품들을 보니 산에 익숙한 자들임에 틀림없어. 산에 익숙한 자들이라면 첨산을 지나 어디로 갈지 몰라. 그들을 잡으려면 추격대를 첨산으로 급파해야 하네."

"그게 무슨 말이오이까?"

주소추가 이해가 가지 않는다는 듯 되물었다.

조홍의 시선이 주소추를 향했다.

"산서 안에는 남북으로 뻗은 두 개의 커다란 산줄기들이 이어져 있
소. 여기 첨산을 따라 계속 북진하면, 오대산과 항산(恒山)에 이르게 되
오. 이 산줄기들은 분하(汾河)를 경계로 남양산(南陽山)이 치솟은 여기
이 산줄기들과 서로 마주 보고 있는 형국이오."

조홍은 지도 위의 강줄기를 따라 두 개의 기다란 선을 그리며 설명
해 갔다.

"이 남양산 산줄기에서 서쪽으로 황하를 건너면 황토고원(黃土高原)
이 펼쳐지오. 여기서부터는 섬서외다."

조홍은 주소추의 눈을 뚫어지게 쳐다보았다.

"이곳은 황하의 지류가 복잡하게 얽히고설킨 데다가 큰 산들이 연이
어 장성 이북까지 뻗어 있소. 다시 말해 그들이 어느 곳으로 갈지 알지
못하는 이상 포위해서 추살한다는 것이 불가능한 지역이라는 말이외
다."

자신의 호승심을 꿰뚫어 보는 듯한 조홍의 말에 주소추는 찔끔했다.

"그러나 그들이 꼭 첨산으로 향했다고 믿을 수는 없지 않소?"

조홍은 빙긋이 웃음을 지었다. 살모사가 미소를 짓는 듯 싸늘한 웃
음이었다.

"어제부터는 비가 거의 내리지 않았소이다. 그들이 첨산에 올랐다면
금방 그 자취를 발견할 수 있을 거외다. 비를 머금은 산에 발자국을 남
기지 않는다는 것은 아무리 고수라도 불가능한 일이오."

주소추는 고개를 끄덕일 수밖에 없었다. 가보면 안다는 말처럼 확실한 언질이 어디 있다는 말인가.

"궁주님께서는 주 군사와 마 봉공의 회궁을 명하셨소."

"아니, 그런!"

주소추가 반발하려 하자 조홍은 고개를 저었다.

"이곳의 지리를 누구보다도 잘 아는 사람은 나요. 그깟 낭인 나부랭이들을 추격하는 데 대천패궁의 군사와 봉공 두 명, 분타주들까지 출동한다는 것은 우습지 않소? 더구나 궁주님은 두 분께 따로 의논할 일이 있다 하셨소."

주소추는 마땅히 대꾸할 말이 없었다. 궁주의 명에 따르는 것은 수하 된 의무였다. 의령을 직접 처단하지 못하는 것이 찜찜했으나 주소추는 고개를 끄덕였다. 이제 그는 천패궁의 궁도인 것이다.

"심의령의 목은 꼭 가져와 주시오."

조홍의 얇은 입술이 말려 올라갔다.

"걱정 마시오. 그들이 산서의 산을 얼마나 아는지는 모르겠으나 내게 이곳은 뒷마당과도 다름없는 곳이오. 내 그 애송이의 목을 베어 비단에 감싸 가리다. 개봉 분타의 정예들과 내가 이끌고 온 백호단(白虎團)만으로도 충분할 거외다. 본궁에서 좋은 소식이나 기다리시구려."

조홍은 손가락을 들어 첨산이 표시된 곳을 꾸욱 눌렀다.

지도와 함께 탁자까지 시꺼면 열기와 함께 구멍이 뚫렸다.

그의 성명절기 열양지(熱陽旨)였다.

"아주 흥미로운 사냥이 될 것이오."

*　　　　*　　　　*

어느덧 간간이 안개비만이 흩뿌린다.

첨산의 한 바위 봉우리 중턱에 앉아 비를 피하며 의령 일행이 다리를 쉬고 있었다.

그들의 발 아래에는 자욱한 물안개가 가득 일렁였다.

뛰어내리면 폭신하게 몸을 받아줄 듯 포근하게 보이는 구름의 바다였다.

이제까지 그들이 지나쳐 온 몇 개의 봉우리가 하얀 바다 위에 떠 있는 섬처럼 푸르게 반짝였다.

여기저기 편하게 자리를 잡고 육포를 질겅이는 육 인의 눈에는 조용한 긴장이 서려 있었다.

의령은 임교연의 바로 옆에 쭈그려 앉아 혼자 멍하니 눈앞에 펼쳐진 운해(雲海)를 홀린 듯 응시하는 중이었다.

임교연은 의령의 옆모습을 힐끗 바라보았다.

긴 속눈썹 위에 내려앉은 이슬 같은 작은 물방울이 그녀의 눈에 들어왔다.

'무슨 사내가 속눈썹이 저리 길까?

이렇게 사내의 얼굴을 숨소리도 느껴지는 가까운 거리에서 응시하는 것은 처음이었다.

임교연은 사내란 족속을 싫어했다.

대기근이 화북을 휩쓴 후, 부모를 잃은 임교연은 친척의 손에 이끌려 기루에 팔렸고, 어린 나이였지만 결사의 탈출을 감행했다. 기루에 고용된 무뢰배들에게 쫓기는 임교연을 구한 이가 진영이었다. 진영에게 무공을 배우며 그의 의형제 중 막내로 자랐지만 다섯의 의형제를 제외하곤 사내 자체를 피해왔다.

술시중을 들게 하며 끈끈하게 휘감기는 사내들의 손짓에 몸서리를 쳤던 임교연에게, 사내란 더없이 혐오스러운 존재였다.

처음 의령을 보았을 때, 사내란 느낌보다는 귀여운 동생이라는 생각이 먼저 들었다.

자신의 남장에 완전히 속아 뒤늦게 사과하는 그에게 조금의 경계심도 들지 않았다.

성장의 과정 중 아픔을 간직한 이는 같은 상처를 가진 이에게 예민하기 마련이다. 임교연은 친인을 졸지에 잃고도 굳세게 버텨 나가려는 의령의 의지에 순수한 감동을 맛보았고 나름대로 그를 위해 애써왔다.

그러나 그것은 형제애였지 이성(異性)을 향한 감정은 아니었다.

온전한 정신이 아닌 듯 보이는 상태에서 자신만을 바라보고 자신의 말만 듣는 의령을 보며 임교연은 왠지 혼란스러웠다.

그에게 향하는 감정이 모성애인지, 형제애인지, 사내를 향한 마음인지 알 수 없었다.

이렇게 그의 옆얼굴을 보며 생기는 이 두근거림은 도대체 무엇이란 말인가.

돌연, 의령이 임교연에게 고개를 돌렸다.

멀고 먼 어딘가를 응시하는 듯한 공허하게 젖은 눈빛에 임교연의 가슴은 크게 흔들렸다.

의령은 눈 한 번 깜박이지 않고 임교연의 얼굴을 물끄러미 쳐다보고만 있었다.

의령이 고개를 갸우뚱 기울였다.

‘분명히 임 소저가 틀림없는데…….’

금세 임교연의 모습이 효령이의 얼굴로 바뀌었다.

‘효령아…….’

안타까움에 목이 메었지만 그의 부름은 들리지 않았다.

효령이의 얼굴이 금방 미령이의 얼굴로 바뀌어간다.

살쾡이의 발톱이 가슴속으로 들어와 심장을 후벼 판다면 이런 기분일까. 의령은 찢어지는 아픔에 고개를 돌렸다.

한광후의 죽음과 천추서림 식구들의 비명을 들으며 온 힘을 다해 점혈을 풀고자 애썼던 기억이 난다.

눈앞에 친지들의 죽음이 펼쳐지던 환상과 시야가 시뻘게지던 기억이 난다.

가까스로 끌어올린 호연지기가 임맥이 아닌 독맥으로 역류해 온몸을 찢어발기던 아픔이 생각난다.

뇌호혈을 후려치던 기운의 정체는 무엇이었을까.

지금의 상태는 그때의 후유증일 텐데…….

마치 커다란 투명한 종을 온몸에 씌워놓은 것만 같다.

분명히 눈앞에 사물이 보이고 그가 아는 사람들이 보이는데 무언가 뒤틀려 보인다. 환상과 실제가 혼동된다. 모든 소리가 희미하다. 잘 들리지 않는다.

그나마 들리는 소리는 임교연의 목소리뿐.

임교연인지, 미령인지 효령인지 구분이 되지 않는다.

분명 죽은 애들인데 너무나 생생하다.

다시는 잃고 싶지 않다. 떨어지고 싶지 않다.

임교연에게 고개를 돌려보았다.

그의 옆에 앉아 있는 이는 분명히 미령이었다. 그 지혜로운 봉목과 차분한 얼굴은 틀림없는 그의 동생 미령이다.

의령은 떨리는 손으로 자신을 바라보는 미령이의 얼굴에 손을 가져갔다.

흠칫, 내밀던 손을 멈추었다.

그의 손등에는 검게 말라붙어 딱딱한 껍질 같은 피딱지가 잔뜩 내려앉아 있었다.

'이게 뭐지? 이런 더러운 손으로 미령이를 만질 수는 없어. 이걸 없애 버려야 해!'

의령은 손등을 바위에 문질러 피딱지를 떼어내기 시작했다.

'이걸 없애 버려야 해……. 이걸 없애야 해…….'

임교연은 깜짝 놀랐다.

자신을 물끄러미 바라보다 손을 들어 자신을 만지려 하던 의령이 돌연 자신의 손등을 격렬히 바위틈에 비벼대는 것이 아닌가.

의령은 알 수 없는 말로 무언가를 중얼대며 격하게 손등을 문질렀다. 날카로운 바윗결에 상한 의령의 손등에서 순식간에 핏물이 흘러넘쳤다.

"심 공자! 그만 해요! 그만!"

임교연은 의령의 손을 잡아챘다. 하얀 속살이 드러나 빠알간 피가 펑펑 솟구쳤다. 임교연이 말리자 의령은 팔에서 힘을 뺐다.

임교연은 서둘러 지혈을 하고 행낭을 뒤져 금창약을 꺼냈다.

"심 공자, 왜 그러는 거예요? 손엔 아무것도 없어요!"

다소 흥분하여 거칠게 말하는 임교연에게 의령은 움찔했을 뿐 아무 반응이 없었다. 그의 눈은 여전히 깊은 곳을 응시하듯 아득했다.

반류가 혀를 찼다.

"휴우, 정말 미친 게 아닐까?"

임교연의 성난 눈초리가 반류를 향하자, 그는 목을 움츠렸다.

진영이 고개를 저었다.

"그럴 리는 없을 게야. 미친 사람이 정확히 우리의 뒤를 쫓으며 경공을 전개할 수는 없을 게다. 좀 더 주의해서 지켜보자꾸나."

진영의 말에 모두 침묵했다. 언제 정상으로 돌아온다는 말인가. 언제까지 지켜보아야 할 것인가. 답답했다.

조온이 진영에게 고개를 돌렸다.

"지금은…… 그 수밖에 없군요. 그나저나 형님, 지금쯤은 저들이 추적을 시작했겠죠?"

진영은 고개를 끄덕였다.

"그럴 게다. 따라올지, 포기할지는 지켜봐야겠지만. 따라왔다면 곧 추적하겠지."

차정선이 눈을 번뜩였다.

"틀림없이 따라올 거요. 이 참에 뜨거운 맛을 보여줍시다. 한 놈도 돌려보낼 수 없소."

진영이 고개를 저었다.

"그리 간단히 생각할 문제가 아니다. 저들이 과연 추격을 시작했는지도 알 수 없고, 어느 정도의 인원이 왔는지도 몰라. 게다가 우리 앞을 가로막을 수도 있다. 그들의 인원 동원력이면 충분할 게야."

유성혼이 손을 들었다.

"그럼, 한 명이 뒤로 처져 그것을 확인하도록 하지요. 제가 가겠습니다.”

“괜찮겠냐?”

차정선이 걱정스레 물었다.

유성혼의 하얀 이가 드러났다.

“제가 이곳을 누빈 지가 얼마나 오래되었는데 그러십니까? 염탐만
하고 돌아오는 것이라면 상관없습니다.”

진영은 고개를 끄덕였다.

“그렇게 하자. 우선, 저들의 존재 유무와 그 규모부터 살펴야 한다.
이 일엔 역시 성혼이 적격이다. 이틀 후에 석골산(石骨山) 백운봉에서
만나자.”

“알겠습니다.”

“명심해라. 적을 절대 얕보면 안 된다. 그들 중에 어느 정도의 고수
가 있을지도 알 수 없거니와 이 산에 익숙한 자도 있을지 모른다. 절대
가까이 접근하지 말고 능선이 아닌 비탈로만 움직여라.”

“명심하겠습니다.”

유성혼은 의령을 잠시 응시했다. 의령은 한 손을 동여맨 채 여전히
멍하니 있었다.

의령에게 다가가 한쪽 무릎을 꿇었다.

사람을 마주 대하자 의령의 눈은 오른쪽 허공으로 돌려졌다. 그가
정면으로 보는 이는 아직까지 임교연뿐이었다.

유성혼은 손가락을 들어 의령이 바라보고 있는 쪽을 가렸다.

천천히 자신의 정면으로 손가락을 가져오며 유성혼이 말을 건넸다.

“의령아, 나를 봐라.”

유성혼의 손가락을 따라 의령의 눈동자가 천천히 움직여 유성혼을

마주 보았다.

유성혼의 입이 벌어지며 미소가 피어났다.

"잘했다. 앞으로 우리들을 볼 때는 눈을 피하지 마라. 나는 잠시 정찰을 하러 간다. 이틀 후엔 다시 만날 수 있을 거다. 잘 들어. 내 말이 들리리라고 생각한다. 무엇이 너를 이렇게 만들었는지 잘 생각해라. 피하지 마라. 더 이상 네게 피할 곳은 없다."

의령의 눈동자에서는 아무런 표정도 떠오르지 않았다. 의령의 눈동자는 다시 오른편의 허공으로 돌려졌다.

유성혼은 실망하지 않고 임교연에게 고개를 돌렸다.

"네 역할이 아주 중요하다. 임매, 지금 내가 한 말을 쉴 때마다 들려줘라. 난 의령이가 생각을 할 수 있다고 믿는다. 자신이 이렇게 된 이유를 스스로 찾아 해결하라고 계속 말해 주어라. 알겠니?"

임교연은 고개를 끄덕이며 유성혼에게 한마디 물었다.

"오라버니가 섭혼술로 치유할 수는 없을까요?"

유성혼은 고개를 저었다.

"저렇게 초점을 맞추지 않는 눈에는 섭혼술을 시전할 수가 없다. 내 눈을 제대로 보지 않는데 어떻게 하니?"

"음……. 알겠어요. 오라버니 말씀대로 하지요."

"그래, 믿음을 갖고 계속 암시를 주어라. 너의 말은 제대로 들리는 듯하니까."

유성혼은 몸을 일으키고 형제들을 둘러보았다.

"그럼, 이틀 후에 뵙겠습니다."

"무사히 돌아와라."

걱정스러운 듯 말하는 조온에게 씨익 웃어주었다.

"걱정 마슈. 신중히 감시만 하다 올 테니."

몸을 날려 산양처럼 바위를 타 내려가는 유성혼의 뒷모습을 다섯의 형제들이 배웅했다.

"보내지 말 걸 그랬나……."

진영이 나직이 탄식했다.

조온이 빙긋 웃었다.

"형님도 이젠 늙었나 보오. 자식 보내는 아비모양 잔소리를 늘어놓더니, 보내고 난 후에도 한숨이라니. 어차피 한 번은 뒤를 확인해야 하오."

"그런가?"

반류가 나서 형제들을 재촉했다.

"자, 우리도 슬슬 갑시다. 너무 오래 쉬었소."

"그래, 성혼이 돌아올 때까지 조금 여유있게 가자꾸나."

여섯의 그림자가 안개를 헤치고 바위를 넘어 사라져 갔다.

*　　　*　　　*

바위 능선의 우회로를 치달려 내려가던 유성혼은 신형을 멈추고 땅에 엎드려 작은 바위에 귀를 붙였다.

눈을 감고 정신을 집중하자 은밀한 진동마저 조금씩 전해져 왔다.

일 다경쯤 소리를 듣던 유성혼은 바위에서 귀를 떼고 몸을 일으켰다.

'아직 이 근처까지 오려면 먼 모양이군.'

하루의 거리를 앞섰으니, 아직은 넉넉한 시간이 있었다.

빗물을 잔뜩 머금은 산길이라 아무래도 지나간 자취가 남았을 터였다.

어느 정도 시간이 있음을 깨달은 유성혼은 잠시 생각을 거듭했다.

그가 우려하는 적의 추적 경로는 산보다는 강이었다.

첨산의 서쪽을 굽이쳐 흘러 황하에 합류하는 심하(沁河)가 문제였다. 심하의 발원지가 바로 석골산이었다.

천패궁에서 패를 나누어 분하(汾河)와 심하(沁河)를 따라 북상할 경우 자칫 삼면으로 포위될 우려가 있었다. 오대산 부근에서 발원해 석골산에서 북쪽으로 사백여 리 떨어진 평진현(平晉縣)을 지나 석골산을 휘감아 돌아 용문까지 이르는 강이 분하였기 때문이다.

'그래, 분하는 몰라도 심하는 한 번 다녀오자. 반나절이면 충분해.'

마음을 굳힌 유성혼의 신형이 나는 듯 서쪽을 향해 비탈을 치고 내려가기 시작했다.

아름드리로 뻗어 있는 전나무의 둥치를 걷어차며 순식간에 유성혼의 신형이 사라졌다.

심하의 중류에 이르러 몸을 숨긴 채 비탈을 차 옆으로 달리며 하류까지 수색한 유성혼은 발을 멈추었다.

'다행히 이곳으로 올 생각은 못했나 보군. 우리의 행선지를 정확히 파악하고 있지는 못해.'

유성혼은 신형을 차올려 아름드리 노송(老松)의 가지에 걸터앉아 휴식을 취했다.

안개비마저 그쳐 강 주변이 은은한 안개에 짙게 휩싸여 있었다. 언뜻언뜻 드러나는 수면을 따라 구름이 움직이듯 안개가 자욱이 흘렀다.

유성혼은 어린 솔잎을 뜯어 입에 넣고 잘게 씹기 시작했다.

시큼하면서 쓰디쓴 맛과 함께 청량한 솔 내음이 입 안을 가득 맴돌았다. 조금씩 씹자 쓴맛이 사라지고 개운한 기운만이 입 안에 남았다.

단내를 내뿜던 유성혼의 갈증이 조금 달래졌다.

유성혼은 어린 솔잎만을 골라 따내어 주머니 속에 넣기 시작했다.

산에서 목이 마르다고 물을 마시기보다는 솔잎을 먹는 편이 훨씬 운신(運身)에 유리했다. 지금처럼 전속력으로 달릴 때에는 물배를 채워 배를 출렁이게 하기보다는 갈증만을 달래주는 편이 더 나았다.

유성혼은 고개를 들어 하늘을 보았다.

한동안 비가 내릴 것 같지는 않아 보였다.

죽립을 벗은 유성혼은 뒷부분의 고리를 벗겨내고 조심스레 접기 시작했다. 두툼한 부채 모양으로 죽립이 접히자 우의를 벗어 탈탈 털어 접었다.

죽립과 우의를 행낭에 넣은 유성혼은 팔다리를 느릿하게 움직여 보았다. 오랜만의 산행이었지만 근육이 경직되지는 않은 듯 보였다.

자신의 몸 상태에 만족해 작게 미소를 지은 유성혼은 고개를 돌려 완만한 경사의 첨산을 올려다보았다.

첨산에서 시작해 오대산까지 이르는 이 산줄기는 동쪽은 가파르고 서쪽은 완만한 경사를 이루고 있었다.

'어디, 망월봉(望月峯)까지는 왔으려나?'

시간과 거리를 어림짐작해 치고 올라갈 목표를 정한 유성혼은 곧 몸을 날려 비탈을 비스듬히 차오르기 시작했다.

어깨의 요동이 없이 춤을 추는 듯 오르는 그의 발걸음은 마치 산이 밀어 올려주는 듯 자연스럽기 그지없었다.

유성혼의 신형은 급격히 숲 사이로 자취를 감추었다.

*   *   *

바위 능선을 오르는 낙일도의 미간은 잔뜩 찌푸려져 있었다.

기름종이로 만든 우의를 입었지만 사방에서 휘몰아치는 바람을 잔뜩 맞아 하의가 축축히 젖어 다리를 휘감아 발걸음을 붙잡았다.

가죽신은 잔뜩 물을 먹어 불쾌한 습기가 가득 찼다.

옷깃으로 스며든 불쾌한 빗줄기가 흐르는 땀과 함께 등줄기를 끈끈히 적시었다.

통풍이 안 되는 우의 덕분에 온몸이 땀에 젖어 후줄근했다.

그의 앞을 걷는 노삼이나 조홍의 사정도 마찬가지였다.

오랜 산행이 될지도 모른다며 잔뜩 식량과 물품을 짊어진 오십여 명의 정예 수하들도 끈적한 발걸음을 옮기고 있다.

더 이상 참지 못한 낙일도가 조홍을 불러 세웠다.

"조 형! 여기서 해가 나기를 기다리며 옷이나 좀 말리고 갑시다. 더 이상은 기분이 더러워 못 가겠소!"

조홍은 걸음을 멈추고 고개를 돌렸다.

서안 출생이라지만 생애의 대부분을 하남의 평야 지대에서 보낸 낙일도의 인내심이 한계에 도달한 것이 분명히 보였다.

산에 익숙지 못한 수하들도 지쳐 보였다.

조홍은 비로소 반나절 만의 휴식을 명했다.

"그럽시다. 곧 구름이 걷히고 해가 뜰 모양이니. 자! 이곳에서 휴식한다! 그 자리에서 경계 태세를 갖추며 휴식을 취하도록!"

강호무림에서 일류에 속하는 수하들과 절정고수들로 이루어진 추격대였지만 자연의 변덕 앞에는 무력했다.

곧 여기저기서 짐을 내려놓고 다리를 쉬는 수하들이 눈에 띄었다.

아직도 간간이 안개비가 내리고 있었지만 곧 해가 떠오를 듯 보였다.

조홍과 낙일도는 교대로 운기조식을 취하며 절정의 공력으로 옷을 말렸다.

그 정도의 공력을 갖추지 못한 수하들 대부분이 우의를 벗고 땀에 젖은 옷을 짜내고 있었다.

"휴, 이거 생각보다 산이 무척 험하구려. 꼭 이렇게 험한 곳으로 가야 하오?"

낙일도와 조홍은 그리 가까운 교분을 맺고 있지는 않았다. 호쾌한 인물인 낙일도가 모사형인 조홍을 그리 살갑게 대하지 않은 탓이었다.

"그들의 경로를 따라가다 보니 이렇소이다. 이놈들이 계속 바위 능선을 타 넘은 모양이구려."

"이렇게 계속 능선을 타 넘어야 할 거란 말이오?"

조홍은 고개를 저었다.

"지금으로선 무어라 말할 수 없소이다. 그들이 지금이라도 동쪽으로 길을 잡고 급경사를 타 산을 내려갈 수도 있소. 그렇게 되면 북직예(北直隷)의 어느 곳이라도 갈 수 있소이다. 서쪽으로 길을 잡는다면 심하(沁河)로 내려가오. 산줄기를 하나 더 넘으면 분수(汾水)가 나오고 아예 더 나아가 섬서로 빠질지도 모르오. 그곳들을 다 막느니 꾸준히 추격을 하는 편이 더 좋다는 말이오. 지금으로선 이것이 최선이외다."

낙일도의 입이 떠억 벌어졌다.

"얼마나 추격해야 될지 모른다는 거요?"

조홍은 고개를 끄덕였다.

"그렇소. 나도 그깟 놈들을 끝까지 추격해 없앨 필요가 있는가에 회의가 들지만, 궁주님이 엄명을 내리셨으니 어쩌겠소. 날이 좀 개면 본격적으로 추격합시다."

"끄응!"

낙일도가 고개를 설레설레 저었다.

그동안 너무 편안한 생활을 해온 것일까?

겨우 반나절 산을 탔다고 이렇게 짜증이 나다니. 비가 오는 산을 너무 우습게 본 듯했다.

"그나저나 수하들이 견딜지 모르겠구려. 나조차도 이렇게 짜증이 나니 말이오."

낙일도가 솔직히 자신의 마음을 터놓자 조홍도 웃음을 머금었다.

"어차피 사냥이란 고된 것이오. 중간에 가끔씩 노루나 멧돼지 사냥도 합시다. 놀이나 훈련으로 생각하고 이 사냥을 마친 후에 흔쾌히 술이나 한잔합시다."

그 말이 마음에 들었는지 낙일도가 파안대소를 터뜨렸다.

망월봉의 중간, 바위 능선의 한 켠 마당바위에 앉은 천패궁의 추격대가 흔쾌한 대소를 머금었다.

'흠, 산에는 초짜들이 분명하군.'

천패궁의 추격대가 휴식을 취하는 바위가 훤히 내려다보이는, 능선에서 비껴난 전나무의 꼭대기 가지에 앉아 유성혼이 빙긋이 웃었다.

모두 합쳐 쉰다섯. 절정으로 보이는 고수가 둘. 나머지도 모두 일류급으로 보였다.

조금 벅찬 숫자였지만 유성혼의 얼굴엔 자신감이 흘러넘쳤다.

'곧 그 웃음을 비명으로 만들어주지.'

문득, 재미있는 생각이 떠올랐다.

'오랜만에 장난을 좀 쳐야겠군.'

유성혼의 입꼬리가 비스듬히 말려 올라갔다.

2

언제 비가 왔냐는 듯, 구름 사이로 뜨거운 햇살이 쏟아져 내렸다.

모두 우의를 벗어 젖혔다.

햇살이 따사롭다.

물기를 짜낸 옷을 통해 바람이 들어오자 모두들 기분이 상쾌해졌다.

나들이라도 가는 듯 사방을 둘러보며 햇빛에 반짝이는 운해(雲海)를 즐기는 그들에겐 느긋한 여유마저 엿보였다.

망월봉을 벗어나 나월봉(裸月峯)으로 접어들었다. 빗물에 젖어 미끌미끌한 바위 사이로 난 작은 소로를 걸어 올라가던 조홍이 번쩍 손을 들었다.

모두 신형을 멈추었다.

뒤따르던 낙일도가 급히 물었다.

"왜 그러시오? 그들의 자취를 놓쳤소이까?"

조홍은 날카로운 시선을 소로의 한 켠에 못 박고 있었다.

“저걸 보시오.”

조홍의 손가락을 따라 고개를 돌린 낙일도의 눈에 소로에 깊숙이 패인 발자국 하나가 보였다.

“발자국 아니오. 그들이 이쪽으로 향했다는 증거 아니오이까? 계속 가면 될 텐데 왜 멈춘 것이오?”

조홍이 고개를 저었다.

“겉보기만 그럴 뿐 이상한 발자국이외다.”

“무슨 말이오?”

“지금까지 이들의 자취를 쫓으며 이렇게 뚜렷한 발자국을 본 것은 처음이오. 그들은 거의 맨땅을 밟지 않고 여기까지 왔소. 흙 위에 찍힌 발자국보다는 부러진 나뭇가지나 바위 위의 이끼를 밟은 자국을 보고 여기까지 추적한 것인데…… 지금 와서 이런 발자국을 남길 이유가 없다는 거요.”

“실수를 할 수도 있지 않습니까?”

낙일도의 뒤에 있던 노삼이 물었다.

조홍은 고개를 저었다.

“아무래도 이상하네. 왼발의 발자국인데 바깥쪽이 유난히 깊게 패어 있어. 우 단주!”

“예!”

추적대의 후미에서 백호단주 우소평(牛素評)이 달려왔다. 위맹하게 생긴 육 척의 단단한 몸매였다.

“수하들 몇을 데리고 동쪽 사면을 수색해라! 무언가 수상한 자취를 발견하면 즉시 알리도록!”

“존명!”

우소평은 곧 다섯의 날랜 수하들을 선발해 등짐을 내려놓고 바위 능선의 동편 급사면을 내려가기 시작했다. 유연한 동작들이 깨끗하고 절도있게 보여 한 점 흐트러짐이 없었다.

"오! 훈련 상태가 아주 양호하구려."

낙일도의 칭찬에 조홍은 빙긋 미소를 지었다. 본궁의 백호단은 자신의 관할 하에 있었기 때문이다.

"조 봉공님, 혹시 속임수일지도 모르니, 전방을 확인해 보는 것이 좋지 않겠습니까?"

노삼이 조심스레 자신의 의견을 피력했다.

조홍은 고개를 끄덕였다.

"그게 좋겠군. 좋은 지적이야. 자네가 직접 다녀오게나. 낙 형, 좋은 수하를 두셨구려."

"푸하하, 고맙소이다."

자신의 체면을 세워준 노삼이 기특해 낙일도는 홍소를 터뜨렸다.

노삼이 분타원들 몇을 이끌고 바위 능선을 달려갔다.

조금 후에 우소평이 수하들을 이끌고 급하게 뛰어올라 와 보고했다.

"얕은 발자국이 하나 발견되었습니다."

"그래?"

조홍은 오른손을 들어 턱끝을 매만졌다.

곧 이어 노삼이 달려왔다.

"분명히 이리로 간 것이 틀림없는 듯합니다. 다수의 기척이 발견되었습니다."

낙일도는 미간을 찌푸렸다.

"이놈들이 패를 갈라 흩어졌다는 말이오?"

조홍이 고개를 저었다.

"그건 아닐 듯하오."

"그럼, 조 형의 의견은?"

조홍은 가늘게 찢어진 눈을 거의 감듯이 찌푸렸다.

"오른편 급사면으로 모두 이동했을 듯하오."

"어째서 그렇게 생각하시오?"

"지금까지 거의 자취를 남기지 않았던 자들이 전방에 한꺼번에 여러 개의 자취를 남겼다는 것이 수상하오. 거기다 여기 있는 이 발자국은 조금만 관찰하면 오른편으로 몸을 날렸다는 표시가 극명히 드러나오. 이제까지의 경로를 보아 이렇게 분명한 자국을 남길 자들이 아니오이다."

"그게 어쨌다는 거요?"

"이건 아주 고도의 속임수일 수도 있고, 단순한 판단 착오가 될 수도 있소. 하지만 전방에 여러 개의 자취를 일부러 남기고 정작, 속임수거나 우리의 추격을 방해하기 위해 난 듯 보이는 단 하나의 자취만을 남긴 쪽으로 이동했을 가능성이 더 크오."

낙일도는 머리를 절레절레 흔들었다.

"너무 복잡하게 생각하는 것 아니오?"

조홍은 냉정한 미소를 지었다.

"이럴 때는, 직접 확인해 보면 그만이오. 심증이 가는 쪽으로 일단 가봅시다. 속임수에 넘어갔다고 해도 몇 시진 낭비하는 것에 불과할 거요. 우직하게 쫓아가는 사냥꾼은 피할 도리가 없는 법이오이다."

생각은 복잡해도 행동은 명쾌한 조홍의 의견에 낙일도는 크게 만족해 엄지손가락을 치켜 올렸다.

"역시 머리만 쓰는 주소추 같은 작자는 조 형의 발뒤꿈치도 따르지
못할 거요. 그 단순명쾌한 결단력, 굉장하외다."
조홍이 호탕하게 웃음을 터뜨렸다. 그동안 인연이 닿지 않아 친분을
쌓지 못했던 두 사람은 급속히 가까워지고 있었다.

우소평과 노삼이 선두에 선 추격대는 조심스레 소로(小路)를 걷고
있었다.
그들이 쫓아온 발자취는 나월봉의 절벽을 우회하는 가파른 오솔길
로 이어졌다.
천신이 하강해 일도로 양단한 듯 가파르게 끊어진 나월봉의 바위 사
면이 안개에 휩싸여 끝이 보이지 않는 낭떠러지를 이루고 있었다.
절벽의 중간을 가로질러 어깨 넓이도 되지 않는 길이 비스듬히 이어
져 눈앞에 펼쳐졌다. 아차 실수라도 하는 날에는 끝도 없는 낭떠러지
로 추락할 위험천만한 소로였다.
노삼은 뒤로 고개를 돌려 조홍과 낙일도를 바라보았다.
"계속 전진할까요?"
노삼의 뇌리에는 경종이 울리고 있었다. 함정의 냄새가 너무도 짙게
풍겼던 것이다.
이런 지형에서 적의 습격이라도 받는다면, 속수무책으로 당할 공산
이 컸다.
낙일도는 조홍의 의견을 묻듯 고개를 돌렸다. 아무래도 이 자리에서
산에 제일 익숙한 사람은 조홍이었던 것이다.
조홍은 눈을 가늘게 떴다.
"이거 참, 거절하기 힘든 유혹이구려."

"저길 가자는 말이오? 내가 보아도 너무 위험해 보이오."

조홍은 날카로운 웃음을 터뜨렸다.

"나도 알고 있소. 하지만, 그 점이 더 흥미를 자극하는구려."

조홍은 자신의 턱을 어루만졌다.

"낙 형, 이렇게 합시다. 내가 먼저 저 소로의 끝까지 발자국을 추격하겠소. 이상이 없다고 판단되면 신호를 보낼 테니 수하들을 이끌고 오시구려."

"아니, 조 형이 직접 가시겠단 말이오? 그럴 필요가 있겠소? 차라리 노삼을 보냅시다."

조홍은 웃으며 고개를 흔들었다.

"아니오. 이곳을 우회할 수도 있는데 굳이 저곳을 가보겠다는 것은 나의 호기심 때문이오. 내가 직접 가도록 하겠소이다. 그리고 그동안 너무 한가하게 살아오지 않았소이까? 이 사냥에 이제 슬슬 흥이 이는구려."

낙일도는 조홍을 새삼스러운 눈으로 바라보았다. 조용하고 냉정한 줄만 알았던 이 사내가 이토록 호쾌한 면이 있다는 것이 그의 마음을 움직였다.

"조 형의 뜻이 그렇다면 먼저 가시구려. 나도 같이 가고 싶지만 조 형의 흥취를 방해할 듯하니 여기 남겠소이다."

조홍도 웃으며 고개를 끄덕였다.

"그렇게 합시다. 위험을 즐기는 것이야말로 사내다운 일이지요. 내 다음번엔 낙 형을 위해 양보하리다."

조홍은 조심스레 소로를 걷기 시작했다.

오랜만에 긴장감이 머리를 달군다.

조홍은 살짝 혀를 내밀어 윗입술을 축였다. 현무교와의 전투 이후 이 얼마 만의 짜릿한 쾌감인가.

날카로운 눈으로 전방을 주시하면서 이목을 최대한 열었다.

왼 어깨에 가끔 부딪치는 절벽의 튀어나온 부분을 제외하고는 평평하게 활짝 펼친 병풍을 따라 걷는 듯했다.

얕은 내리막을 지나니 날카로운 돌 조각들이 깔려 있는 평탄한 길이 이어졌다.

조홍은 신형을 날려 단숨에 반대 방향으로 치달았다.

매복이 있다면 반대 편의 작은 노간주나무들 사이리라.

전신에 진기를 끌어올렸다.

조홍의 옷이 팽팽히 부풀어 올랐다.

단숨에 절벽의 끝에 도달한 조홍은 신형을 낮추고 주변을 조심스레 수색했다. 인기척은 느껴지지 않았으나 조홍은 긴장을 늦추지 않았다.

아무도 없었다.

단지 작은 발자국 하나만이 남아 있을 뿐.

조홍은 빙긋 미소를 지었다.

이 방향으로 간 것이 틀림없었다.

몸을 돌려 나무들의 사이를 빠져나온 조홍은 웃으면서 크게 소매를 저었다.

낙일도 등이 느긋하게 신형을 날려 달려왔다.

오십여 인의 동료들이 몸을 날려 벼랑길의 중간쯤을 통과하는 광경을 지켜보던 조홍은 절벽의 바위 사면을 한 손으로 짚고 기대었다.

'곧 즐거운 사냥이 시작되겠군. 웅?'

손에 닿는 절벽의 느낌이 어딘지 이상했다. 조홍은 눈을 돌려 절벽을 관찰했다.

고개를 갸웃하던 조홍이 손가락을 들어 가볍게 절벽의 튀어나온 부분을 툭 건드렸다.

약간의 공력만 운용했을 뿐인데, 단단한 바위로만 보였던 튀어나온 부분이 칼로 벤 듯 떨어져 내렸다.

조홍의 얼굴이 창백해졌다.

절벽의 중간을 통과하려는 추적대를 향해 다급히 고개를 돌리며 외쳤다.

"모두 전속력으로 뛰엇! 함정이다!"

조홍의 외침과 거의 동시에, 머리 위 높은 벼랑 끝에서 작은 굉음이 울렸다.

조홍은 반사적으로 고개를 들어 절벽의 꼭대기를 응시했다.

따가운 햇살이 시야를 방해했지만, 누군가 절벽을 내달리며 쿵쿵 발을 구르는 모습이 보였다.

사내의 평범해 보이는 진각은 절벽의 사면을 잇따라 무너뜨렸다.

작게 부서진 바위 조각이 떨어져 내리며 한 겹의 껍질이 벗겨지듯 연쇄적으로 절벽의 벽이 와르르 무너져 내렸다. 천지를 진동하는 굉음과 함께 창살같이 날카로운 돌 조각들이 우박처럼 나월봉의 절벽에 쏟아져 내렸다.

"안 돼!"

선두를 달리던 낙일도와 노삼을 비롯한 개봉 분타원들은 가까스로 산사태를 피했지만, 우소평 등을 비롯한 백호단원들 대부분이 퍼부어 내리는 바윗돌의 폭우를 벗어나지 못하고 낭떠러지로 퍽퍽 떨어져 내렸다.

자욱한 먼지가 피어나며 이십여 명의 수하들이 돌 조각들과 함께 천 길 낭떠러지의 운해 속으로 눈 깜짝할 새 자취를 감추었다.

"이노옴!"

조홍의 신형이 빗살처럼 솟구쳤다.

바람을 가르는 소리와 함께 벽호공을 시전하는 조홍의 몸이 나월봉의 절벽을 평지처럼 훌훌 날아올랐다.

절벽을 무너뜨린 사내가 번개같이 신형을 날리는 방향으로 뛰어올라 간 조홍은 흑의를 걸친 사내의 뒷모습을 발견하고 벽력같이 소리쳤다.

"거기 서랏!"

반대 편 벼랑 끝에서 흑의의 사내가 고개를 돌려 조홍을 바라보았다.

반짝!

웃는 것인가. 희게 갈라진 사내의 하얀 이가 햇빛에 빛나는 것을 본 조홍은 머리끝까지 화가 뻗쳐 올라 열 손가락을 모두 펼쳐 열양지의 최절초 열양폭(熱陽暴)을 발출했다.

쒜에액!

허공을 가르는 열 줄기의 붉은 지력이 찢어지는 굉음을 토해냈다.

돌연, 흑의사내의 신형이 사라졌다.

조홍의 열양폭은 허공을 갈랐다.

섬전처럼 신형을 날려 흑의사내가 서 있던 자리에 온 조홍은 망연했다.

절벽의 사면조차 보이지 않는 깎아지르는 벼랑.

절벽의 밑에는 온통 허연 운해가 자욱하게 보일 뿐, 사내의 자취는 어느 곳에도 없었다.

순간의 방심으로 아끼던 수하들을 잃은 죄책감과 한낱 낭인에게 조롱당했다는 분노로 조홍은 고통에 찬 괴성을 내질렀다.

그의 진각에 벼랑 끝이 와르르 무너져 내렸다.

순식간에 조홍의 수하들을 삼켰던 운해는 이번에도 아무런 소리조차 들려주지 않았다.

'휴우!'

운해의 가운데 툭 튀어나온 바위 벼랑의 천장에 거꾸로 매달려 있던 유성혼은 안도의 한숨을 내쉬었다.

'미리 도주로를 마련해 두지 않았다면 큰일 날 뻔했군.'

바람이 유성혼의 머리칼을 흔들었다.

벼랑 위에서 괴성과 함께 후두둑 돌 조각들이 떨어져 내렸다.

'후후, 그곳에서는 진각을 아무리 내디뎌도 산사태가 일어나지 않는다네.'

나월봉으로 접근하는 천패궁 무리를 본 순간, 유성혼의 머리에는 기가 막힌 계책이 떠올랐다.

나월봉은 바위로 이루어진 거대한 암봉이었지만, 동쪽 사면의 벼랑은 충격에 극히 약했다. 번개가 한 번 내리꽂혀도 산사태가 나곤 하는 곳이고 추락 사고가 잇따르는 지역, 동쪽 사면으로 유인만 할 수 있다면 적에게 강력한 타격을 줄 수 있는 곳이었다.

반반의 가능성으로 발자국을 남겼던 것이 잘 먹혀들어 갔다.

이제는 무너진 벼랑을 돌아 다시 나월봉으로 오른 유성혼은 혹시 모를 역습에 대비해 도주로를 만들었다.

서쪽 사면 벼랑의 운해 중간에 있는 바위와 건너편 능선에 우뚝 솟아 있는 전나무 사이에 밧줄을 두 겹으로 걸어놓았던 것이다. 깎아지르는 암벽이었지만 바위산에 익숙한 유성혼에게는 그다지 어려운 일이 아니었다.

적의 수뇌로 보이는 사내의 경공과 벽호공은 놀라웠다.

미리 준비한 도주로가 아니었으면 큰 낭패를 볼 뻔했다.

적에게 비웃음까지 안겨주고 뛰어내렸지만, 유성혼의 가슴도 위험천만한 계획에 잔뜩 긴장해 있었다.

귓전을 쪼개는 추락의 소리에 아랑곳하지 않고 두 손을 바짝 벼랑에 붙여 중심을 유지했던 유성혼은 미리 동여맨 밧줄의 탄력을 빌어 재빨리 튀어나온 바위 밑으로 거꾸로 매달렸던 것이다.

절벽 위의 인기척이 사라진 것을 확인한 유성혼은 다시 밧줄에 매달렸다.

발 밑으로는 끝도 보이지 않는 구름의 바다.

'별로 하고 싶지 않은 경험이야.'

유성혼은 등 뒤의 도갑을 풀어 밧줄 위에 걸치고 두 손으로 도갑을 잡았다.

오른편 능선의 전나무에 매듭을 묶어놓은 밧줄을 타고 유성혼의 몸이 쏜살같이 하강했다.

'바싹 독이 오르겠군.'

구름을 가르는 유성혼의 얼굴에 미소가 스쳐 지나갔다.

20장 단혼애(斷魂崖)

회백색의 구름으로 하늘이 우중충하니 찌푸려 있다.

여기저기 바위가 고개를 내밀고 있는 푸른 초원으로 이루어진 능선을 쏜살같이 달리는 무리.

천패궁의 추적대다.

선두에 서서 의령 등의 발자취를 찾는 조홍의 눈은 핏발이 내비쳐 시뻘겋다. 가늘게 찢어진 눈에서 줄기줄기 서릿발 같은 살기가 물씬 피어난다.

조홍의 바로 뒤를 따르던 노삼이 슬쩍 뒤를 돌아보며 낙일도에게 전음을 보냈다.

―분타주님!

―왜?

―수하들의 체력이 한계에 도달했습니다. 하루 낮밤을 쉬지 못했습

니다. 더 이상은 무리입니다.

낙일도는 고개를 끄덕였다.

노삼의 진단은 정확한 것이었다.

자신이 이끌고 온 백호단원들의 태반을 잃은 조홍은 미친 사람처럼 날뛰더니, 지금까지 한마디도 하지 않고 눈을 부릅뜬 채 적의 자취만 찾아 이곳까지 내달렸다.

이미 험준한 첨산의 산줄기를 벗어난 지 오래, 몇 굽이의 산줄기를 돌파했는지 모른다. 계속되는 전속력의 구보에 견디지 못한 수하들이 입을 벌리고 단내를 헉헉 몰아쉬고 있다.

아무리 강호의 일류급 고수들이라도 이 이상 산악을 질주하는 것은 무리였다. 지금까지 낙오자 없이 달려온 것만으로도 대단한 일이다.

지금은 쉬어야 한다.

낙일도는 노삼에게 손짓해 자리를 바꾸어 조홍의 뒤에 바짝 붙었다.

"조 형."

조홍은 여전히 말없이 내달릴 뿐이었다.

"조 형!"

낙일도가 공력을 실어 강하게 소리치자 그제야 조홍은 신형을 멈추었다. 고개를 돌렸다.

"무슨 일이오?"

낮게 갈라진 쇳소리가 튀어나온다.

"잠시 쉽시다."

낙일도의 말에 조홍의 눈꼬리가 하늘로 치솟았다.

조홍이 무어라 말하기 전, 낙일도의 말이 앞을 막았다.

"뒤따르는 수하들을 좀 보시오. 지금은 휴식을 취할 때요."

조홍의 눈이 낙일도를 지나 노삼의 뒤를 따르는 삼십여 인의 추격대에게로 향했다.

자신이 데려온 백호단원은 이제 다섯밖에 남지 않았다. 나머지는 모두 개봉 분타원들이었다.

간신히 살아남은 다섯의 백호단원들도 가쁜 숨을 내뱉으며 어깨를 들썩이는 중이었다. 머리가 온통 헝클어지고 온몸이 뿌연 흙먼지에 뒤덮인 백호단원 하나가 숨을 몰아쉬며 외쳤다.

"조 봉공님! 저희는…… 더 달릴 수 있습니다!"

조홍은 입술을 질끈 깨물었다. 고개를 세차게 흔들었다.

낮은 한숨이 조홍의 입에서 새어 나왔다.

"휴우! 낙 형, 미안하외다. 내가 이성을 잃었나 보오. 쉽시다."

낙일도는 고개를 끄덕였다. 뒤로 돌아선 그는 추격대의 휴식을 명했다.

"지금부터 한 시진간 휴식을 취한다!"

여기저기서 지친 사내들이 털썩털썩 바닥에 주저앉았다.

노삼의 호령에 따라 한군데에 모인 추격대가 건량과 물을 나누며 때늦은 식사를 시작했다. 그 자리에 드러누워 눈부터 감는 이들도 있었다. 익숙하지 않은 밤의 산길을 전속력으로 내달리느라 모두 체력의 소모가 극심했다.

낙일도가 조홍을 끌어 앉히며 어깨를 두드렸다.

"조 형, 상심한 마음은 잘 알겠지만 그럴수록 냉정해야 하지 않겠소? 내 조 형을 제대로 안 지 얼마 안 되지만 이건 정말 조 형답지 않소이다."

낙일도가 앉은 바위 옆에 앉으며 조홍이 나직이 한숨을 내쉬었다.

“미안하오. 수하들의 허망한 죽음에 내가 눈이 뒤집혔나 보오. 낙형을 볼 낯이 없구려.”

“괜찮소이다. 수하를 아끼는 그 마음을 왜 모르겠소? 그러니 우리 모두 묵묵히 따라온 것 아니겠소? 더구나 무리를 한 만큼 거리가 좁혀졌을 것 아니오. 다행히 더 이상 함정이 있을 만한 지형은 없는 듯하구려.”

조홍은 고개를 저었다.

“지금은 첨산을 벗어나 초원 지대의 능선이 이어지지만, 곧 험한 산세가 나타날 것이오. 그들이 서북 방면으로 방향을 틀었구려. 좀 있으면 석골산이외다.”

“첨산처럼 험한 바위산이오? 이름이 심상치 않아 보이오.”

조홍이 살기 가득한 눈으로 전방을 응시했다.

안개에 가려 희미하게 보이는 바위 봉우리를 가리켰다.

“저곳이 석골산이오. 그들의 자취는 저기로 이어졌구려.”

“저곳 이후의 경로는 예측할 수 있소?”

조홍이 고개를 저었다.

“전에도 말했다시피 하나의 경로를 예측할 수 있는 지형이 아니오. 빨리 그들의 덜미를 잡아채는 것이 가장 좋은 방법이오. 더구나 이 주변의 산악을 너무도 잘 아는 자들 같소이다. 나도 꽤 안다고 생각했는데 꼼짝없이 당했구려.”

조홍은 부드득 이를 갈았다.

“그러나 더 이상의 방심은 없을 거요. 결코 곱게 죽이지 않겠소.”

*　　　　*　　　　*

굽이쳐 흐르는 운해가 내려다보이는 석골산 백운봉.

진영을 비롯한 여섯 명의 도망자가 널찍한 마당바위 여기저기에 앉아 유성혼을 기다리고 있었다.

의령은 임교연의 옆에 가부좌를 틀고 앉아 눈을 감고 있는 중이다.

반류가 진영에게 고개를 돌렸다.

"형님, 의령이 저 친구 뭘 하는 걸까요? 조식 같지는 않아 보이는데……."

유성혼의 말을 임교연에게서 전해 들은 의령은 휴식을 취할 때마다 저렇게 눈을 감고 있었다.

정좌를 하고 눈을 감고 있었으나 조식을 취하는 것 같지는 않아 보였다. 때때로 소리를 지르거나 무어라 혼자 중얼거리고만 있었다.

진영은 의령을 바라보며 대답했다.

"아마도 성혼이 말했던 바를 따르고 있나 보지."

"그렇다고 저렇게 소리 꽥꽥 질러서 사람 놀래켜야 되겠소? 뭔 말을 하는지 알아들을 수도 없고."

"성혼의 말을 알아듣고 무언가 시도해 본다는 것 자체가 스스로 생각을 하고 있다는 증거 아니냐. 좀 더 지켜보자. 중대한 고비에 있는 것처럼 보이니까."

의령은 눈을 감고 온몸을 부들부들 떨었다.

'왜 안 되는 거지? 크윽!'

입 밖으로 컥 하고 비명이 튀어나왔으나 의령의 귀에는 들리지 않았다.

임교연의 말을 듣고 생각한 방법이다.

자신이 이렇게 세상과 단절된 장막을 갖게 된 것은 천추서림에서 독맥을 따라 역류했던 그 기운 때문일 것이다.

뇌호혈 주변에서 기가 흩어졌으니, 무언가 의식에 영향을 미쳤으리라 생각하는데 도무지 진기가 꿈쩍도 하지 않는다.

임맥으로는 여전히 순풍에 돛을 단 듯 움직여 가지만 그때 이후로 진기의 역류는 일어나지 않았다.

'움직여, 움직이란 말이야!'

움직이지 않는다.

눈을 번쩍 떴다.

이번에도 실패였다.

언제까지 이 답답한 보이지 않는 종 속에 갇혀 있어야 한단 말인가.

고개를 들어 하늘을 보았다. 흐린 하늘엔 먹구름만 가득할 뿐 아무것도 보이지 않았다.

이번에도 뜻대로 안 된 것일까.

의령을 바라보는 임교연의 마음은 안타깝기 짝이 없었다.

무언가 도와주고 싶은데, 아무것도 할 수 없다.

그저 자신을 멍하니 바라보는 의령에게 웃어주는 수밖에.

어떤 상태인지 알면 도와줄 수도 있으련만.

의령은 자신의 몸에 대해 제대로 알려주지 못했다.

언뜻언뜻 또렷한 말도 하지만 자신도 의식하지 못하는 새 하는 말이 아니면 제대로 의사 표시를 하지 못했다.

임교연은 가볍게 한숨을 쉬며 의령의 손을 잡아주었다.

의령이 고개를 돌린다.

텅 비어 먼 허공을 바라보는 듯한 아련한 눈빛.

임교연은 살짝 웃어주었다. 자신의 미소가 슬프게 보인다는 사실은 모르고서.

의령과 임교연을 지켜보던 차정선이 고개를 젓더니, 조온을 바라보았다.

―형님, 저 애들 심상치 않지 않소?

―뭐가 말이냐?

―임매가 저렇게 가까운 거리를 허용한 사내는 의령이가 처음일 거요. 아무래도 그냥 동생을 대하는 마음이 아닌 듯하오.

조온이 피식 미소를 지었다.

―그냥 지켜봐! 뭐, 둘이 연인이 되더라도 문제 될 것은 없잖아?

―성혼이 임매를 좋아했다는 것을 잊었소?

―야! 그게 언제 얘기인데…… 교연이가 싫다고 해서 끝난 문제잖아!

―사람의 마음은 그리 쉽게 정리되는 것이 아니지 않소.

반류의 기분 좋은 부름이 둘의 대화를 끊었다.

"야! 성혼! 왔냐?"

유성혼이 훌훌 신형을 날려 진영의 앞에 서 고개를 숙였다.

"형님, 다녀왔습니다."

"그래, 무사히 돌아와서 기쁘구나."

진영의 흐뭇한 미소를 맞는 유성혼에게 다가간 반류가 허리춤을 쿡 찍었다.

"야, 먼저 아는 체한 건 난데 왜 인사 안 하냐?"

"참나, 그럼 큰형님보다 형님에게 먼저 인사하란 거요? 말이 되는
소리를 해야지."

"어쭈, 며칠 안 보는 새 간도 같이 커졌나 보네?"

"농담할 시간 없소. 그놈들이 예상보다 빨리 우리 뒤를 쫓을 듯하
오."

진영이 물었다.

"무슨 일 있었느냐?"

"예. 첨산 나월봉을 무너뜨려 그놈들 수를 이십여 명쯤 줄여놓았지
요. 지금 우리 뒤를 쫓는 놈들은 서른 명쯤 됩니다. 절정고수가 둘이고
나머지도 모두 일류에 속합니다."

"크하하. 나월봉을 무너뜨렸어? 시체도 못 건졌겠구나. 잘했다. 아,
속이 다 시원하다."

조온이 호쾌하게 웃으면서 무릎을 두드렸다.

진영의 미간이 슬쩍 찌푸려졌다.

"예상보다 빨리 올지도 모른다는 말은 무어냐?"

"멀리서 지켜보며 쉬려 했는데, 그놈들이 밤에도 쉬지 않고 달리지
뭡니까. 덩달아 저도 쉬지 못했습니다. 얼마 후면, 석골산 초입에 도달
할 겁니다."

"그래서 이렇게 일찍 온 거냐?"

"예."

진영의 수심 어린 얼굴을 보며 차정선이 입술을 불퉁거렸다.

"형님, 왜 그러십니까? 그깟 놈들 빨리 올수록 좋지 않소?"

"그렇지 않다."

"그게 무슨 말이오?"

조온이 심상치 않다는 듯 몸을 일으켜 진영에게 다가왔다.

"저들은 지금쯤 바싹 긴장해 있을 뿐 아니라 동료들의 복수를 위해 투지에 불타고 있을 거야."

"그건 우리도 마찬가지요."

진영이 고개를 저었다.

"그들의 동료들은 우리의 무공에 당한 것이 아니라 산사태에 목숨을 잃었다. 우리에 대한 두려움은 하나도 없는 채 경각심과 복수심만 북돋아주었어."

"우리를 얕잡아 보는 걸 이용하면 되잖아요?"

임교연이 오랜만에 의견을 제시했다.

의령도 어느새 몸을 일으켜 임교연의 뒤에 붙어 있었다.

진영은 고개를 끄덕였다.

"그래야지. 성혼이 숫자를 줄여놓은 건 사실이니까. 아무래도 큰 싸움 한 번으로 저들을 쓸어버리지 않으면 강적을 만드는 결과가 되겠구나."

반류의 눈이 반짝 빛났다.

"정면 대결입니까?"

"정면 대결을 하면 우리에게 승산이 없다. 너희가 비록 일류를 넘은 고수들이지만 숫자의 차가 너무 많아."

"그 말은 너무 우리를 무시한 거 아니오?"

조온이 툴툴거리자 진영이 빙긋 미소를 지었다.

"죽기 살기로 싸운다면 좀 다르겠지. 무공 수준만으로 보면 그렇다는 말이야."

"그러나 여긴 산이오."

차정선이 불쑥 끼어들었다.

진영은 크게 고개를 끄덕였다.

"그렇다. 우리는 지형을 최대한 이용해야 해. 날씨가 우리를 조금만 도와주면 더 좋겠지."

"어디서 할 거요?"

"단혼애(斷魂崖)로 유인하자꾸나."

"단혼애!"

반류의 눈이 커졌다.

"너무 위험하지 않을까요? 그곳은 우리에게도 험한 곳입니다."

진영은 빙긋 미소를 지었다.

"내가 생각해 둔 게 있다. 뜻대로만 된다면, 저들을 몰살시키고 이후에 우리 행적도 감출 수 있을 거야."

진영은 여섯의 형제들을 주위에 모으고 계획을 설명하기 시작했다.

차정선이 웃음을 터뜨리며 가슴을 쾅쾅 쳤다.

2

"저곳을 올라갔단 말이오?"

정면에 보이는 깎아지르는 벼랑을 보며 낙일도는 눈살을 찌푸렸다.

자신이나 조홍이야 벽호공을 이용해서 수월하게 오를 수 있는 높이였지만, 수하들에겐 너무 높고 험한 벼랑이었다.

끝도 보이지 않는 까마득한 높이의 절벽은 우회로 하나 보이지 않았다.

중간부터 뚝 끊어지듯 아득한 운해에 감싸인 바위 봉우리를 보니 한 숨부터 나온다.

위맹한 인상에는 어울리지 않지만, 낙일도는 너무 높은 곳에 오르면 현기증 비슷한 어지럼증을 느끼곤 했다.

험준한 산악이 가까운 주변에 산재해 있는 서안(西安)에서 태어나고 도 낙일도가 산을 모르는 것은 높은 곳을 싫어하는 천성 때문이었다.

그렇다고 무인의 자존심이 있지, 어떻게 높은 곳에 오르면 무섭다고 말하겠는가.

낙일도는 작게 한숨을 쉬었다.

'이 자식들, 왜 이런 곳으로만 도망가는 거야!'

조홍은 고개를 끄덕였다.

"감탄이 절로 나는구려."

"무슨 말이오?"

"이 정도 경사의 직벽(直壁)에 가까운 절벽을 오르는 것은 무인들로 서도 무척 힘겨운 일이오. 우리라 할지라도 저 정도 높이를 오르려면, 중간에 몇 번은 쉬어야 할 거요. 그런데도 이들이 남긴 자취는 미세하 기 그지없소. 정말 대단한 놈들이오."

"이곳으로 오르다가 또 바윗덩어리라도 떨어진다면 곤란하지 않겠 소? 우리가 먼저 오릅시다."

조홍은 고개를 저었다.

"먼저 오르는 것은 나와 백호단이 맡겠소. 절벽 밑에 남아 있는 이 들에게도 어떤 암수를 펼칠지 모르오. 숲에서 끊어진 이 공지(空地)는 너무 훤히 드러나 있어 어딘지 미심쩍소이다. 낙 형께서 뒤를 맡아주시오.”

은근히 산에 오르기 꺼려졌던 낙일도에겐 반가운 말이었다.

잠시라도 미뤄지는 게 어딘가.

낙일도는 흔쾌히 고개를 끄덕였다.

“좋소.”

조홍은 남은 다섯의 백호단원들을 앞으로 불러냈다.

“우 단주 등을 죽인 놈들이 저 위에 있다. 피 빚은 피로 갚는다! 모두 결사의 각오로 이번 싸움에 임하라. 이미 이것은 사냥이 아니다. 백호단의 넋들이 우리를 지켜볼 거다.”

조홍을 바라보는 다섯의 눈빛에 뜨거운 결의가 일렁였다.

“모두 내가 오르는 경로만을 따라 일직선을 유지한다. 출발!”

선두를 맡은 조홍의 신형이 까마득하게 절벽의 정상을 향해 솟구치기 시작했다.

낙일도는 보는 것만으로도 부글부글 머리가 끓어오르는 것을 느꼈다.

‘이거…… 정말 장난이 아니군.’

조홍과 다섯의 수하들이 모두 오를 때까지 아무런 일도 생기지 않자, 낙일도는 수하들에게 명해 앞서 오르게 했다.

“분타주님, 먼저 오르십시오.”

속 모르는 노삼이 충정을 발휘한답시고 툭 나섰다. 화도 낼 수 없었던 낙일도는 인상을 기이하게 찌푸리며 헛웃음을 터뜨렸다.

“허…… 허, 그래도 명색이 분타주인데, 내가 맨 뒤를 따르겠네.”

노삼의 얼굴엔 감격한 기색이 완연했다.

‘미안하다, 노삼.’

노삼은 몸을 돌려 분타원들에게 일성을 내질렀다.

"분타주님이 우리의 뒤를 맡아주시기로 했으니, 모두 안심하고 올라라. 우리의 뒤에는 분타주님이 계시다!"

조홍의 호방함에 은근히 기가 눌려 있던 개봉 분타원들이 환호성을 질렀다.

"와아!"

"떨어지더라도 분타주님이 다 구해주실 거야! 오르자!"

용기백배한 개봉 분타원들이 차례로 몸을 날리기 시작했다. 앞서 간 이들은 매복을 겁내 일직선으로 올랐지만, 절벽 위를 확보한 동료가 있기에 사방에서 달려들어 무질서하게 절벽을 올랐다.

'이놈들아! 니들 그러다 떨어지면 그대로 죽어!'

무성한 사자수염에 표정을 감춘 낙일도는 조심스레 맨 마지막으로 절벽을 오르기 시작했다.

조홍처럼 한 번에 쭈욱 오르는 벽호공을 시전 못할 바가 아니지만, 낙일도는 수하들처럼 굳게 손발을 절벽에 내디디며 천천히 절벽을 오르기 시작했다.

노삼은 수하들을 위해 일부러 낙일도가 천천히 오르는 줄 알고 더욱 감격해 분타원들을 세차게 독려했다.

다행히 사고없이 정상에 오른 낙일도의 잔등은 식은땀으로 흠뻑 젖어 있었다.

노삼은 낙일도의 땀에 젖은 얼굴을 보며 더욱 감격했다.

'절정고수이신 분타주님이 이리 땀을 흘리시다니…… 사방에서 오르는 수하들 모두에게 신경을 써주시느라……. 분타주님!'

노삼은 진정에서 우러나오는 존경을 담아 낙일도에게 허리를 굽혔다.

"분타주님, 앞에 조 봉공님이 기다리고 계십니다."

전방으로 고개를 돌린 낙일도는 손끝이 얼어붙듯 아찔했다.

'뭐 이런 곳이 있어!'

그들 삼십여 명이 올라선 곳은 운해에 휘감긴 아득한 정상이었지만, 마치 구름의 바다에 동떨어진 외딴 섬마냥, 사방 이십여 장 정도의 평평한 공간이었다.

그곳에서 가늘게 바위 능선이 칼같이 이어져 오르막 경사를 이루며 쭉 뻗어 펼쳐졌다.

은은한 바람이 불어와 운해를 휘날렸지만 그런 풍취를 즐길 정신이 없었다. 하늘도 잔뜩 찌푸려 날마저 어둑어둑했다.

조홍의 소리가 들린다.

"낙 형, 이리로 좀 와보시오."

낙일도는 천천히 조홍에게 다가섰다. 다행히 구름에 가려 바닥이 보이지 않는 것이 한 가닥 위안을 주었다. 그의 무성한 수염도 창백한 낯빛을 가려주었다.

조홍은 낙일도가 옆에 서자, 전방에 펼쳐진 가느다란 칼바위 능선을 주시하며 손을 들었다.

"이곳으로 가야 할 듯한데, 보다시피 한 명씩밖에 통과하지 못할 듯하오. 내가 선두를 맡을 테니, 낙 형이 최후방을 맡아주시오. 혹시 모를 암격에 대비합시다. 적이 가까이에 있을 듯한 예감이 드오."

낙일도는 고개를 끄덕였다.

대답이 없는 낙일도였지만 전투를 앞서고 마음을 다잡는 줄만 안 조홍은 고개를 끄덕였다.

'역시 역전의 용사답군.'

"내가 맨 앞에 서고 절벽에 오른 순서대로 천천히 전진한다. 노삼이 중간을 맡는다. 맨 뒤는 낙 형이 맡으실 테니 모두 전방만 주시하도록! 앞선 이의 등은 뒷사람이 지켜준다! 이를 명심해라!"

목소리를 낮춘 조홍의 명에 모두 낮게 대답하고 일제히 전진하기 시작했다.

누군가 떠밀기라도 하면 곧 떨어질 것만 같은 아슬아슬한 수직의 낭떠러지가 좁은 칼바위 능선 양 옆에 펼쳐졌다.

조심스레 선두에 서서 전진을 하는 조홍의 미간이 깊게 파였다.

'최악의 지형이다. 틀림없이 함정이 있을 거야. 날씨마저 험악해지는군.'

채 이십여 장도 전진하지 않았는데 안개가 점점 짙어지기 시작했다.

발 밑까지 운해가 차 올라왔다.

'후퇴해야 하는가.'

잠시 망설이던 조홍은 불끈 주먹을 쥐었다.

'이제 와서 뒤돌아설 수는 없다. 올 테면 와라!'

가는 빗방울이 얼굴을 스치기 시작했다.

촉촉한 안개비가 칼바위 능선을 뒤덮었다.

이 장 정도 거리를 둔 앞 사람의 잔등이 간신히 보이는 짙은 안개가 스멀스멀 피어올랐다.

안개를 헤치며 조심스레 전진하던 조홍의 발길이 얼어붙듯 멈추었다.

멀리서 보았을 때는 주욱 이어지는 듯 보였던 바위 능선은 조홍이 멈춰 선 곳에서 뚝 끊어져 있었다.

삼십여 장 밖에 언뜻 반대 편 능선이 보인다.

안개에 휩싸여 있던 수직으로 끊어진 건너편 절벽이 바람을 따라 힐끗 드러났다.

'여기를 건너갔다는 말인가? 어떻게?'

조홍의 머리 속에 퍼뜩 한 생각이 떠올랐다.

조홍은 급히 고개를 뒤로 돌리며 내공을 돋우어 일갈했다.

"모두 전속력으로 후퇴! 적은 뒤에 있다!"

낙일도는 어느덧 조금씩 처져 앞 사람과의 거리가 오 장 정도 떨어져 있었다.

'그저 땅 위를 걷는 것하고 똑같아! 앞 사람만 따라가면 돼!'

온 신경이 발 밑의 바위와 앞 사람의 잔등에만 쏠렸다.

조금씩 거리가 멀어지고 있었으나 낙일도로서는 최선을 다하는 것이었다.

돌연, 조홍의 벽력같은 고함이 귓전에 떨어졌다.

'무엇이?'

번개같이 몸을 뒤로 돌렸으나 안개에 가려 아무것도 보이지 않는다. 전속력으로 후퇴하라는 말이 계속 들렸으나 과도한 긴장으로 뻣뻣하게 몸이 굳어 경공을 제대로 펼칠 수 없었다.

그때였다.

섬전같이 날카로운 기세가 왼쪽 측면에서 심장을 노리고 찔러왔다.

깎아지르는 천 길 벼랑의 허공에서 찔러 들어온 갑작스런 일검.

고도에 대한 공포로 몸이 굳어 있던 낙일도의 반응은 현저히 떨어져 암습을 완전히 피하지 못하고 옆구리의 살이 한 움큼 떨어져 나갔다.

"우욱!"

반사 능력은 떨어져 있었지만 절정의 고수였던 낙일도는 쏜살같이 검을 뽑아 왼편 허공에 대고 폭풍 같은 이십팔검(二十八劍)을 떨쳐 냈다.

자욱한 안개만 베어내는 허무한 느낌에 멈칫할 때, 뒷목이 선뜻한 살기를 느낀 낙일도는 번개같이 허리를 굽혔다.

슈칵—!

머리칼과 함께 두피(頭皮)가 벗겨졌는지 불로 지지는 뜨거운 아픔이 정수리를 꿰뚫었다.

‘허공에서 어떻게!’

다시 오른편으로 번개같이 몸을 돌리며 잇따라 검풍을 휘날렸으나 역시 아무것도 걸리지 않았다.

귀신에 홀린 듯 정신없이 검을 떨쳐 내던 낙일도는 등 뒤에서 배심을 노리는 검기에 깜짝 놀라 다급히 몸을 돌리며 검을 쳐냈다.

챙챙챙!

검이 섞이는 날카로운 소리가 칼바위 능선에 울려 퍼졌다.

갑자기 오른편 관자놀이에서 불쑥 칼이 튀어나와 낙일도의 목을 노리고 유성처럼 떨어져 내렸다.

고개를 뒤로 젖혀 몸을 피하던 낙일도는 휘청 물러섰다. 오른발이 비에 젖은 바위에 쭈욱 미끄러지며 균형이 무너졌다.

낙일도의 목에서 핏방울이 쫘악 뿜어져 나왔다.

“허억!”

오른쪽 목의 대동맥이 갈라진 섬뜩한 아픔과 함께 낙일도의 몸은 절벽에서 추락했다.

“아아아아악—!”

조홍의 고함에 이제껏 지나왔던 절벽의 외길을, 몸을 돌려 치달리던 개봉 분타원들은 안개를 찢는 낙일도의 비명에 멈칫했다.

맨 뒤에 있던 것은 분타주 낙일도. 그 같은 절정의 고수가 죽임을 당했단 말인가.

위이잉—

추적대가 온 신경을 전방에 모으고 있는 새, 바람을 가르는 묵직한 소리와 함께 거대한 통나무가 허공을 가로질러 한 줄로 서서 달려가던 추적대의 허리를 후려쳤다.

콰앙!

통나무 곳곳에 삐죽삐죽 박혀 있는 죽창에 십여 명이 꿰여 순식간에 피를 토하며 절벽 밑으로 떨어졌다.

추적대의 중간을 맡고 있던 노삼의 눈이 경악으로 치떠졌다.

바람에 안개가 물러갈 때, 절벽의 왼편 허공에서 거대한 통나무를 내던지는 철탑같이 검은 사내를 분명히 본 것이다. 사내의 신형은 다시 안개 속으로 꺼지듯 사라졌다.

'허공을 날다니!'

노삼의 신형이 번개처럼 수하들의 어깨를 타 넘으며 몸을 띄웠다. 재빨리 전방을 확보하는 것만이 살길이었다.

"비켜…… 컥!"

고함을 내지르며 허공에 떠 있던 노삼은 길게 지르던 고함을 마치지 못했다.

어디선가 날아온 비수에 목을 꿰뚫린 노삼의 몸이 실 끊어진 연처럼 절벽의 바닥으로 추락했다.

슈슈슈슉!

안개비를 타고 우박처럼 쏟아지는 쇠털 같은 암기의 폭풍우에 엄폐물이 전혀 없는 절벽 능선에 갇힌 추적대가 속절없이 격중당했다.

계속되는 비명과 함께 순식간에 십여 인이 절벽에서 떨어져 운해 속으로 자취를 감추었다.

"모두 엎드려!"

조홍의 날카로운 구령에 찰싹 바위에 배를 깔고 엎드린 추적대들의 몸을 타 넘고 조홍의 신형이 빗살처럼 전진했다.

절벽의 양 편 허공에 대고 마구 열양폭을 내뿜었으나 아무것도 걸리지 않는 텅 빈 허공이었다.

'도대체 어떻게 한 것인가! 절벽에 매달려 있다 뛰어오른 것인가!'

더 이상의 암기 공격이나 통나무 공격이 없자 조홍은 쏜살같이 절벽의 왼편 허공으로 몸을 날렸다.

바위 절벽의 왼쪽 경사면을 발끝으로 걷어차며 순식간에 주위를 샅샅이 훑었다.

열양지로 단련한 그의 손가락이 절벽의 바위를 뚫고 깊숙이 파고들어 신형을 멈추었다.

'없다!'

순간, 머리 위에서 비명이 들리더니 세 명의 수하가 추락해 떨어져 내렸다.

몸을 날려 한 명을 채는 데 성공했으나 목 옆에 비수가 박힌 개봉 분타의 무사는 이미 목숨이 끊어져 있었다.

"빌어먹을!"

조홍은 냉정히 수하의 몸을 내던지며 허공 중으로 치솟아올랐다. 바닥에 납작 엎드려 있는 수하들을 힐끗 보고는 반대 편으로 몸을 날려 오른편 절벽 사면을 샅샅이 수색했다.

역시 아무것도 없었다.

다시 비명 소리와 함께 수하 둘이 떨어져 내렸다.

핏방울을 흩뿌리며 떨어져 내리는 수하들을 보며 조홍의 얼굴은 처참히 일그러졌다.

적이 어떻게 공격하는지 알 수 없었다. 이렇게 철저하게 조롱당하는 싸움은 강호에 들어선 후 처음이었다.

조홍은 끔찍한 괴성을 내질렀다.

"끄아아아아악!"

조홍 등이 머물렀던 평평한 절벽의 정상.

진영은 허리에 굵은 밧줄을 친친 감고 정강이까지 바닥에 잠겨 있었다. 단단한 바위가 마치 진흙을 밟은 것처럼 푸욱 파여 있었다.

'성공이군.'

귓전에 울분에 찬 고함 소리가 들려왔다.

진영의 입가에 엷은 미소가 피어올랐다.

아우들을 숲 속에 은신시켜 놓고 진영은 홀로 단혼애를 올라 미세한 자취만을 남기고 다시 흔적없이 내려와 아우들과 합류했다.

복수에 대한 조급함으로 앞뒤 가리지 않고 전진만 하는 적들이 단혼애의 막다른 외길 벼랑으로 향하자 진영 등은 천천히 뒤따라 절벽을 올라섰던 것이다.

휴대용으로 갖고 다니던 튼튼한 동아줄과 신향현에서 구입한 밧줄로 아우들의 몸을 묶고 그 끝을 모두 자신의 몸에 동여매 고정했다.

절벽의 사면을 밧줄에 묶여 달리며 번개같이 날아올라 암습하고 몸을 튕겨 제자리로 돌아오는 아우들의 움직임에 적들은 정신을 차리지 못하고 몰살에 가까운 타격을 입었을 것이다.

허리에 은은히 전해오는 무게감을 느끼며 진영은 빙긋이 미소를 지었다.

진영의 옆에선 임교연이 채찍을 풀고 서서 사방을 둘러보며 긴장을 늦추지 않았다.

의령은 임교연의 뒤편에 쪼그려 앉아 있었으나 진영과 임교연은 미처 신경을 쓰지 못하고 전면만을 주시했다.

의령은 쪼그려 앉아 양쪽 귀를 틀어막고 있었다.

눈을 감은 얼굴이 잔뜩 일그러졌다.

임교연의 뒤에서 의령은 귓속을 파고드는 비명 소리와 눈앞에 떠오르는 피에 젖은 환영 때문에 고통스러워하는 중이었다.

임교연의 말 이외에는 거의 들리지 않던 그의 귓속으로 칼날이 부딪치는 날카로운 소리가 천둥처럼 파고들고 난 후, 사람들이 내지르는 비명 소리와 함께 눈앞에 천추서림 식솔들이 고통 속에 죽어가는 환상이 떠올랐던 것이다.

'이…… 이건 환상이야!'

고개를 휘휘 젓고 눈을 감았으나 여전히 귓속으로 찢어지는 비명이 들려왔다.

'우욱! 안 돼!'

두 눈을 번쩍 떴다.

눈앞이 시뻘겋게 핏빛으로 얼룩져 보이며 천추서림의 식솔들을 도륙하고 있는 천패궁의 무리들이 보였다.

벌떡 일어서 달려가려 했으나 웬일인지 움츠린 몸이 일으켜지지 않았다.

'움직여! 움직여! 저들을 구해야 해!'

순간, 단전이 꿈틀하며 노도(怒濤) 같은 기운이 독맥으로 치솟아 역류했다.

목뒤의 대추혈(大椎穴)까지 단숨에 치솟아올라 간 진기의 파도가 뇌호혈에서 꽉 막혀 더 이상 흐르지 않는다.

'아…… 안 돼!'

천추서림에서 겪었던 진기의 흩어짐이 생각나 의령은 호흡을 끊고 온 힘을 다해 진기를 쳐올리기 시작했다.

임맥을 따라 휘돌다 가슴팍 옥당혈(玉堂穴)에서 전신으로 퍼져 가는 호연심결의 운기법과는 전혀 달랐으나 의령은 최선을 다해 독맥으로 진기를 끌어올렸다.

자신에게 씌워진 투명한 종과 같은 이 장막이 뇌호혈에서 흩어진 진기의 흐름 때문이라 생각하고 있던 의령에겐 절박한 선택이었다.

의령의 눈은 반쯤 감겨 자신의 코끝만을 바라보기 시작했다.

등 뒤에서 의령이 겪는 고난을 모르는 진영은 네 방향으로 흩어진 밧줄을 힘주어 퉁겼다.

돌아오라는 신호였다.

맨 뒤에 섰던 적의 수뇌 중 하나를 해치웠으나 최선두를 달리던 절정고수 하나가 남아 있다.

이제 기습의 효과는 더 이상 없을 것이다.

지리의 이점을 이용하더라도 아우들에겐 다소 무리한 상대. 그가 나서야 한다.

갑자기 전면에서 불쑥 검은 신형이 안개 속에서 튀어나오며 세찬 일 갈이 단혼애를 쩌렁쩌렁 울렸다.

"이노옴!"

엎드려 있는 수하들을 돌보지 않고 분노에 폭주한 조홍이 전속력으로 몸을 날려왔던 것이다.

허공을 가르는 한 줄기 장소가 채 사라지기도 전, 번개가 내리꽂히듯 공간을 찢어버리는 스무 줄기의 시뻘건 지풍이 진영을 향해 쇄도했다.

'아뿔사!'

순간의 방심이 역습을 불렀다. 아우들이 올라오지 못한 이상, 그는 몸을 날려 피할 수 없다.

신법의 묘(妙)를 전혀 살릴 수 없게 된 지금 저 엄청난 공세를 제자리에서 맞받아 쳐내야 하는 것이다.

순간 진영의 어깨가 흐릿해졌다.

기마세(騎馬勢)로 우뚝 선 진영의 두 주먹이 자신에게 쇄도하는 열양지의 폭우를 맞아 빗살처럼 펼쳐졌다.

날카로운 창으로 나뭇잎을 꿰어내듯 스무 줄기의 지풍 하나하나를 되받아치는 그의 권풍은 대어(大魚)를 잡아채는 작살처럼 날카로운 소리를 내며 쏘아져 나갔다.

콰콰쾅!

권과 지가 맞붙은 소리라고는 믿어지지 않는 폭음이 단혼애에 울려 퍼졌다.

순간, 네 가닥의 지풍이 진영의 권세를 살짝 피하며 그의 옆구리에 매달려 있는 밧줄들을 끊어버렸다.

"억!"

예상치 못한 허점을 찔려 당황한 진영이 왼손으로 유성혼과 반류가 매달려 있는 밧줄을 잡아챘다.

오른손을 뻗치려 할 때, 그의 눈앞에 다시 세찬 열양지의 폭우가 쏟아졌다.

"교연아! 밧줄 잡아!"

진영이 오른손만으로 열 줄기의 열양지를 상대해 가며 다급히 부르짖었다.

임교연이 몸을 날리는 것을 확인조차 할 새가 없었다.

왼손으로 밧줄을 잡은 채 한 손만으로 적을 상대하니, 권에 실리는 힘이 현저히 떨어졌다.

열양지와 충돌할 때마다 진영의 내부가 폭풍을 만난 난파선처럼 진동했다.

진영은 몇 가닥의 지풍을 피하며 등 뒤로 손을 돌려 행낭에 매달린 월아자를 잡아챘다.

"이야아아압!"

성난 곰의 발톱과 같은 초승달 모양의 푸른 강기(罡氣)가 조홍의 몸을 향해 자욱이 날아가기 시작했다.

이십여 년 만에 세상에 모습을 드러낸 그의 독문절기 월아참(月牙斬)이었다.

꽈꽈꽈꽝!

폭죽이 터지는 듯 열양지와 월아참이 공중에서 부딪치며 엄청난 굉음을 터뜨렸다.

의령은 부들부들 몸을 떨었다.

뇌호혈은 본디 독맥 중에 잘 막히지 않는 곳이었건만 단단한 돌담을 쌓아놓은 듯 그의 뇌호혈은 꽉 막혀 규(竅)를 이루고 있었다.

반개(半開)했던 눈을 번쩍 떴다. 더 이상 환영은 보이지 않았다.

폭음과 함께 코끝을 응시하던 의령의 눈이 진영의 뒷등을 향했다.

왼손에 두 가닥의 밧줄을 친친 감고 있는 진영은 오른손만으로 적을 상대하고 있었다.

임교연이 채찍을 내던지며 몸을 날려 바닥에 엎드려 밧줄을 움켜잡는 모습이 눈에 들어왔다. 임교연의 몸이 휘청 절벽의 끝으로 끌려 내려갔다.

'위험해!'

그가 사랑하는 사람들이 위기에 처해 있었다.

자신을 지키기 위해 남은 이들. 이제 천지에 그의 친인들은 이들 여섯뿐이었다.

'으아아압!'

의령은 다급히 전신의 진기를 모두 끌어올려 뇌호혈을 향해 전력으로 밀어붙였다.

쇳덩이로 머리를 위로 쳐올리는 것 같은 강한 충격이 전해졌다. 머리가 몸에서 떨어져 나가는 듯했지만 의령은 멈추지 않았다.

절박한 위기감이 그를 벼랑 끝으로 밀어 넣고 있었다.

까마득한 벼랑에 선 채, 한 발을 허공으로 내디뎌야 하는 상황.

백척간두 진일보(百尺竿頭 進一步).

의령은 절벽을 넘어 한 발을 내디뎠다. 또다시 자신의 눈앞에서 친인들을 잃을 수 없다는 절박함에 과감히 진기를 계속 쳐올렸다.

갑자기 그의 내부가 강렬히 진동하더니, 목덜미가 상하좌우로 지진을 만난 듯 흔들렸다.

일순, 머리의 흔들림이 멈추며 뇌호혈이 쩡 하는 강렬한 충격과 함께 뚫려 나갔다.

장벽을 허문 진기가 성난 파도처럼 흘러넘쳐 단숨에 정수리 백회혈(百會穴)에 올라섰다.

돌연 심산(深山)의 맑디맑은 폭포를 뒤집어쓴 듯 시원하고도 차가운 한기(寒氣)가 앞이마를 거쳐 양미간 사이의 인당혈(印堂穴)을 중심으로 둥그렇게 퍼져 갔다.

차가운 폭포수로 변한 진기가 코와 턱을 거쳐 단숨에 임맥을 따라 가슴팍 옥당혈(玉堂穴)을 휘감아 돌아 단전까지 내려왔다.

'이것이 임독양맥의 타통인가! 듣던 거와는 전혀 다른데!'

임맥과 독맥에서 각각 치솟아오른 진기가 막혀 있던 양맥을 뚫어버린다던 유성혼의 설명과는 전혀 다른 진행. 회음을 지나 독맥을 거슬러 올라 임맥까지 한숨에 내려온 진기의 흐름에 의령은 부르르 몸을 떨었다.

독맥을 지나 임맥을 단숨에 거쳐 한 바퀴 돈 그의 진기가 하단전에 둥글게 자리 잡으며 뜨거운 온기를 내뿜었다.

온몸에 활력이 솟구친다.

꼼짝도 할 수 없던 몸이 움직인다.

임교연을 도우려 몸을 날리려는 의령의 눈앞에 갑작스런 그림자가 튀어 올랐다.

안개비가 산산이 부서져 비산했다.

오른편 절벽 사면에서 검은 인영이 폭포를 거슬러 오르는 연어처럼 도약한 것이다.

오른쪽 목덜미와 상의를 시뻘겋게 피로 물들인 낙일도였다.

조온과 유성혼의 합공에 밀려 절벽에서 추락했지만 낙일도는 검을 잃었을 뿐 죽지 않았던 것이다.

사자의 갈기와 같은 수염이 올올이 뻣뻣하게 치솟아 있었다. 고리눈을 치뜬 낙일도의 얼굴은 그대로 한 마리 지옥의 야차였다.

"끼눔! 죽어랏!"

낙일도는 진영의 머리 위에 피투성이인 양손을 들어 광풍폭우(狂風暴雨) 같은 장력을 내뿜었다.

조홍의 열양지를 한 손에 든 월아자로 상대하던 진영에게는 하늘에서 떨어지는 날벼락.

돌연, 의령이 번개같이 몸을 날려 진영과 낙일도의 사이에 뛰어들었다.

진영은 눈을 치떴다. 온전치 못한 의령에겐 무리한 상대다.

"의령아! 안 돼!"

"타아아아!"

진영의 고함과 의령의 억눌린 기합성이 동시에 울리며 안개비 자욱한 단혼애의 정상에 한 마리 매가 날아올랐다.

호접무는 더 이상 나비의 움직임처럼 보이지 않았다. 그것은 먹이를 잡아채는 매와 같은 굳센 빠름과 유연함을 보여주었다.

폭포수처럼 떨어지는 낙일도의 장력을 맞아 의령의 온몸이 팽이처럼 공중에서 휘돌았다.

빗방울이 튕겨져 오르며 의령의 손을 따라 한 겹의 물막이 자욱이 펼쳐졌다.

진영과 의령을 감싼 엄밀한 수비의 강막(罡幕)이 낙일도의 공세와 정면으로 충돌했다.

콰콰콰콰쾅!

"욱!"

입가에 피를 흘리며 바닥에 처박히듯 떨어졌던 의령의 몸이 단숨에 바닥을 박차고 솟구쳐 올랐다.

강렬한 반탄력에 지혈한 오른쪽 목의 상처가 터져 분수같이 피가 뿜어져 나오는 낙일도의 머리 위로 의령의 신형이 불쑥 튀어나왔다.

"헉!"

공간을 건너뛰듯 순식간에 나타난 의령에게 놀라 낙일도가 손을 떨치려 할 때, 의령의 하체가 뿌옇게 흐려지며 발끝으로 차내는 일흔여덟 개의 분각(分脚)이 우뢰처럼 낙일도의 머리를 덮쳤다.

의령의 일흔여덟 개의 분각은 낙일도의 준비되지 않은 미약한 장세를 그대로 뭉개고 지나갔다.

퍼퍼퍼퍽!

수박이 뭉개져 터져 버리는 소리와 함께 제 형체를 잃은 낙일도의 머리가 몸체와 분리되어 날아갔다.

무림을 떨어 울리던 천패궁의 개봉 분타주 낙일도는 유성혼의 칼에 입은 치명상을 극복하지 못하고 의령의 발에 두 도막으로 끊겨 절벽의 아래로 추락했다.

어느새 조홍과 진영은 손을 멈추고 이 광경을 멍하니 바라보고 있었다.

의령의 몸이 진영의 옆에 내려섬과 동시에 진영이 붙들고 있던 밧줄을 타고 유성혼과 반류가 단혼애에 올라섰다.

그리고 임교연이 붙든 밧줄을 타고 차정선과 조온이 올라섰다.

두어 번 숨을 몰아쉴 시간에 단혼애의 상황은 한순간에 뒤바뀌었다.

한줄기 거센 바람이 단혼애를 휘몰아치며 안개를 걷어갔다.

조홍은 눈앞의 상황을 믿을 수 없었다.

천패궁에서 사대고수로 꼽히는 그의 공세를 한 손으로 받아낸 낭인이 눈앞에 있었다.

아무리 보아도 스물 남짓한 애송이가 강호의 최절정고수급인 낙일도를 발길질만으로 두 도막을 내 날려 보냈다. 낙일도가 부상을 입고 격정에 차 있었다고는 하지만 도저히 믿어지지 않는 결과였다.

간단한 사냥으로만 생각했던 추격에서 몰살에 가까운 타격을 입었다.

그와 뒤에 남은 수하들의 처지 또한 사면초가(四面楚歌).

이것을 방심한 탓이라고만 볼 수 있을까.

그의 완벽한 패배였다.

상대는 천시(天時)와 지리(地理)를 포착해 자신들의 능력을 최대한 발휘했고 자신은 그러하지 못했다.

이제 남은 것은 장렬한 최후뿐이었다.

조홍은 자신의 전진을 한 팔로 가로막아 동료들을 모두 구한 중년 사내에게 침중히 말을 던졌다.

"너는…… 도대체 누구냐?"

월아자를 이용해 강기(罡氣)를 발출해 날릴 수 있는 고수는 들어본 적이 없었다.

"진영이다."

"이름은 알고 있다. 사문(師門)이 어디냐?"

진영은 고개를 저었다.

"너는 그것을 알 자격이 없다."

조홍은 쭉 찢어진 눈을 부릅떴다. 천패궁의 사대천왕 중 일인인 그가 자격이 없다니.

분노에 찬 광소(狂笑)가 단혼애를 떨어 울렸다.

조홍은 열 손가락을 쫙 펼쳐 진영 등을 겨누었다. 그의 얼굴이 고통으로 일그러지며 찢어지는 일갈이 터져 나왔다.

"크학! 파멸…… 지(破滅指)!"

조홍의 부르짖음과 함께 이제까지와는 비교도 할 수 없는 엄청난 속도의 붉은 광채가 피를 흩뿌리며 진영 등을 덮쳤다. 광채의 끝에는 조홍의 손가락 마디가 꿈틀거리며 달려 있었다.

자신의 손가락 마디를 끊어 상대를 폭사시키는 극렬한 비기(秘技)!

조홍이 한 번도 쓰지 않았던 동귀어진(同歸於盡)의 최후절초 파멸지였다.

"엎드려!"

진영은 아우들에게 경호성(驚號聲)을 지르며 왼손을 뒤로 돌려 행낭에 매달린 또 하나의 월아자를 잡아챘다.

바닥을 파고들었던 진영의 두 다리가 무릎까지 콰득 처박히며 한 쌍의 월아자가 자욱이 허공에 번쩍였다.

섬전과도 같은 날카로운 기세에 실려 진영을 중심으로 방원 십여 장이 푸른 초승달의 태풍으로 가득 뒤덮였다.

힘과 힘, 기와 기의 대결.

한쪽은 천 길 벼랑의 낭떠러지 능선 위, 한편은 아우들을 보호해야 한다는 절박한 책임감으로 서로 한 발짝도 물러서지 않았다.

우르르릉!

천둥 벼락이 내리꽂히는 굉음과 함께 단혼애의 칼바위 능선이 와르르 부서져 내렸다.

"참(斬)!"

한소리 기합과 함께 진영의 손에서 떠난 한 쌍의 월아자가 조홍을 향해 쏘아졌다.

최후의 절초를 쓰고도 한 사람도 해하지 못한 조홍은 월아자에 목과 오른팔이 날아가며 무너져 내리는 칼바위 능선 아래 절벽으로 떨어져 내렸다.

진영은 되돌아오는 월아자를 받은 후, 울컥 피를 토하고 머리를 떨구었다.

진영의 왼 어깨는 조홍의 오른손 엄지손가락이 박히며 터져 나가 뼈까지 훤히 드러나 있었다.

허벅지까지 절벽의 바위를 뚫고 내려앉아 있어 진영의 몸은 하반신이 없는 것처럼 보였다. 그렇지 않았다면 무릎을 꿇었을지도 모를 일이었다.

"형님!"

사방에서 아우들이 비명을 내지르며 모여들었다.

창백한 안색의 진영이 천천히 고개를 들었다.

"괜찮…… 다. 날 꺼내다오."

"형님, 내상(內傷)이 심각해 보이오. 어서 조식부터 하시구려."

피를 토한 진영이 걱정스러워 조온이 조심스레 권하였다.

진영은 슬쩍 미소를 지었다.

"죽은 피를 내뱉은 것뿐이다. 그리 심하지 않으니 너무 걱정 말거라."

임교연은 서둘러 진영의 어깨를 지혈하고 금창약을 꺼내 바닥까지

삳삳이 훑어내 듬뿍 상처에 발랐다. 진영의 얼굴이 미미하게 찡그려졌다. 시뻘건 속살이 부르르 떨리었다. 맹수가 한 움큼 물어뜯은 듯 둥글게 터져 나가 뼈가 드러난 어깨를 임교연은 빈틈없이 치료하고 동여매었다.

차정선과 조온이 조심스럽게 진영의 바위 속에 박힌 몸을 빼내었다.

정좌를 하고 어깨를 임교연에게 내맡긴 진영의 눈이 의령을 향했다.

"의령아."

의령이 다가와 진영의 앞에 한쪽 무릎을 꿇고 눈 높이를 맞추었다.

진영의 눈이 의령의 전신을 훑어보다 눈을 응시했다.

어딘가 공허해 보이는 눈빛은 여전했지만 초점을 되찾아 지혜로워 보이는 서늘한 눈빛.

별빛처럼 맑던 의지에 찬 눈이 아니라 깊은 구석에 한(恨) 서린 어두움이 감돌았지만 진영은 그것만으로도 만족했다.

"정신이 든 것이냐?"

의령은 입을 벌렸지만 말하기가 불편한지 고개를 끄덕였다. 아직 무언가 이상이 있는 듯했다.

"네 무공이 두어 단계는 도약한 듯하구나. 어찌 된 것이냐?"

"……조금 이상하긴 하지만…… 양맥(兩脈)을 뚫은 듯…… 합니다."

힘겹게 대답한 의령의 말에 진영과 형제들이 크게 눈을 치떴다.

임독양맥의 타통.

절정으로 치달려가는 입문과도 같은 경지가 아닌가.

이제 열아홉의 의령이 벌써 그 같은 경지에 다다랐다는 것은 기적과도 같은 일이었다.

차정선이 파안대소를 터뜨렸다.

“화가 도리어 복이 되었나 보구나! 축하한다.”

유성혼도 의령의 어깨를 다정히 두드렸다.

“정말 잘되었다. 의식을 찾았을 뿐 아니라 양맥까지 뚫었다니. 도대체 어찌한 것이냐?”

의령 자신도 어찌 된 일인지 정확히 대답할 수 없었다. 독맥으로 치솟아 임맥으로 단숨에 달려온 진기의 흐름은 호연심결의 익숙한 흐름이 아니었기 때문이다.

이해할 수는 없지만 몸이 가벼워 체중을 느끼지 못할 지경인 것을 보면 분명히 내공의 수위가 진보한 것이 틀림없었다.

생각을 정리하는 듯한 의령의 얼굴을 보며 진영은 미소를 지었다.

“차차 알게 되겠지. 남은 시간은 많으니 천천히 말해도 늦지 않다.”

진영은 조온에게 고개를 돌렸다. 지금은 의령이 제정신을 차린 것만으로도 충분했다. 나머지 문제도 차차 풀리리라.

“남은 녀석이 몇 놈이냐?”

“셋입니다.”

진영이 의미있는 눈짓을 하자 조온이 미소를 지으며 다소 목청을 높였다.

“다 쓸어버릴까요?”

반류가 장단을 맞추었다.

“까짓 남은 놈들이야 다시 한 번만 공격해도 됩니다.”

살짝 입가에 웃음을 머금으며 진영은 고개를 저었다.

얼굴 표정과는 달리 엄숙한 목소리였다.

“그럴 시간이 없다. 그들과의 약속 시간에 맞추려면 지금 출발해야 해. 장성(長城)을 넘으려면 힘을 비축해야 한다. 저런 녀석들에게 신경

쓸 겨를이 없어. 어서 분하(汾河)로 내려가자."

"예!"

엄숙한 듯 외치는 그들의 얼굴에는 기묘한 웃음이 떠돌았다.

다소 어리둥절한 의령을 이끌고 칠 인의 신형이 단혼애에서 사라져 갔다.

빗발이 조금씩 굵어지는 단혼애의 정상에 세 명의 후줄근한 그림자가 모습을 드러냈다.

무너진 단혼애의 바위 능선을 겨우겨우 되짚어 온 추격대의 생존자 삼 인이었다.

"우리가 살아 있는 것 맞아?"

"맞아. 정말 죽는 줄만 알았다."

씹어뱉듯 대답한 사내가 숨을 헐떡거리며 긴장에 젖어 파김치가 된 몸을 아무렇게나 바닥에 눕혔다.

"조 봉공님과 낙 분타주님이 그렇게 허무하게 죽다니……."

"우리가 추격해야 하나?"

"미쳤냐? 그런 고수들을 우리가 어떻게 상대해? 못 봤냐? 허공을 휙휙 날아다니는 걸! 죽고 싶으면 너나 가!"

이미 전의가 꺾인 그들은 우두머리를 잃고 우왕좌왕했다. 강호에서도 일류 소리를 들을 만한 고수들이었지만 이끌던 수장이 사라진 조직의 일원들은 방향타를 상실한 나룻배와 같았다.

"그럼 이제 어떻게 하지? 이대로 돌아갔다 불똥이 우리에게 튈 수도 있잖아."

아무렇게나 털썩 주저앉은 사내가 고개를 돌렸다.

"더 이상 우리가 어떻게 추적하냐? 아까 들으니 이미 다른 패거리가
있나 보던데. 가까운 분타에 가서 그들이 흘린 말을 보고나 하구 말자
구. 조 봉공님과 낙 분타주님도 한 방에 날려 버리는 녀석들을 우리가
무슨 수로 쫓아. 폭우가 내려서 자취가 지워졌다고 하지 뭐. 애초에 윗
전에서 계획을 잘못 세운 건데……."

"그렇지? 운 좋게 살아남은 것만도 다행이구만. 동료들 시체도 못
챙기겠군 그래."

한숨을 몰아쉰 개봉 분타원 삼 인은 조심스레 단혼애의 절벽을 내려
가기 시작했다.

운기조식이라도 해 기력을 회복하고 싶었지만 그 자리에 그냥 남아
있기가 왠지 두려웠다.

한시라도 빨리 이 죽음의 절벽을 벗어나고 싶었다. 허공에서 통나무
와 암기가 난무하고 보이지도 않는 안개 속에서 칼이 떨어지는 경험은
두 번 다시 하고 싶지 않았다.

오래도록 악몽을 꿀 듯했다.

3

굽이쳐 흐르는 장강(長江)과 회하(淮河)의 사이, 강북에서 강남으로
넘어가는 요충지라 할 수 있는 합비(合肥).

가히 일국의 성채라고 할 수 있을 만한 거대한 성벽이 둘러쳐 서 있다.

고루거각이 즐비하고 성벽 안에 따로 시전이 형성될 만큼 엄청난 규

모를 자랑하는 이 성은 황실의 특전에 의해 이곳에 자리 잡은 천패궁이었다.

장강의 연안에 있는 웅천부와 그리 멀리 떨어지지 않은 이곳에 이 정도 규모의 거대한 성곽이 들어설 수 있었던 것은 황실과 천패궁의 특별한 관계 때문이었다.

강남북을 잇는 요지에 자리 잡아 상권을 아우르고 장성 이북을 넘나드는 초원의 세력을 견제한다는 명분 아래 강북 각지에 분타를 세워 작금의 천패궁 천하를 이룩했던 것.

조조의 수하 장료(張遼)가 팔백의 병사로 손권의 십만대병을 물리쳤다는 소요진(逍遙津)이 한눈에 내려다보이는 구층 누각의 한 켠. 팔짱을 낀 척무절이 은은한 백발을 휘날리며 오연하게 서 있다.

그의 뒤에는 커다란 회의용 탁자와 쥐 죽은 듯 침묵을 지키고 앉아 있는 천패궁의 수뇌들 이십여 명이 있었다.

척무절의 음성이 낮게 울렸다.

"생존자 셋…… 조 봉공과 낙 분타주를 포함한 오십여 명의 몰살. 여러분은 어떻게 생각하는가?"

모두 꿀단지에 머리를 처박은 것처럼 묵묵부답.

척무절이 이렇게 조근조근 말할 때야말로 분노가 최고조에 달해 있음을 잘 알고 있는 그들은 침묵을 지켰다. 그들 또한 너무나 어이없는 소식에 할 말이 없기도 했다.

척무절이 몸을 돌렸다.

무시무시한 광망이 두 눈에서 번뜩였다.

"어떻게 생각들 하느냔 말이야!"

다른 이들의 눈짓을 받은 공야치가 조심스럽게 입을 열었다. 이런 척무절의 분노를 달래는 것이야말로 그의 오랜 역할이기도 했다.

"궁주님, 어처구니없는 일임에 틀림없지만 지금은 이 일에 지나치게 여력을 쏟을 수 없습니다."

"무어라!"

척무절의 수염이 꼿꼿이 곤두서자 공야치는 목을 움츠렸다.

"애초에 그들이 갖고 있는 힘을 제대로 파악하지 못했기에 벌어진 일입니다."

공야치는 옆 자리에 앉은 주소추를 힐끔 쳐다보았다. 주소추의 얼굴이 딱딱하게 굳었다.

공야치는 내심 만세라도 부르고 싶었지만 꾹 눌러 참았다.

'내 그럴 줄 알았다. 건방진 자식!'

공야치의 공손한 시선은 다시 척무절에게 향했다.

"한 번에 천추서림을 쓸어버리지 못한 탓이지만, 지금 다시 추적대를 파견하는 것은 무리입니다."

"그 생쥐 같은 놈들을 그냥 놔두자는 말인가!"

척무절의 호통에도 공야치는 어느 정도 자신이 붙었는지 차분히 고개를 저었다.

"그럴 수는 없겠지요. 천패궁의 개파공신들이라 할 수 있는 두 명과 그간 공이 많았던 일류급 수하들을 한꺼번에 잃었는데 이대로 넘어가서는 궁도들에게 체면이 서지 않습니다."

척무절은 다음 말을 하라는 듯 공야치를 눈으로 재촉했다. 공야치의 옆에 앉은 주소추에게는 눈길조차 주지 않았다.

"지금 이 자리에는 세 봉공님과 본 궁의 삼전 십이각의 수뇌들이 모두 모여 있습니다. 이제 곧 있을 회회교와 현무교 공략을 모두 알 시점이 되었습니다.”

공야치의 말에 모두들 깜짝 놀라 척무절에게 고개를 돌렸다. 세 명의 봉공과 주소추만이 침착한 얼굴이었다.

좌중의 궁금중에 답할 생각이 없는지 척무절의 눈초리는 계속 공야치에게 집중되어 있었다.

“그 일과 조 봉공을 죽인 놈들과 무슨 관계가 있나?”

“생존자들의 보고에 의하면 그들은 분하에서 누군가와 접선해 장성을 넘는다고 말했다 합니다. 그 말이 사실이라면 그들이 만날 자들은 현무교도일 가능성이 높습니다.”

“속임수일 수도 있지.”

“그렇더라도 상관없습니다.”

“그게 무슨 말인가?”

공야치는 다소 차분해진 척무절을 보며 여유있는 웃음을 지었다.

“그들은 겨우 일곱의 도망자일 뿐입니다. 그들을 놓쳤다고는 해도 언젠가는 종적이 드러날 테지요. 회회교나 현무교에 몸을 의탁했다면 곧 우리에게 토벌될 것이고, 그렇지 않다고 해도 그들은 곧 종적을 드러낼 것입니다.”

“쫓지 않아도 곧 모습을 드러낼 거라 이 말인가?”

공야치는 고개를 끄덕였다.

“그들이 심산에라도 숨어 종적을 감추지 않는 이상 절대 우리의 눈을 벗어나지는 못할 것입니다. 더구나 그들은 우리에게 분명한 적의를 갖고 있으니 틀림없이 어딘가에 몸을 의탁해 복수를 꾀하겠지요.”

마지막 말을 덧붙이며 공야치는 좌중에 배석한 천패궁의 수뇌들에게로 시선을 돌렸다.

"이제 곧 천패궁의 말발굽이 온 천하를 뒤덮을 것입니다. 그때는 누구도 우리의 눈을 피할 수 없습니다. 다만, 지금은 대국(大局)을 중시할 때입니다. 곧 그들은 대천패궁에 대항한 것이 얼마나 무모한 일이었는지 처절히 깨닫게 될 것입니다."

공야치의 말에 만족한 척무절이 고개를 끄덕이자 공야치는 천패궁의 수뇌들에게 곧 있을 정벌의 계획을 상세히 밝히기 시작했다.

전운의 긴장이 누각의 회의장을 조용히 감돌았다.

리장 대산(臺山)의 함성

산길이 구질구질하다고 '구지리계곡' 이라 이름 붙은 계곡의 끄트머리를 숨 가쁘게 오르는 동자승 하나.

파랗게 깎은 머리에는 송골송골 땀방울이 맺혀 있고 두 볼이 발그레하니 달아올라 초롱한 눈을 더욱 반짝이게 했다. 자그마한 키와 젖살이 채 빠지지 않은 볼이 통통하니 귀여웠다.

"학학…… 이놈의 계곡 이름은…… 누가 지었는지 정말 기가 막히다니까. 이렇게 구질구질한 길은 세상에 또 없을 거야."

조금만 더 오르면 계곡을 벗어나 오대산(五臺山)의 동대(東臺), 망해봉(望海峯)으로 오르는 느릿한 능선이 이어질 테지만 다리가 휘청거리는 폼이 힘이 다한 듯했다.

"도대체 왜 편한 본사(本寺)를 마다하고 이따위 산꼭대기에 암자를 지은 거야!"

더 이상은 힘에 부쳤는지 마지막 한 굽이를 남겨두고 동자승은 길가의 바윗돌에 털썩 주저앉았다.

마치 노인처럼 에구구 소리를 연발하며 종아리를 주무르던 아이는 슬그머니 좌우를 살폈다.

아무도 없는 것을 확인한 동자승의 눈이 장난스레 반짝였다.

허리춤에 매달린 호리병 네 개 중 하나를 풀어 마개를 땄다. 퐁 소리와 함께 향긋한 주향(酒香)이 자욱이 퍼져 갔다.

병목에 입을 대지 않고 가늘게 입 안에 따라 마시는 폼이 한두 번 해 본 솜씨가 아니었다.

"크! 시원타! 요 좋은 걸 혼자만 먹다니!"

입맛을 쩍쩍 다시며 노련한 술꾼처럼 트림을 한 동자승은 고뇌하는 표정으로 호리병을 들여다보았다.

"요거 한입만 더 먹어? 그 술귀신이 귀신처럼 알아낼 텐데……."

빠알간 입술을 혀로 핥으며 망설이고 있는 동자승의 귓전에 돌연 낯선 음성이 들려왔다.

"허, 스님! 거참 시원하게 드십니다그려."

낯선 목소리에 깜짝 놀란 동자승은 얼결에 호리병을 놓치고 말았다.

땅에 떨어질 뻔한 호리병을 가볍게 받는 하얀 손이 보였다.

호리병을 든 손의 임자는 새하얀 얼굴의 청년이었다.

"어머, 이건 술이네요, 스님."

낭랑한 목소리에 놀라 쳐다보니 일곱 명의 사내가 어느새 자신을 둘러싸고 있다.

하나같이 입가에 묘한 미소를 띠고 있는 사람들.

동자승의 얼굴이 새빨개졌다.

"음음, 처사님. 이건 술이 아니에요."

"에이, 분명히 술 냄새가 나던걸요?"

"타지(他地)에서 오신 분이 분명하군요. 저희 본사인 망해사의 샘물
은 술 냄새가 나는 것으로 유명하답니다."

시치미를 떼려 안간힘을 쓴다. 이마에 조금씩 식은땀이 배어 나온
다.

"세상에 술 냄새가 나는 물이 어디 있어요?"

"부처님의 영험하신 힘을 못 믿으신다는 말입니까? 이런 천벌을 받
을 말을……. 나무아미타불."

"그럼 제가 한입만 먹어볼게요."

동자승의 얼굴은 이제 불길이라도 옮겨 붙은 듯 시뻘겋게 달구어졌
다. 보통 천벌에 불호 한 번 외쳐 주면 그걸로 끝인데…….

얼굴이 숯이라도 바른 듯 시꺼메 처음부터 꺼림칙했던 사내 하나가
히죽하고 웃더니 불쑥 나서 손을 내밀었다. 팔 척에 달하는 거구라서
그런지 손 하나가 자기 머리만하다. 신기하게도 손바닥은 하얀색이다.

"물이라니 한입만 먹읍시다. 스님, 부처님의 자비를 좀 베풀어주시
구려. 아까부터 목이 타 죽을 지경이외다."

"아…… 안 돼요!"

"아니, 물이라면서 왜 목마른 중생을 외면하는 겁니까? 혹시…… 이
거 정말 술 아니오?"

동자승은 울 듯한 얼굴로 펄쩍 뛰었다.

"수…… 술 아니에요!"

돌연 한 사내가 한쪽 무릎을 꿇더니 동자승의 얼굴에 바싹 얼굴을
들이대었다.

　이마에서 왼눈을 지나 턱끝까지 진한 잿빛 흉터가 있는 사내는 왼쪽 눈이 없었다. 오른쪽 눈만 희번덕거리며 사내가 낮게 이죽거렸다.

　"흐흐, 아기스님, 그거 아시우? 스님이 술을 먹으면 똥꼬에서 기나긴 털이 난다오. 볼일을 보고 난 후 뒤처리를 할 때, 아주아주 귀찮지요. 더럽지만 일일이 한 올 한 올 닦아줘야 해요. 잘라도 잘라도 계속 난답니다."

　동자승은 덜컥 가슴이 내려앉았다.

　'그…… 그래서 큰스님이 해우채에 한 번 들어가시면 그리 오래 앉아 있는 건가?'

　새파랗게 질려 울 듯한 얼굴로 동자승은 항변했다.

　"우, 웃기지 말아요! 내 똥꼬엔 털 같은 거 없어요!"

　사내는 외눈을 동그랗게 떴다.

　"오! 술을 먹긴 하나 보죠? 아직 스님이 어려서 그렇지 십 년만 술을 먹으면 이 수북한 머리카락처럼 털이 난다오. 얼마나 귀찮고 가려운지 모릅니다. 지금도 조금씩 나고 있을지 몰라요. 어디 한번 확인해 봅시다."

　사내가 손을 뻗쳐 바지춤을 잡아오자 동자승은 자지러질 듯한 비명을 질렀다. 눈에서 눈물이 찔끔 흘렀다.

　왼팔에 부목을 댄 중년 사내 하나가 외눈박이 사내를 말렸다.

　"그만 좀 해둬라. 아기스님 우시겠다."

　애꾸괴물에게서 자신을 구해준 사내를 올려다보는 동자승의 눈엔 곧 떨어질 듯한 왕방울만한 눈물이 매달려 있다.

　"쯧쯧, 미안하게 되었소, 스님. 애들이 심심했나 봅니다. 그래, 혜재(慧在)는 잘 있소?"

"우, 우리 큰스님을 아세요?"

"옛 친구외다. 안내 좀 해주시겠소?"

"예, 예……."

킥킥거리는 웃음을 뒤로하고 동자승은 몸을 일으켜 달음박질을 치기 시작했다.

동자승의 머리엔 하나의 생각만 꽉 차 있었다.

'얼른 확인해 봐야지. 거짓말일 거야. 거짓말일 거야.'

큰스님이 항상 오래오래 해우채에 앉아 있다가 나와서는 꼭 손을 정성스레 씻던 기억이 났다. 가끔 염불 도중에 가려운 듯 엉덩이를 긁던 손길이 생각난다.

동자승은 세차게 머리를 흔들며 뛰어갔다.

어느덧 가을의 문턱에 접어든 망해봉의 정상에 시원한 바람이 스쳐 지나간다.

방목(放牧)이라도 할 수 있을 듯한 널따란 초지(草地)에는 황금색 억새가 춤을 추듯 꿈틀대고 있었다.

햇빛에 반짝이는 찬란한 금빛 물결을 바라보며 망해봉의 한 켠 초라한 암자의 마당에 놓인 평상 위에 엉덩이를 걸친 혜재는 눈을 가늘게 떴다.

산도적이 머리만 깎아놓은 듯 승복이 전혀 어울리지 않는 화상이었다.

"올 때가 되었는데……. 이놈이 또 어디서 꾀를 피우나."

몇 년 전, 홍수에 부모를 잃은 꼬마를 데려다 키운 게 어느덧 심부름을 할 만한 나이로 자랐다. 영악스럽지만 근기(根氣)가 착실해 대덕(大

德)이 될 만한 놈이었다.

멀리서 억새밭의 가운데에 난 길을 달려오는 아이가 보인다.

"저놈이 웬일로 뛰어오나……. 응?"

아이는 혼자가 아니었다.

무인들이 분명해 보이는 일곱의 사내가 아이의 뒤를 천천히 따르고 있었다.

혜재는 몸을 일으켰다.

자신을 찾아오는 것이 분명한 불청객. 그러나 그는 아무런 거리낄 것이 없었다. 마음이 쓰이는 것은 아이뿐이었다.

헐레벌떡 달려온 동자승이 그의 앞에서 숨을 헉헉 몰아쉬었다.

"스…… 스님, 스님 옛 친구…… 래요."

"어디 다친 데는 없느냐?"

"예. 학…… 학, 근데 무섭게 생긴 사람들이 많아요."

"걱정 마라. 나보다 무섭게 생겼나?"

아이는 동그랗게 눈을 떴다.

그러고 보니, 스님보단 무섭게 생기지 않았다. 조금 마음의 여유가 생겼다.

"아, 아뇨."

혜재는 히죽 웃었다.

"그럼 무서울 거 없어."

"그, 근데요. 스님. 저기……."

"조금 있다 얘기하자. 손님들을 맞아야지."

똥꼬의 털을 물어보려다 시기를 놓친 동자승은 한 켠으로 물러났다.

어느새 사내들은 암자의 사립을 넘어섰다.

혜재는 천천히 불호를 외치고 낯선 사내들에게 합장을 하며 고개를 숙였다.

"아미타불! 어떻게들 오시었……."

고개를 들어 사람들을 훑어보던 혜재의 눈은 얼어붙듯 멈추었다.

일곱의 사내들 맨 앞에 선, 왼팔에 부목을 댄 사내에게 시선이 꽂혀 혜재는 말을 잊지 못했다.

"너…… 너……."

사내가 한 손으로 합장을 대신하며 얼굴에 미소를 띠었다.

"오랜만이군. 나 진영이야."

시체라도 본 듯 크게 눈을 뜬 혜재의 눈에 가는 물막이 고였다.

"이 자식!"

혜재의 몸이 비호처럼 날아가 진영의 어깨를 끌어안았다.

조홍에게 당한 상처가 완전히 아물지 않아 통증을 느꼈지만 진영은 개의치 않고 힘있게 혜재의 어깨를 부둥켜안았다.

이십여 년 만에 만나는 친구였다.

"이 무정한 자식! 살아 있으면서…… 살아 있으면서 왜……."

"미안하다……. 올 면목이 없었어."

"잘 왔다. 잘 왔어. 이눔."

진영의 몸을 부둥켜안은 혜재의 눈시울이 붉어졌다.

중년의 스님과 무인이 서로 어깨를 끌어안고 눈시울을 붉히는 것은 정말이지 어울리지 않는 광경이었으나 묘한 정감과 슬픔이 느껴져 임교연은 살짝 눈꼬리를 훔쳤다.

동자승이 눈을 깜빡이며 입을 헤벌리고 있었다.

혜재는 몸을 떼고 찬찬히 진영의 얼굴을 뜯어보다 어깨의 상처로 눈을 돌렸다.

"너도 꽤 늙었구나. 그 나이에 언 놈한테 터지고 온 거냐? 그래 갖고 곡차나 먹겠냐?"

"저 아기스님이 드시던 술 냄새 나는 물이라면 먹을 수 있겠군."

"잉?"

동자승이 뒤꼍으로 도망가고 망해봉의 암자에는 웃음꽃이 피어났다.

어슴프레하게 날이 저물고 있었다. 박주에 산채 안주였지만 이십여 년의 회포를 푸는 데는 그만이었다.

혜재는 눈을 돌려 진영의 아우들과 의령을 훑어보았다.

"그래서 이 목자 불량한 녀석들 대장 노릇 하는 거냐?"

조온이 불퉁거렸다.

"무슨 스님의 입이 바람난 여편네 치맛자락처럼 나풀댈까."

"어…… 이눔이 욕을 하네."

혜재의 눈이 조온에게 고정되었다.

"왜 그러슈?"

"어쭈! 너 진영이 동생이라며?"

"그렇수다."

"나랑 진영이는 불알친구야. 그거 알고 개기는 거냐?"

"무슨 스님 말투가 저잣거리 왈짜패들 같소이까? 내게 형 대접이라두 받구 싶소?"

혜재는 빙글빙글 웃으며 계인이 선명한 머리를 어루만졌다.

"거 머리를 깎아놓으면 틀림없이 대성할 상이구만. 너 중 될 생각없냐?"

조온은 딱 잘라 거절했다.

"생각없수다."

"그러지 말고 신중히 생각하지 그러냐? 너처럼 세상에 상처를 입은 놈은 부처님의 따뜻한 품 안에 귀의해 마음을 씻는 것이 최고야."

조온이 뜨끔한 얼굴로 말을 더듬었다.

"무, 무슨 소리요? 상처를 입다니."

혜재의 고개가 여섯의 안면을 주욱 훑었다.

"누가 절간에서 놀아본 놈 아니랄까 봐 저렇게 고해의 늪에 빠진 놈들만 데리고 다니냐. 그러지 말고 이 참에 저놈들 다 머리 깎여라. 아주 튼실한 중놈들이 될 거야."

진영에게 고개를 돌린 혜재의 말에 진영은 머리를 흔들었다.

"우린 할 일이 있다."

술잔을 치켜들어 한숨에 입 안에 털어낸 혜재가 진영을 보며 돌연 진중하게 얼굴을 굳혔다.

"천패궁을 상대하겠다는 거냐?"

"그래."

"니눔이 아직도 미망(迷妄)에서 깨어나질 못했구나."

"무슨 소리냐?"

"아직도 그 대의(大義) 나부랭이에 목을 걸 참이냐?"

"그래."

혜재의 눈이 번뜩였다.

"그렇게 대의를 숭상하는 놈이 고림성 이천여 동지들을 정심맹에 팔아넘겼냐?"

술잔을 잡은 진영의 손이 얼어붙듯 멈추었다.

"……."

"니눔이 최선을 다했다는 건 안다. 니 덕택에 나도 살아 있는 거니까. 그렇다고 죽은 이천여 동지들이 살아 돌아오냐? 어차피 네가 선택한 것은 육친의 정이지 대의 따위가 아니었다. 아비의 목숨을 구하기 위해 고림성을 팔아넘긴 게 니눔이지 않냐!"

진영의 얼굴이 고통스럽게 일그러졌다.

조온이 벌떡 일어섰다.

"말이 심하시오!"

"닥쳐! 너 따위가 상관할 일이 아니다!"

혜재의 몸에서 삼엄한 기상이 내뻗었다.

"형님은……."

"네가 뭘 안다고 지껄이는 거냐! 이 문제는 진영과 나만이 이야기할 수 있는 문제다! 닥치고 앉아!"

"앉아라."

진영의 나직한 말에 조온이 얼굴을 붉힌 채 자리에 앉았다. 사정을 모르는 다섯은 이 갑작스런 날 서린 긴장이 이상스럽기만 했다.

"네가 지금이라도 내 목을 친다면 달게 죽으마."

혜재의 눈이 진영의 눈을 타는 듯 응시했다.

"그래서 죽은 동지들이 살아날 거면 이미 이십 년 전에 널 죽였다. 이따위 승복은 입지도 않았어!"

"그래, 그럴 수만 있다면……."

"네가 고림성을 배신할 수밖에 없었던 것은 이해한다. 애초에 넌 정심맹의 간세로 들어왔으니. 그래도 네가 의리를 지키느라고 많은 이들의 목숨을 구한 것도 안다."

혜재는 목이 마른 듯 술을 들이켰다.

"애초에 고림성의 일급비밀을 정심맹에 팔아넘겼을 때, 네겐 대의라
는 게 사라진 거야. 니가 수많은 이들을 구했고 정심맹주의 목을 쳤다
고 하더라도 그건 너 자신의 의리와 복수를 위한 거지, 대의를 위한 게
아니었다."

"……."

"그러던 놈이 이제 와서 무슨 대의를 찾는다는 거냐? 천패궁이 어떤
존재인지 몰라서 하는 말이냐? 세상에 지켜야 할 대의 따위가 어디 있
다는 거냐!"

진영은 고뇌 어린 얼굴로 고개를 숙였다.

"니눔이 저기 저 아해와 작당해 벌인 개봉 연좌인가 하는 게 대의를
따랐다는 거냐? 그로 인해 죽은 사람들의 목숨은 대의를 위해 장렬히
희생된 거고? 앞으로도 수많은 사람들을 희생시켜야 할 그 따위 대의
를 따르겠다는 거냐! 니가 옳다고 무엇으로 확신하는데! 천패궁이 사라
지면 세상이 개벽한다더냐! 이제 그만 미망에서 깨어나 자기 삶을 찾
아라!"

이제까지 듣기만 하던 의령이 벌떡 몸을 일으켰다.

여전히 탁탁 끊어지는 듯한 말투였지만 이제는 말도 자연스럽게 할
수 있는 듯했다. 다만, 이전의 의령의 말투가 아니었다. 정의로운 군자
의 말투가 아닌 허무한 낭인의 목소리였다.

"스님 말이 맞습니다. 제가 그 수많은 사람들의 생목숨을 끊었습니
다. 애초에 대의 따위가 아닌 저 자신의 복수를 꾀했다면 실패했어도
저 하나만 죽었을 것을."

"의령아!"

진영이 안타까운 마음에 의령을 나직이 불렀다. 석골산을 넘어 오대산에 오기까지 의령은 무공에 대한 의문 말고는 아무것도 묻지 않았었다. 자신도 아무 말도 하지 않았다. 오대산에서 심신을 추스르며 차분히 정리하려 했던 것인데…….

"이제는 그만두려도 그만둘 수 없습니다. 이번 일로 죽어간 사람들의 원혼이 제 눈앞에서 꿈틀댑니다. 대의가 아니어도 상관없습니다. 다른 분들을 더 이상 이 일에 끌어들일 생각도 없습니다. 저 혼자 할 겁니다."

의령의 말을 들으며 혜재의 눈은 똑바로 의령을 응시했다.

"혼자서 하겠다? 어떻게? 합비에 가서 당금의 최고수인 척무절의 목이라도 끊겠다는 거냐?"

의령의 공허한 눈 속에 활활 횃불이 타올랐다.

"이번 일에 관계된 놈들을 모조리 쳐 죽일 겁니다."

말을 마친 의령은 휙 몸을 돌려 천천히 암자를 벗어났다. 그의 뒤를 임교연이 서둘러 쫓았다.

삽짝을 나서는 둘의 멀어지는 그림자를 보다 혜재는 진영에게 고개를 돌렸다.

"네놈의 대의가 건실한 아이 하나를 망쳐 놓았구나."

"나의 대의가 아니라 저 친구의 대의를 내가 따랐을 뿐이다."

"업어치나 메치나 같은 얘기 아니냐? 네놈들 중 가장 심각하게 망가진 놈이 제일 어린 저놈이다."

진영 등은 나직한 한숨을 내쉬었다.

그들에게도 의령의 변화는 뜻밖이었기에.

혜재의 조용한 음성이 울려 퍼졌다.

"대의를 따르든 복수를 하든 저놈 마음부터 다스려 놔라. 저러다간 살귀 하나 탄생하는 걸 두 눈 뜨고 지켜보아야 한다. 그 후에 뭔가를 해도 해야지."

쓰디쓰게 변한 곡차가 혜재의 목을 넘어갔다.

망해봉을 벗어나 얼마나 신형을 날린 지 알 수 없었다. 오대산에 오는 동안 진영 등에게 배워 산에 익숙해진 의령은 어두운 밤길임에도 휙휙 몸을 날렸다.

바윗덩어리로 이루어진 널찍한 산정(山頂)에 올라앉은 의령은 불타는 눈동자를 들어 캄캄한 암천을 뚫어져라 응시했다.

별빛 하나 빛나지 않았다. 어디에도 그를 맞아주는 빛은 보이지 않았다.

가슴속이 활활 타오른다.

혜재라는 화상의 말은 뜨거운 화인이 되어 그의 심장을 지졌다.

그렇다.

내가 그들을 죽인 것이다.

대의라는 이름 아래 그들 모두를 모아 내가 죽인 것이다.

'한 학사님.'

한광후는 자신의 탓이 아니라 했다. 그들 모두가 각자의 뜻을 이루려 죽은 것이라 했다.

과연 그것이 진실인가.

무엇이 진실인가.

미령이와 효령이가 죽고, 할아버지와 삼촌이 죽고, 천추서림의 식솔들이 죽었다.

연좌대도 피를 흘리며 학살당했다.

자금성 앞에 효수된 육백여 학사들의 목숨을 어이 할 것인가.

이제까지 천패궁에 희생되었다는 그 수많은 무고한 백성의 목숨은 어찌할 것인가.

대의가 아니어도 좋다.

개인의 복수라도 상관없다.

만인(萬人)이 아니라 해도 이젠 상관없다.

저 천패궁의 간악한 놈들을 모조리 도륙하리라.

지그시 이를 물고 부드득 갈 때, 어디선가 자신을 찾는 목소리가 들렸다.

"의령 아우, 의령 아우?"

임교연의 목소리였다.

"저 여기 있습니다."

오대산으로 오는 동안, 의령은 진영 등과 의형제를 맺고 막내가 되었다. 이제 모두 자연스레 형, 누이 하며 지내게 되었지만 의령은 이제까지 별말을 하지 않고 오로지 무공에만 골몰했다.

지금은 힘을 키우는 게 급선무였다.

"이제 나는 쫓아오지도 못하네?"

임교연이 가쁜 숨을 헐떡였다. 전속력으로 쫓았지만 의령의 훌훌 나는 듯한 신법을 쫓아오느라 아주 애를 먹었던 것이다.

"그렇게 혼자 가버리면 어떻게 해. 모두 걱정할 거야. 돌아가자."

"조금만 더 있다가요."

다시 암천으로 고개를 돌리는 의령을 보는 임교연의 마음은 미묘

했다.

어찌 보면 그가 제정신이 아닐 때가 더 그리웠다.

자신만 바라보고 자신만 따르던 그때.

혼란스레 콩닥콩닥하던 그때의 미묘한 감정을 아직 채 정리도 하지 못했건만 정상이 된 의령은 어쩐 일인지 너무 과묵해졌다.

필요한 말이 아니면 하루 종일 입을 열지 않을 때도 있었다.

한순간에 십 년은 나이를 먹은 듯한 그 모습이 이해가 가면서도 왠지 안타까웠다.

"스님의 말에 너무 신경 쓰지 마. 우린 널 그렇게 생각하지 않아."

의령은 살짝 고개를 저었다.

"이제까지 쭉 생각해 왔던 문제입니다. 아까 한 말은 빈말이 아니었어요."

"너 혼자 하겠다는 말?"

"예."

임교연의 하얀 손길이 의령의 손을 덮었다.

"그렇게 말하지 마. 우리는 피는 나누지 못했지만 한 형제야."

"누님."

"음?"

"이제는 옳고 그르냐는 상관하지 않을 겁니다."

"의령아!"

"단순하게 생각할 겁니다. 놈들은 제 가족과 제 친지들을 해쳤고 저는 그 복수를 할 뿐입니다."

임교연은 따로 해줄 말이 없어 답답했다. 진영이라면 이럴 때 적절한 해답을 줄 수 있을 텐데.

임교연은 다만 의령의 어깨를 꼬옥 안아주었다.

첨산에서 자신만 따르던 의령을 돌보던 그때처럼.

바위턱에 나란히 앉아 어깨를 맞댄 의령과 임교연을 바라보는 고통스런 시선이 멀찍이 있었다.

흑의를 입은 사내는 조용히 신형을 돌려 세웠다.

유성혼이었다.

2

망해봉의 뒤편에 자리 잡은 은밀한 암굴, 문수암(文殊庵)의 안쪽에 의령은 가부좌를 틀고 한 권의 서책을 마주하고 있었다.

입이 걸고 묵은 한이 많았지만 혜재는 그날 이후 진영에게 아무 말도 하지 않고 옛 친구를 대하듯 했다. 이곳은 혜재가 진영들에게 마련해 준 은신처였다.

부목을 뗀 진영은 반류와 함께 어딘가로 바삐 돌아다녔고 나머지 형제들은 제각기 무공 수련에 힘쓰고 있었다.

더 멀리 뛰기 위해 몸을 움츠린 것이다.

혼자서 복수하겠다는 말은 형제들의 완강한 반대에 부딪쳐 꺾이고 말았다. 더 이상 말을 하지는 않았지만 복수의 주체가 그가 되어야 한다는 생각에는 변함이 없었다.

의령은 오대산에 오는 동안 한광후가 남겨준 이 서책을 틈틈이 보아왔다.

　놀랍게도 한광후가 남겨준 서책에는 호연심결과 괘를 같이하는 심법(心法)이 담겨 있었다. 그것을 본 연후에야 의령은 자신의 몸에 일어났던 기이한 체험을 이해할 수 있었다.

　서책의 마지막 장은 비에 젖어 글자가 흐려져 있었다.

　낙양의 형설건의 이름이 언급되어 있었고 자신에게 남기는 개인적인 유언이 있는 듯했지만 그 이후를 알아볼 수 없어 안타까웠다. 형설건을 꼭 찾으라는 말로 더 이상 아무 글도 알아볼 수 없었다.

　의령은 자신과 유성혼을 한광후에게 안내했던 제방 공사를 지휘하던 사내를 떠올리며 책장을 덮었다.

　'이번 일을 마치고도 살아남는다면 찾아봐야지…….'

　책자를 덮고 조식을 취하려는 순간, 진영이 모습을 드러냈다.

　의령은 몸을 일으켰다.

　"형님."

　"앉아라."

　요 며칠 얼굴 보기도 어렵던 진영이었다.

　의령과 마주 앉은 진영은 찬찬히 의령의 얼굴을 바라보다 말을 건넸다.

　"임독이맥의 타통이 조금 이상하다고 했었지? 이제 그 이유를 알아냈느냐?"

　"예. 호연심결은 원래 선도술(仙道術)의 호흡법에서 연원한 거더군요. 중원 무공의 영향을 받아 조금 모습이 뒤바뀌어 제가 원래의 흐름을 잘못 알고 있었습니다."

　"그래? 무엇이 다르더냐?"

　홍미있는 말이었다. 의령이 독맥을 지나 임맥까지 한 흐름에 양맥을 타통했다고 했을 때, 진영은 반신반의했었다. 자신도 양맥을 뚫었지만 임맥과 독맥에서 각기 끌어올려진 진기의 힘으로 두정(頭頂)을 뚫었던 것이었기에. 진맥해 본 결과 의령이 양맥을 뚫은 것이 사실이라 더욱 의아했었다.

"호연심결에 있는 각 초식들은 뚜렷한 형태를 지니고 있지 않습니다. 중원에 산재해 있는 흔한 초식들의 변형일 뿐이지요. 진기를 끌어내 쓰는 방법에 따라 팔괘의 뜻을 따르게 되어 있을 뿐입니다. 이때, 하단전에서 끌어낸 진기를 옥당혈에서 분산시켜 사용하게 되어 있었지요. 이 점 때문에 평정을 잃게 되면 제대로 펼치기가 힘들었습니다. 그런데 이게 원래의 모습에서 변형된 것이었습니다."

"원래의 모습?"

"예. 한 학사님이 익히신 것이 그것이었더군요. 성혼 형님이 내공 수련의 흔적은 안 보이는데 이상하다고 말씀하셨던 것이 이해가 갑니다. 원상도결(原象道訣)이라 하는데, 몸 안에 기를 쌓는 것이 아니더군요. 천지간의 기를 이용할 뿐인 일종의 정신 수련법입니다."

뜻밖의 무리(武理)에 진영은 호기심이 일었으나 아우의 무공을 탐낼 마음은 없었다. 자신이 할 말은 그것이 아니었다.

"음…… 혼자서 익혀 나갈 수 있겠느냐?"

"예. 제 몸에 이상이 생겼던 그때, 우연히 호연심결에 잠재된 원래의 이치가 깨어난 모양입니다. 호연심결의 핵심은 역시 정신의 힘이었습니다. 현재로서는 저 혼자서도 해 나갈 수 있을 듯합니다."

"그래, 그 문제는 네 힘으로 해결해야 할 듯하구나. 무엇보다 불안했던 네 내공이 안정을 찾을 수 있을 듯해 다행이다. 음…… 그보다 네게 말할 것이 있다."

“말씀하십시오.”

진영은 몸을 일으켰다.

“밖에 나가서 얘기하자꾸나.”

“예.”

문수암의 밖에 나선 진영은 가볍게 휘파람을 불었다.

얼마 후에, 근처의 숲에서 따로 수련하던 형제들이 모여들었다.

반류를 제외한 여섯의 형제가 모두 모였다.

“그동안 열심히 수련했나 보구나.”

활력이 넘치는 아우들을 보며 진영은 빙긋 웃음을 머금었다.

“오셨습니까? 류는 안 왔나요?”

반류와 늘 투닥거리면서도 항상 은근히 반류를 챙기곤 하는 차정선
이 진영의 뒤를 슬쩍 보았다.

“음. 여기저기 다니고 있을 거다.”

“류 오라버니가 정탐을 하는 중인가요?”

“그래. 그동안의 정세도 알아볼 겸 류를 강호에 내보냈다.”

“아니, 나도 보내주지.”

차정선은 두터운 입술을 불퉁거렸다.

조온이 큭큭대며 차정선의 어깨를 짚었다.

“야. 정선아. 우리들 중 제일 평범하게 보이는 놈이 누구냐? 류야.
깔끔을 떨어서 그렇지, 그놈 얼굴 시장바닥 어디에 가도 볼 수 있는 흔
한 얼굴이다. 우리야 어디 그러냐? 대번에 눈에 띌 게다.”

“나두 알고 있수. 젠장.”

유성혼이 진영에게 질문을 던졌다. 요 근래 유성혼은 어쩐지 말수
가 적어지고 과묵해졌다. 형제들의 장난에도 침착한 것은 그 때문인

듯했다.

"지금 강호는 어떻습니까?"

"음. 그 때문에 너희를 불렀다. 아무래도 강호에 한바탕 혈풍이 몰아칠 조짐이 보인다."

"예? 무슨 말씀이십니까?"

"천패궁이 무림첩을 띄워 강호인들을 격동시키더니, 이젠 출병 준비를 하는 것 같다."

"아니 그럼, 그 무림첩이 우리에게서 무림인들을 갈라놓기 위한 것만이 아니란 말씀이십니까?"

"그런 것 같다. 지금 천패궁 측에선 각 분타의 병력을 몇 군데로 모으고 출병 준비를 하고 있다. 한쪽은 장성 이북을 향해 있고 한쪽은 장강(長江) 이남으로 이동 중이라 한다."

조온의 낯빛이 심각해졌다.

"그럼 현무교와 회회교를 친다는 것 아닙니까? 그들이 중원을 침범한 것도 아닌데, 정벌이라는 것에 무림인들이 찬성할까요?"

"무언가 다른 속셈들이 있겠지. 틀림없이 무슨 이권이 관련되었을 거다. 그렇지 않다면 정심맹이나 사흑련에서 움직일 리가 없지."

차정선은 눈을 동그랗게 떴다.

"그 자식들이 아예 친패궁과 붙어먹는단 말이오?"

"그럴 듯이 보이더구나."

"개자식들!"

"그러고도 남을 놈들이지."

의령이 진영에게 고개를 돌렸다.

"장성 이북을 향해 있다는 병력은 대부분 북직예에 몰려 있겠군요."

“그래.”

의령의 눈길이 활활 타올랐다.

“어딥니까? 거기가.”

진영은 의령을 정면으로 응시했다.

“아직은 이르다.”

“형님!”

“반류가 온 다음에 움직여도 늦지 않다. 그동안 우리는 따로 준비할 게 있어.”

조온이 나섰다.

“그게 뭐요?”

“우리는 일곱뿐이다. 당분간은 우리 일곱의 힘으로 저들을 쳐야 한다. 소수가 다수를 상대하는 방법은 둘이다. 하나는 적의 수뇌를 은밀히 암살하는 것이고, 또 하나는 기동력을 이용한 치고 빠지는 방법이다.”

“말을 구해야 한다는 겁니까?”

“아니다. 따로 말을 키운다면 누가 돌보겠느냐? 말처럼 많은 손이 가는 짐승도 없다. 말은 현지에서 조달한다. 무엇보다 의령이는 우리에게 은신술을 배워야 한다. 그리고 의령이를 포함한 우리 모두 따로 새로운 무기술을 익혀야 한다.”

두꺼운 입술을 스윽 움직인 차정선은 미소를 지었다.

“전 익힐 게 없겠네요. 제 무기는 말을 탔을 때, 가장 위력적이니까요. 우하하.”

진영은 고개를 저었다.

“아니, 너도 익혀야 해.”

"예? 창술만큼 위력있는 마상무예가 어디 있다고 그러세요?"

진영은 모든 형제들을 주욱 둘러보았다.

"우리의 무기는 다 제각각이다. 그것을 조화한 합공이야 이미 익숙해 있으니 별문제없다만, 다수의 적을 상대할 때는 다른 무기가 필요하다."

"아, 글쎄, 무얼 익히냐구요?"

진영의 입꼬리가 빙긋 말려 올라갔다. 문수암의 입구에 세워놓은 묵직한 포대(包袋)를 손가락으로 가리켰다.

"활과 쌍수도(雙手刀)다."

망해봉의 북사면을 따라 왼쪽으로 돌아간 조개골의 한 켠, 오십여 장 높이의 까마득한 직벽(直壁) 앞에 진영과 그의 형제들이 서 있었다.

진영은 의령에게 고개를 돌렸다.

"의령이는 우선, 신체의 능력을 좀 더 키울 필요가 있다. 양맥을 뚫었다고 하지만 너의 몸을 좀 더 질기고 끈끈하게 단련할 필요가 있다. 체력의 정도가 승패를 좌우할 때도 허다하다."

차정선의 입술이 주욱 말려 올라갔다.

"으흐흐. 우린 안 해도 되겠지요?"

"그래, 너희는 서쪽으로 가서 우선 쌍수도를 수련해라. 따로 두로를 익힐 필요는 없고, 성혼의 도움을 받아 간단한 초식 몇 개를 몸에 완전히 익숙해질 정도로만 익혀라. 활 쏘기 수련은 반류가 오면 배우도록 하고."

"에휴…… 그놈 잘난 척하는 걸 어떻게 보나……."

"그래도 우리 중 뭘 던지는 데 있어서는 반류를 따라갈 놈이 없잖아.

타고난 놈이야.”

조온과 차정선이 지분거리며 걸음을 옮겼고 쌍수도가 든 포대를 짊어진 유성혼과 임교연이 그 뒤를 따랐다. 힐끔거리며 의령을 뒤돌아보는 임교연과 달리 유성혼은 묵묵히 앞만 보고 걸었다.

“이곳을 오르고 내리는 것이 수련인가요?”

의령의 질문에 진영은 고개를 끄덕였다.

“그래, 단 의식적으로 내기(內氣)를 사용치 말아야 한다. 순수한 팔다리의 힘만으로 올라야 하지. 내려올 때는 내력을 사용해도 좋다.”

오십 장. 순수한 힘만으로 오르기에는 만만치 않은 높이였다.

의령은 먼저 경사가 전혀 없는 직벽의 표면을 꼼꼼히 살펴보았다.

그간 오대산까지 오며 적지 않은 바위산을 넘는 동안 무엇보다도 팔다리를 놀릴 공간을 먼저 확보함이 중요하다는 것을 누누이 들어왔기 때문이었다. 그러나 그때는 경공이나 신법을 펼쳤었다. 지금과는 또 상황이 달랐기에 의령은 한층 세심히 직벽을 응시했다.

“이 직벽을 오르는 데는 여러 가지 길이 있다. 쉬운 곳부터 오르도록 해라. 네가 가장 나중에 오를 길은 저기다.”

진영의 손길을 따라 눈을 돌리다 의령은 흠칫했다.

경사가 없는 것은 고사하고 마치 절벽이 팔꿈치라도 내민 듯 툭 튀어나온 경로를 따르고 있었던 것이다.

“저곳은 거의 거꾸로 매달려야 하는 것 아닌가요?”

“잘 보았다. 하지만 모두 잡을 곳이 있단다. 시범을 보여주마.”

경쾌하게 걸음을 옮긴 진영의 몸이 직벽에 달라붙었다. 전에 의령에게 가르쳐 준 대로 팔다리 중 반드시 한 곳만을 바위에서 떼어 움직이고 있었다. 온몸이 뒤틀리며 뼈 없는 연체동물마냥 유연히 절벽을 오르기 시작했다.

바위가 얇게 세로로 갈라진 좁은 틈새에 양손을 끼고 버티며 마치 평지를 기듯 스르륵 오른 진영은 머리를 가로막고 있는 바위에 망설이지 않고 몸을 매달렸다.

"아!"

의령의 입에서 낮은 경탄이 새어 나왔다.

진영은 가운뎃손가락 하나만을 이용해서 작은 돌출부를 잡으며 발끝으로 바위 천장의 틈새를 교묘하게 지탱해 전진했다. 거꾸로 매달린 몸이 박쥐와도 같이 유연하게 전진했다.

바위 천장의 끝부분에서 옆으로 몸을 튼 진영은 오른팔과 오른 다리를 바위 지붕 위에 비스듬히 걸치고 왼손을 이용해 그림처럼 천장을 벗어났다.

순탄하게 꼭대기까지 오른 진영의 신형이 의령의 앞으로 훌훌 떨어져 내렸다.

"대단하십니다."

의령은 진심으로 경탄해 탄성을 내질렀다.

마치 물속을 유영하는 듯 유연한 진영의 몸놀림은 한 군데도 흐트러짐이나 망설임이 보이지 않았다. 바위의 흐름을 그대로 타는 듯한 자연스러운 움직임은 달자(達者)의 그것을 연상케 했다.

"요령은 전에 일러준 것과 같다. 되도록 바위에서 몸을 떼어야 한다. 찰싹 달라붙으면 괜한 힘을 쏟게 된다. 손가락 하나, 발가락 하나만으로도 네 몸을 지탱할 수 있어야 하는 거야."

"예."

땀 한 방울 흘리지 않는 진영은 빙긋 미소를 머금었다.

"직접 몸으로 부대껴 보아야 제 맛을 알게 될 것이다. 이것은 앞으로 배울 은신술의 기본이나 마찬가지니 부지런히 손발을 놀리도록 해라. 네 형들은 모두 이 과정을 거쳤단다."

"알겠습니다."

"하루 두 시진은 이 수련을 하도록 해라. 이 직벽이 네게 평지처럼 느껴질 때면 지금과는 다른 몸을 갖게 될 것이다."

"류 형님이 돌아오시면 적을 치러 가는 겁니까?"

시선을 돌린 진영은 조용히 의령을 응시했다.

"류가 돌아오더라도 쌍수도와 활 쏘기에 어느 정도 익숙해져야 시작한다. 절벽을 오르는 두 시진의 수련이 끝나면 너도 쌍수도를 익혀라."

"형님!"

진영은 조용히 고개를 저었다.

"지금 너의 무공은 절정의 경지에 진입하려는 중이다. 호연심결의 원형을 찾았다니 앞으로 더 진보가 있겠지. 그러나 그것만으로는 부족하다. 우리가 상대해야 할 적은 천패궁이야. 지금 너의 실력으로는 사대천왕 중 한 명도 상대하기 어렵다. 그게 현실이야."

"이 수련을 모두 마치면 시작한다는 것입니까?"

"물론이다."

"알겠습니다."

대적을 앞둔 듯 고개를 돌려 바위벽을 노려보는 의령을 지켜보며 진영은 내심 한숨을 내쉬었다.

'의령아, 너는 지금 중심을 잃고 있다. 복수를 하더라도 그걸 잃지 말아야 하건만……'

그러나 말로 해봐야 소용이 없다는 것을 진영은 잘 알고 있었다.

오직 겪은 만큼만 깨달으리라. 의령이 이 수련을 통해 무언가를 얻기를 진영은 간절히 바라고 있었다.

직벽의 가장 어려운 경로, 바위 천장의 중간에 매달려 의령은 한 식경이 다 가도록 꼼짝도 못하고 있었다.

진영의 말대로 가장 어려운 경로였다. 그동안 수련 시간을 초과해 가며 암벽에 매달렸던 의령에게도 이곳만은 난공불락의 요새와도 같았다.

반류가 돌아와 그에게 활을 배운 지도 여러 날이 흘렀다.

이제 쌍수도와 활, 은신술에도 어느 정도 진전이 있었지만 직벽의 이 길만은 의령의 전진을 한사코 허락하지 않았다.

오늘의 시도만도 벌써 네 번째.

진영은 조금이라도 내력을 끌어올렸을 때는 처음부터 다시 시작하라고 단호히 말했고 의령은 네 번째 같은 곳에서 막히고 있었다.

'도대체 내력을 사용치 않고 여길 어떻게 통과했던 거야!'

비 오듯 땀이 흘렀다.

손가락 끝이 땀에 젖어 미끌미끌했다.

의령은 오른손을 뒤로 돌려 허리춤에 매달린 주머니에 손을 넣었다.

임교연이 만들어준 송진가루를 담는 작은 주머니였다.

웃옷을 벗은 의령의 상체는 그동안의 수련 성과가 고스란히 담겨 있었다.

겉보기에는 이전과 다름없는 체구였으나 섬세하게 다듬어진 근육은 얇은 피부를 따라 고스란히 제 모습을 알알이 드러내고 있었다. 송골송골 맺힌 땀이 조각처럼 다듬어진 활배근을 타고 흘렀다.

이대로는 미끄러져 떨어질 것만 같았지만 의령은 고집스레 내기(內氣)를 눌렀다.

"서둘지 마!"

밑에서 진영이 외치는 소리가 들린다.

임교연을 포함한 모든 형제들이 의령의 도전을 지켜보고 있었다.

모두 비슷한 암벽에서 수련한 경험이 있는 그들은 이 바위 타기가 얼마나 많은 집중력과 유연성이 필요한지 잘 알고 있었다.

'의령아, 힘을 내!'

임교연은 손을 포개고 기도하듯 깍지를 끼었다.

진영의 외침을 듣고 바위 천장에 매달려 의령은 잠시 눈을 감았다.

'침착하자. 분명히 길이 있을 거야. 서둘지 말자!'

머리를 텅 비워 의념(意念)을 풀었다. 빡빡했던 눈자위가 부드러워졌다. 마음이 조금 차분해짐을 느끼며 다시 눈을 떴다.

한 식경이 넘게 같은 자리에 거꾸로 매달려 있었더니, 경직된 근육이 여기저기 통증을 호소하고 있었다.

의령은 다시 한 번 천천히 바위 천장에 매달려 거꾸로 보이는 절벽의 바위 사면을 꼼꼼히 훑어갔다.

이제까지 바위의 돌출한 면이나 갈라진 틈을 비집고 올라왔는데 이곳은 유독 손으로 잡을 만한 곳이 눈에 띄지 않았다.

'몸을 날려 건너뛰어야 하는 걸까?'

의령은 내심 고개를 저었다.

진영은 분명 이곳을 물 흐르듯 지나쳤다.

꼼꼼히 바위를 훑던 의령의 눈이 반짝 빛났다.

그동안 심상히 지나쳤던 역(逆)으로 튀어나온 작은 돌출부가 눈에 들어왔던 것이다.

'왜 여태까지 이곳이 보이지 않은 걸까?'

신기했다.

잘 감추어져 있긴 했지만 이제까지 수십, 수백 번은 훑어보았건만.

손을 거꾸로 돌려 잡으면 검지 손가락 정도는 충분히 들어갈 정도의 틈새였다.

손가락을 끼웠다. 몸을 지탱하기에 충분한 듯했다.

이제까지 보이지 않던 길이 선명히 눈에 들어오기 시작했다.

의령은 몸을 좌우로 비틀며 천천히 전진해 갔다.

마침내 바위 천장의 끝부분에 온 의령은 서서히 몸을 옆으로 돌렸다. 이곳이야말로 가장 위험한 고비였다. 의령은 꿀꺽 침을 삼켰다.

오른팔을 뻗어 보이지 않는 바위의 지붕을 더듬었다. 진영은 이 근처에서 분명히 손을 더듬어 붙잡을 곳을 찾았었다. 그도 수차례 사전 답사를 통해 충분히 숙지하고 있는 지형이었다.

그러나 눈으로 보이지 않는다는 것이 크나큰 장애가 되고 있었다. 바위를 붙잡은 왼팔이 긴장으로 인해 뻣뻣해졌다.

'한계다. 빨리 찾아야 해!'

마음이 급해지자 손도 다급해졌다.

'분명히 이 근처였는데.'

머리 속에 경종이 울렸다.

여기까지 와서 다시 추락할 수는 없다. 의령은 어금니를 불끈 씹어 갔다.

'침착히. 마음을 침착히!'

의령은 다시 눈을 감았다 떴다.

주문처럼 스스로에게 침착하라 속삭이며 부드럽게 바위 지붕을 훑어가자, 무언가 손톱 끝에 미약하게 걸리는 것이 느껴졌다.

몸을 좌우로 흔들며 반동을 통해 오른팔을 쭈욱 뻗자 확연히 손에 잡히는 돌출부가 있었다.

'이거다!'

의령은 단단히 오른손으로 돌출부를 부여잡고 오른발을 바위 지붕에 걸치며 상체를 끌어당겼다. 재빨리 왼손을 내뻗어 오른손에 겹쳐 잡은 의령은 천천히 바위 천장을 벗어나 올라섰다.

진영같이 유연한 동작은 아니었으나 바위 지붕에 올라선 의령은 잠시 숨을 돌리고 수월하게 남은 높이를 정복했다.

밑에서는 형제들이 벌써부터 박수를 치며 난리였다.

정상에 올라선 의령은 한눈에 내려다보이는 조개골의 풍경을 보며 팔다리를 두드렸다.

입가에 미소가 가득 드리워졌다.

다른 경로로는 수없이 올라온 정상이었지만 그 맛이 남달랐다.

참으로 오랜만에 호쾌한 쾌감이 전신을 질타했다.

의령은 가슴을 펴고 크게 환호성을 내질렀다.

"이야야아아아아—!"

고비 때마다 마음을 가다듬으며 침착하라고 다짐했던 것이 이 경로를 오를 수 있었던 원동력임을 의령은 깨달았다.

'그래, 해답은 바로 마음에 있었던 거야!'

의령의 길게 이어지는 맑은 함성을 들으며 진영은 싱긋 미소를 지었다.

3

　반류가 궁술의 연마처로 잡은 조개골의 깊숙한 너른 분지에 일곱의 의형제가 둘러앉아 은은한 모닥불에 둥글게 부려진 활을 쏘이고 있었다.

　커다란 묵궁(墨弓)을 잡고 있는 차정선의 입이 불쑥 튀어나왔다.

　"왜 나만 이렇게 큰 활을 써야 하는 거야."

　조온이 옆에서 이죽댔다.

　"마, 입술 내밀지 마라. 슬슬 썰어서 접시에 내놓으면 우리 모두 포식하겠구나."

　"형님, 내 입술이 탐나시오? 한 번 진하게 빨아드리리까? 나 압력 죽이오."

　"징그러운 눔."

　조온에게 입술을 들이대는 차정선의 등짝을 반류가 찰싹 소리가 나도록 때렸다.

　"아야! 왜 때려!"

　"어허! 이 순간에는 내가 사부라는 걸 잊었냐? 수련 중에는 한눈 좀 팔지마라. 활을 부리고 얹는 것도 다 수련이야! 그리고 다른 이들의 활과 니 활을 비교하지 마. 허우대가 아깝다."

　"그냥 크기만 한 게 아니잖아!"

　"내가 너를 위해 특별히 구해온 거다. 불만있니, 정선아?"

　진영은 부려진 각궁(角弓)에 불을 쪼이며 차정선에게 고개를 돌렸다.

차정선이 얼른 고개를 숙였다. 그래도 조그맣게 투덜댔다.

"뭐…… 꼭 그런 것은 아니지만 제게도 당기기 벅찬 활인걸요. 요놈한테 익숙해지는 데 얼마나 걸린 지 아십니까?"

"그래도 오라버니가 제일 멀리까지 쏠 수 있잖아요. 자부심을 가지세요."

옆에 있던 임교연이 방긋 미소를 머금었다.

차정선의 어깨가 으쓱 올라갔다.

"험험. 그건 그렇지."

"자, 그럼 활시위를 얹어봐."

반류의 말에 따라 모두 활시위를 풀어 둥글게 휘감아 부려져 있던 활을 펴 시위를 얹었다. 부러지지 않도록 조심스런 손동작. 반류에게 귀가 따갑도록 들은 잔소리 덕이었다.

동그란 보름달마냥 뭉쳐 있던 활이 그제야 제 모양을 찾는다.

"대체 왜 부렸다 얹었다 하라는 거야?"

"그럼, 맨날 얹은 활을 등에 메고 다닐래? 될 수 있으면 드러나게 표를 안 내는 것이 좋아. 부렸다 얹었다 할 수 있는 활이 흔한 줄 아냐?"

평소엔 과묵하던 차정선은 반류만 만나면 말이 많아졌다.

투덜대긴 해도 활시위를 퉁기며 일어서 자세를 잡는 폼이 어지간히 숙련이 된 모양. 다른 형제들도 하나둘 몸을 일으켜 자리를 잡았다.

그러나 무언가 마음에 차지 않는지 반류의 잔소리가 차정선을 겨냥했다. 그의 위로 진영과 조온도 있었기에 만만한 차정선은 늘 그의 지청구를 들어야 했다.

"비정비팔(非丁非八)이라고 몇 번을 이야기했냐? 상체를 틀어 발 모양을 팔(八) 자와 정(丁) 자의 중간으로 하라고 그랬잖아!"

조온이 반류의 눈치를 보며 슬며시 발 모양을 바꾸었다.

차정선은 활시위를 퉁기며 투덜댔다.

"뭐가 이렇게 복잡한지 몰라. 과녁만 맞추면 장땡이지."

"무공깨나 익혔다는 놈이 그렇게 무식한 소리를 하다니……. 제대로 자세가 나와야 제 위력을 발휘한다는 것도 모르냐?"

"알았다. 알았어."

반류의 날카로운 눈이 차정선의 엄지손가락을 채어 잡았다.

"너, 각지 어떻게 했어?"

"내가 손가락에 뭐 끼우는 거 싫어하는 것 잘 알잖아? 귀찮아서 뺐다."

"니 손이 아무리 강철 같아도 맨손가락으로 정확히 연사(連射)를 날릴 수 있을 것 같냐? 당장 끼워!"

차정선은 진영의 눈치를 보다 엄한 눈초리에 슬금슬금 오른손 엄지손가락에 작은 구멍이 뚫린 각지를 끼웠다. 시위를 거는 엄지손가락의 힘을 보강해 주는 소뿔을 깎아 만든 물건이었다.

그제야 만족했는지 반류가 한 걸음 물러서 외쳤다.

"좋아! 십시(十矢)를 연발로 각자의 호흡에 따라 쏜다. 실시!"

곧 활터에는 시위를 놓는 팽팽한 소리와 나직한 화살 날아가는 소리로 가득 찼다.

화살의 오늬를 시위에 걸고 활의 가운데, 줌통을 잡은 손으로 활을 버티며 시위를 가득 당긴다. 활 쏘기는 밀고 당기는 힘의 조화가 관건이며 또 그것을 넘어서 전신으로 쏘아야 한다.

부드러운 언덕처럼 완만한 경사를 이루던 활이 급격히 휘어져 팽팽한 긴장을 내뻗는다. 과녁을 응시하다 시위를 잡은 각지손을 놓자 피잉 소리와 화살이 날아간다.

이제 힘으로 활을 쏘는 단계를 어느 정도 벗어난 형제들을 보며 반류는 미소를 지었다.

반류의 시선이 어느새 마지막 화살의 오늬를 시위에 거는 의령에게 닿았다.

자신이 가르쳤지만 한 치의 오차도 없는 유연한 자세에 감탄이 일었다.

'어미 뱃속에서부터 활을 잡았나. 어찌 저리 궁체(弓體)가 좋아?'

마지막 시위를 놓은 조온을 끝으로 모두 활 쏘기를 마쳤다.

모두의 과녁을 훑는 반류의 눈이 한 끝에 닿아 커졌다.

의령의 과녁이었다.

명궁(名弓)이라 자부하는 자신에게 비견될 만한 명중률. 열 개의 화살 모두 과녁의 정중앙을 꿰뚫었다.

"의령아!"

"예."

"너 밤에 잠 안 자고 따로 활 쏘기 연습했냐? 너처럼 빨리 느는 놈은 보다 처음이다."

반류의 칭찬에 의령은 쑥스러운 듯 살짝 미소를 지었다.

딱딱하게 경직되어 있던 그의 마음은 암벽을 타는 수련을 마친 이후 많이 유연해져 있었다. 복수심이 누그러진 것은 아니었지만 지나친 마음의 경직이 자신을 가로막고 있음을 깨달았던 것이다.

"아마 제 무공 때문인 듯합니다."

"음?"

뜻밖의 말에 반류뿐 아니라 모두의 시선이 의령을 향했다.

“그게 무슨 말이냐?”

“호연심결은 원래 마음을 다스리는 것을 제일로 삼는데 활 쏘기와 아주 잘 맞아떨어지는군요. 류 형님이 말씀해 주신 대로 벽에다 점을 찍고 매일 밤 응시하다 보니 어느 순간 정신을 집중하면 점이 수박만 하게 보이기 시작했습니다. 그 후론, 잘 맞아 들어가네요.”

조온이 한 눈을 꿈벅였다.

“야! 너 그게 된단 말이냐?”

“예?”

“점이 수박만하게 보인다며?”

“예.”

“그게 거짓말이 아니었냐?”

조온이 반류에게 시선을 돌리며 물었다. 반류는 뜨끔했다.

자신에게 궁술을 가르쳐 주었던 대흥안령에서 만난 조선인 사냥꾼에게 들은 풍월을 읊은 것뿐인데 의령이는 그게 정말이라 한다. 자신도 믿기지 않아 수련치 않은 터였다.

“그, 그럼 내가 거짓말을 했다는 거요? 그건 제대로 된 명궁이라면 누구나 아는 얘기요!”

모두의 시선에 가벼운 의혹이 섞일 즈음 활터의 입구 쪽에서 혜재와 함께 기거하는 동자승이 달려왔다.

“아니, 스님! 이곳은 위험하니 오지 마시라고 했잖아요.”

임교연이 반가운 듯 말을 걸었다.

그들의 앞까지 달려온 동자승은 숨이 가쁜 듯 볼을 빠알갛게 물들이며 진영을 응시했다. 조온을 일부러 피하려는 듯 눈을 마주치지 않으려는 기색이 역력하다.

"학학, 큰스님이 진영 아저씨하고 막내동생 좀 암자로 오래요."

"무슨 일이랍디까?"

진영이 묻자 동자승은 고개를 저었다.

"모르겠는데요. 급한 일이라셨어요."

진영의 얼굴이 살짝 굳었다.

"가보자."

동자승을 안은 진영과 의령의 신형이 조개골을 벗어나 곧바로 망해봉의 정상으로 치달아 솟구쳤다.

22장 우는 살

날듯이 비탈을 치달아 단숨에 망해봉 정상에 오른 진영과 의령은 황금빛이 넘실대는 억새밭을 지나 혜재가 머무르고 있는 암자에 도착했다.

마당의 한 켠에 혜재는 뒷짐을 지고 동편 하늘을 지그시 바라보고 서 있었다.

아이를 내려준 진영의 침착한 음성이 혜재를 돌려 세웠다.

"무슨 일인가? 급한 일이라니."

천천히 몸을 돌린 혜재는 그답지 않은 진중한 목소리로 대답했다.

어딘지 침중한 목소리였다.

"자네가 만나야 할 사람이 있네."

암자에 그려진 탱화를 돌아보는 듯 서서히 뒤켠에서 한 사람의 그림자가 드리워지기 시작했다.

의아한 눈초리로 혜재를 보던 진영의 눈은 가벼운 경장을 한 여인의 모습이 벽면의 탱화를 따라 나타나자 미미하게 흔들려 갔다. 면사로 얼굴을 살짝 가린 중년의 미부(美婦)였다.

"아이는 소를 찾았건만 우리는 세월만 버렸군요."

심우도(尋牛圖)를 그윽히 응시하던 여인이 진영에게 시선을 돌렸다.

진영의 얼굴이 백지장처럼 하얗게 변했다. 꿈에서도 잊을 수 없는 목소리와 눈. 한시도 잊어본 적이 없는, 그러나 떠올려서는 안 되는 사람.

"그…… 금매(金妹)!"

"정말 살아 있었군요. 진 가가."

마주 선 두 사람의 사이에 시간이 멈춘 듯 침묵이 흘렀다.

혜재는 어리둥절해 있는 의령을 손짓하며 동자승과 함께 서서히 암자를 벗어났다.

의령은 혜재의 뒤를 천천히 따랐다. 자신이 나설 자리가 아닌 듯했기에.

널찍한 망해봉의 정상 끄트머리까지 온 혜재는 걸음을 멈추고 자리에 앉아 의령에게 손짓했다.

그의 옆에 쪼르르 동자승이 자리를 잡고 앉았다.

의령은 이렇게 혜재와 자리를 함께하는 것이 어색했지만 무언가 자신에게도 볼일이 있는가 싶어 그의 옆에 앉았다.

그들의 뒤로는 한창 탐스럽게 피어난 억새가 하얀 꼬리를 휘날리며 바람에 손짓하고 있었다. 이곳에 앉으니 저 멀리 떨어진 암자는 보이지도 않았다.

"이곳이 아름답지 않은가?"

혜재의 말에 새삼스럽게 망해봉 정상의 전망을 즐겼다. 멀리 너른 화북 평야가 눈앞에 시원스레 펼쳐져 있었다.

그동안 수련에 골몰하느라 산색이 뒤바뀜도 알지 못했다. 어느새 울긋불긋 단풍이 든 오대산은 이제 찬란한 색조를 띠고 마지막 빛을 내뿜고 있었다.

"처연하군요."

의령의 입에서 불쑥 한마디 감상이 튀어나왔다.

혜재는 가볍게 혀를 찼다.

"쯧쯧, 조금 나아졌다 들었거늘 여전하구나."

의령은 말이 없었다.

"저들의 관계에 대해 궁금하지 않은가?"

"제가 알 필요가 있다면 형님께서 말씀해 주실 겁니다."

혜재는 절레절레 고개를 저었다. 확실히 이 친구는 무언가 비뚤어져 있었다. 자연의 아름다움도 느끼지 못하고 청년다운 호기심도 없다. 모든 촉각이 오직 하나, 복수에만 맞추어져 있는 것처럼.

"저들 둘은 과거에 연인 사이였지."

진영의 반응에서 어느 정도 예상을 했던 의령은 고개를 끄덕였다.

"그리고 서로 원수지간이기도 해."

"예?"

다소 놀란 듯 의령의 목청이 조금 커졌다.

"진영은 그녀의 아버지를 죽게 만들었지. 그녀의 선친이 고림성의 성주님이셨다네."

지난 인과의 고리가 어찌 그뿐이겠냐만, 의령은 이제 알 듯도 했다. 세상에 명확한 것이 없음은 이미 그 자신이 뼈저리게 느끼고 있지 않은가.

혜재는 우울한 듯 고개를 숙이는 의령의 기분이라도 풀어주려는 듯 손을 휘저어 오대산의 영봉들을 가리켰다.

"이 오대산은 예로부터 불문(佛門)의 성지였지. 화엄(華嚴)의 뜻을 크게 펼친 영산(靈山)이야."

"알고 있습니다."

시간이라도 때우자는 말일까, 의령은 가볍게 대거리해 주었다.

"이곳을 청량산이라 부르기도 하지. 아는가?"

"예로부터 청량산에 문수보살께서 일만 권속을 거느리고 설법을 하신다 들었습니다. 이곳의 별칭이 바로 청량산이지요. 대산이라 줄여 부르기도 한다고 들었습니다. 불법(佛法)의 상징 아닙니까?"

고개를 젖힌 혜재는 목청을 울리며 껄껄 웃었다.

"과연 대단한 견식이구먼. 이곳에 관해 불문에는 재미있는 얘기가 전해 내려오지."

자신에게 무언가 가르치고 싶음인가. 예전에 할아버지와 문답을 주고받던 생각이 나 의령의 마음은 문득 가벼워졌다.

"세이경청하겠습니다."

순순히 따르는 의령을 조금 뜻밖이라는 듯 보던 혜재는 눈길을 돌려 먼 산 아래를 응시했다.

"어느 스님이 길을 가다 한 노파를 만나 대산 가는 길을 물었다 하네. 노파는 길 하나를 가르쳐 주며 '이리로 가게' 했다고 하지. 노파가 가르쳐 준 대로 길을 가는 스님을 노파는 비웃었다네. '멀쩡한 스님이 또 저리루 가는구먼' 이라고 말일세."

"공안(公案)이군요."

혜재는 고개를 끄덕였다.

"그렇지. 하지만 나는 그 일화 자체를 좋아한다네. 어찌 생각하는가?"

잠시 생각하던 의령은 담담히 대답했다.

"대산은 곧 불법의 상징입니다. 대산 가는 길을 노파는 진리를 향하는 길로 말한 것이었지요. 깨달음을 얻기 위한 내면으로 향하는 길이 아닌, 손가락으로 가르쳐 준 길을 따르는 우매함을 비웃은 것 아닙니까? 하지만 그 승려가 물은 질문은 단순히 오대산 가는 길을 물은 것이었고 노파가 해준 대답은 그에 응한 것이었으니 마지막의 비웃음은 지나친 것입니다. 승려를 가지고 논 것이죠."

"독특한 해석이로군."

의령의 말에 가타부타 말을 않고 혜재는 스님다운 자애로운 미소를 지었다. 어딘지 어울리지 않았다.

"제게 자신을 찾으라 말씀하시는 것입니까?"

의령은 도전하듯 혜재를 응시했다.

혜재는 고개를 저었다.

"아직 나도 찾지 못했거늘 내 어찌 자네를 찾으라 닦달하겠나? 난 날 찾기도 바쁘네."

"스님, 스님은 여기 계시잖아요."

동자승이 눈을 동그랗게 떴다. 혜재의 큼직한 손이 동자승의 작은 머리를 부드럽게 쓸어 넘겨주었다.

"그 자리에 붙박아 서 있어도 자신을 잃어버린 사람은 도처에 깔려 있단다."

큰스님이 또 어려운 말을 하자, 동자승은 슬그머니 고개를 돌렸다.

이런 말은 하나도 재미없고 어렵기만 하다.

혜재의 마지막 말이 머리를 어지럽게 했다. 의령은 고개를 흔들었다.

"저를 특별히 부르신 것은 따로 연유가 있는 듯합니다만."

의령의 말에 혜재는 고개를 끄덕였다.

고개를 돌린 그의 눈은 어느새 본래의 형형한 안광을 되찾고 있었다.

'역시 이 스님에겐 승복이 안 어울리는군.'

오랜만에 가벼운 생각이 든 의령의 귀에 혜재의 목소리가 파고들었다.

"자네에게 전할 것이 있네."

의아한 듯 자신을 바라보는 의령에게 혜재는 팔목을 걷어 두 개의 묵직한 팔찌를 풀어냈다. 쨍 하고 칼날이 솟구쳤다. 팔목에 차면 팔찌, 풀면 두 자루의 비수가 되는 물건이었다. 무엇으로 만들었는지 은은한 묵빛이 도는 것이 예사 물건이 아닌 듯했다.

"와!"

동자승이 신기한 듯 환호성을 질렀으나 혜재는 아랑곳 않고 의령에게 이를 건네었다.

"받게."

의령은 손을 내밀지 않고 혜재의 눈을 응시했다. 자신을 마음에 들어하지 않는 줄 알고 있었는데 웬 호의란 말인가.

"이걸 주시는 이유가 뭡니까?"

혜재의 입이 말려 올라갔다.

"이유가 필요한가?"

"그냥 받기엔 부담스러운 물건입니다."

"별다른 이유는 없네. 내게는 이제 필요없는 물건이고 땅에 묻기엔 아까우니 주는 것뿐."

"저 아이에게 주시면 되지 않습니까?"

혜재는 고개를 저었다.

"이 애는 장차 대덕이 될 몸이니, 이런 무기가 필요치 않지. 하지만 자네에게는 요긴할 게야. 따로 무기를 갖고 있지 않다 들었네."

솔직히 탐이 나는 물건이기는 했다. 한 점의 광택도 흐르지 않는 은은한 묵빛이 마음에 들었고 손발을 주로 놀리는 자신에게 큰 힘을 줄 수 있는 무기였다.

그러나 왠지 혜재의 속내는 따로 있을 듯했다.

"이유가 없다면 받지 않겠습니다."

혜재는 허허 웃더니 머리를 흔들었다.

"이런 빌어먹을! 고상하게 좋은 일 한 번 하려 했더니, 역시 어울리지 않는가 보군. 이봐, 복수를 하겠다는 사람이 무얼 그리 꼼꼼히 따지는 거지? 이건 보통 물건이 아니야. 자네 행보에 큰 힘이 될 만한 거라구. 아직도 유생의 자존심이 남아 있는 건가?"

의령은 말없이 혜재를 쏘아보았다.

혜재는 빙글빙글 웃더니, 의령의 발치에 팔찌를 툭 던지며 일어섰다.

"좋아! 내가 자네에게 그 물건을 주는 이유는 분명히 따로 있어. 하지만 여기서 말하긴 싫네. 이렇게 하지. 그 물건을 준 이유를 자네가 풀 때까지는 팔목에서 한시도 떼지 말게. 이유를 알게 된 다음엔 파묻든지, 남을 주든지, 내게 가져오든지 알아서 하라구."

"화두입니까?"

"맘대로 생각해! 이 말도 거절하려면 오늘 내로 몽땅 문수암을 비우라구!"

잠시 머리를 숙였던 의령은 어쩔 수 없다는 듯 두 자루의 비수를 양 팔목에 채웠다. 철컥 하는 소리와 함께 차가운 철의 기운이 팔목에 스며들었다. 역시 예사 물건이 아니었다.

사례의 말도 듣기 싫다는 듯 혜재는 휙 몸을 돌렸다. 동자승이 그의 뒤를 쪼르르 따랐다. 혜재는 고개를 돌리며 의령을 바라보았다.

"그 물건의 이름은 묵룡(墨龍)이야."

혜재의 입꼬리가 쭈욱 말려 올라갔다.

"잘해보라구."

성큼성큼 앞서 가는 혜재의 뒷모습을 바라보며 의령은 눈살을 찌푸렸다.

혜재가 남긴 마지막 말의 의미를 잠시 생각해 보았으나 알 수 없었다. 왠지 무언가 속은 듯한 기분.

꺼림칙하긴 했지만 의령은 몸을 일으켜 천천히 암자를 향해 걸어갔다.

진영은 마치 넋이 나간 사람처럼 멍하니 서편을 바라보며 서 있었다. 중년의 미부는 이미 사라져 보이지 않았다.

"자네는 그녀와 같은 소속인가?"

진영의 허탈한 음성이 들리자 혜재는 고개를 저었다.

"이미 출가한 몸으로 속세의 일에 관여할 생각은 없네. 그저 옛 인연으로 조금의 도움을 주고 있을 뿐이야."

"역시 자네가 알렸군."

혜재의 입가에 장난스런 웃음이 걸렸다.

"너 같으면 금매의 후환을 걱정하지 않겠냐? 여기서 편하게 중 노릇
하려면 어쩔 수 없었다. 이해해 다우."

다소 장난스런 그의 말에 진영도 쓴웃음을 지었다.

"예전의 말괄량이는 이미 아니던걸."

"그거야 니눔 앞이니 고상을 떨었겠지. 지가 언제부터 불당의 심우
도에 관심을 기울였다구. 아까 우아하게 나타나는 거 봐라. 예전엔 안
그랬냐?"

진영은 묻고 싶은 말이 많은 듯한 시선이었지만 혜재는 단호하게 축
객령을 내렸다.

"이제 염불할 시간이야. 가봐."

"냉정한 놈."

"잘 가라."

혜재는 동자승을 이끌고 냉큼 암자 안으로 사라졌다. 곧 나직한 독
경 소리가 울리기 시작했다.

진영은 허한 웃음을 짓고 하늘을 보더니 의령에게 손짓했다.

"가자꾸나. 모두와 의논할 일이 생겼다."

진영과 의령은 신형을 날려 문수암에 도착했다. 의령의 기별을 받은
이들이 모두 모였다.

아우들과 문수암 앞에 둘러앉은 진영이 문득 의령의 팔목으로 시선
을 돌렸다.

"오! 그거 묵룡 아니냐? 혜재가 네게 주더냐?"

"예. 거의 강압적으로 주시더군요."

"웬만한 도검으로도 흠집 하나 내지 못하는 기물(奇物)이다. 잘되었
다."

흐뭇한 웃음을 짓는 진영의 말을 듣던 차정선이 의령의 팔목을 보았다.

"어디 좀 보자. 에이, 그냥 수갑 아냐?"

"풀면 비수가 되더군요."

"그래? 풀어봐!"

비수라는 말에 반류가 호기심을 드러냈다.

의령은 빙긋 웃고 묵룡을 풀려다 얼굴이 굳었다.

혜재는 쉽게 푸는 듯이 보였던 묵룡이 꼼짝도 하지 않았다.

얼굴이 시뻘게져 힘을 쓰는 의령을 보던 진영이 의아한 듯 물었다.

"아니, 사용법은 안 가르쳐 주던? 그거 힘으로 풀어지는 물건이 아니다."

난처한 듯 얼굴을 붉히던 의령이 포기하고 한숨을 내쉬었다.

"제가 팔목에 이걸 차는 걸 지켜보다 왠지 음흉하게 웃으시더니, 단단히 골탕을 먹이시려나 보군요. 혹시 형님은 어떻게 푸는지 아십니까?"

진영은 고개를 저었다.

"나도 모른다."

"사용도 못하면 그냥 무거운 수갑에 불과하잖아요."

임교연이 걱정스러운 듯 말하자 진영이 부정했다.

"웬만한 도검은 가볍게 튕겨낼 테니 비수로 사용치 못해도 걱정 말거라. 아마 그 친구가 숨은 뜻이 있나 보구나."

난감한 듯 팔찌를 요리조리 살피고 있는 의령을 뇌둔 채 진영은 암자에서 있었던 일을 간략히 설명하기 시작했다.

조온이 깜짝 놀라 외쳤다.

"아니, 그럼 그분이 현무교에 몸을 담고 있다는 말입니까?"

"그렇더구나."

"허참, 형수님이 되실 분이⋯⋯."

진영은 고개를 저었다.

"그녀와 나의 인연은 이미 이십 년 전에 끝난 것이다. 더 이상 그 말은 입에 올리지 말도록 해라."

"형님⋯⋯!"

진영의 입이 단호하게 다물어지자 조온도 그만 입을 다물었다. 몇 마디 말로는 풀어질 수 없는 단단한 업(業)이지 않은가.

임교연의 시선이 진영을 향했다.

"오라버니, 그⋯⋯ 분이 오라버니께 입교(入敎)라도 권했나요?"

모두가 궁금한 점이었다. 진영의 성격상 무슨 요구라도 거절할 수 없었을 터. 이것은 무척 중요한 문제였다.

진영은 고개를 저었다.

"그런 말은 없었다. 다만, 겨울이 올 때까지 천패궁의 북상(北上)을 막아달라고 하더구나."

어처구니가 없다는 듯 차정선은 고개를 저었다.

"우리 일곱으로요? 그게 말이 된다고 생각하십니까? 우리보고 죽으라는 얘기 아닙니까!"

"그렇지는 않다. 충분히 가능성있는 이야기였다. 우리를 이용한다기보다는 상부상조(相扶相助)라고 보는 것이 더 옳겠구나."

"우리에게 병력 지원이라도 한다 하던가요?"

"그런 도움은 아니다. 다만, 앞으로 나와 반류로서는 알아낼 수 없었던 천패궁의 내밀한 정보까지 얻을 수 있을 것이다. 우리로서는 앞으로의 행보에 등불이 켜진 것이라 할 수 있지."

의령의 눈이 빛났다.

"그럼 이제부터 시작입니까?"

진영은 여섯의 아우들을 두루 훑어보며 고개를 끄덕였다.

"오늘 밤에 출발한다."

일곱의 어깨에 서서히 전의(戰意)가 움터 오르기 시작했다.

2

한단(邯鄲)을 출발한 지 삼 일째, 북직예의 획록현(攫麓縣)을 향해 느릿하게 나아가고 있는 상단(商團)으로 보이는 행렬이 있다.

삼십여 대의 마차가 동원된 대규모의 행렬.

마차를 모는 이들뿐 아니라 주위를 호위하는 말을 탄 무사들까지 백여 명은 족히 되어 보이는 큰 규모의 상단이었다.

그들의 맨 앞에는 방립을 쓴 사내 하나가 얼굴을 찌푸린 채 뚜벅뚜벅 걷는 말 등 위에 몸을 싣고 있었다.

중년을 넘긴 듯한 강팍한 얼굴에는 상인답지 않은 예리한 기운이 서려 있어 녹록치 않은 성격을 말해 주는 듯하다.

'폭우라도 내릴 듯하군.'

잔뜩 찌푸린 하늘을 보며 사내는 혀를 찼다.

이제 가을이 한창이었건만 때때로 쏟아지는 폭우는 마치 여름으로 계절을 되돌리는 듯했다.

사내는 뒤도 돌아보지 않고 짧게 수하를 불렀다.

"곽(郭) 단주!"

"예! 분타주님!"

뒤처져 있던 건장한 사내가 방립을 눌러쓰며 말을 달려왔다.

"그렇게 부르지 말라고 했지 않나?"

방립 아래로 보이는 턱 선이 하얗게 벌어진다.

"본궁의 지시 때문에 이런 복색을 하긴 했지만, 누가 감히 대천패궁 한단 분타의 행렬을 공격한다는 겁니까? 지나친 기우이십니다."

곽천(郭千)은 이번 일에 대해 불만이 많았다. 깃발을 휘날리며 위무(威武)도 당당하게 행차해도 모자라건만 상인의 복색으로 변장을 하고 이동한다는 것은 자존심 상하는 일이었다.

대대적인 호위 행렬 때문인지 꼬이는 날파리들도 몇 있었지만 무료한 여정의 가벼운 여흥거리밖에는 되지 않았다. 분타의 정예 인원으로만 이루어진 호위대. 이만한 규모라면 웬만한 군소방파쯤은 흔적도 없이 지워 버릴 수 있었다.

"비가 내릴지도 모르니, 마차에 차양막을 단단히 씌우도록 하게."

"그렇게 하려면 멈추어야 할 텐데요?"

"다소 시간을 지체하더라도 단단히 대비하는 게 좋아. 가을이라지만 한 번 쏟아지면 장대비 아닌가?"

"알겠습니다."

곽천이 돌아서 수하들에게 명령하는 것을 바라보며 한단의 천패궁 분타주 단삼양(端三讓)은 고개를 들어 서편에 우뚝 솟아 있는 가파른 산줄기를 응시했다.

기분이 쓸쓸하기 그지없었다.

갑자기 내려진 본궁의 징발령(徵發令)으로 인해 황하 주변의 상권(商權)을 총지휘하던 그가 직접 군량미(軍糧米)를 마련해 운반하는 중이었다.

그는 현무교를 정벌하겠다는 이 계획이 마음에 들지 않았다. 이십여 년 전이야 현무교가 초원의 무리들과 손을 잡고 장성을 넘어 그를 막았다지만 현무교를 직접 원정(遠征)하겠다는 계획은 명분이 없어 보였다.

겉으로 내세운 명분이야 얼마 전 중원을 떠들썩하게 했던 개봉에서 시작된 연좌가 현무교와 회회교의 획책 아래 이루어진 침략의 전초전이라는 것이었지만 실상을 아는 단삼양으로서는 발을 빼고 싶었다.

이제 그도 지천명(知天命)을 바라보는 나이.

손주들의 재롱이나 보며 편한 노후를 즐기고 싶었다.

예로부터 상인들의 요람이었던 한단의 분타를 맡고 무인이라기보다는 상인과 비슷한 인생을 살아온 이십여 년. 편안한 안락이 깨어지는 듯해 단삼양의 마음은 내내 불편했다.

'전 중원을 한 손에 움켜쥐고도 아직 부족하다는 말인가.'

나이가 들어도 줄어들 줄 모르는 척무절의 탐욕이 끈끈하게만 느껴졌다. 천패궁을 처음 세울 때의 마음은 그런 것이 아니었건만.

단삼양의 상념을 깨운 이는 곽천이었다.

"분타주님, 준비를 마쳤습니다."

다시 한 번 주의를 주기도 귀찮았던 단삼양은 그저 고개를 끄덕이고 천천히 말을 몰기 시작했다. 아직은 호승심이 넘치는 곽천의 나이를 이해하기도 했기에.

출발 신호를 내리려던 곽천은 마차의 행렬을 유심히 바라보며 지나치는 두 명의 사내를 발견했다.

그들이 차양막을 치기 위해 멈추었을 때 따라온 듯, 윤기가 흐르는 두 필의 말에 앉은 사내들은 수하들에게 은근히 지분거리고 있었다.

"무슨 상단의 규모가 이렇게도 요란하오? 통째로 이사라도 가는 거요?"

엄한 주의를 받은 덕에 수하들은 통 대거리를 해주지 않았다.

맥이 빠진 듯 혼자 툴툴거리며 그들을 지나치려는 두 사내를 바라보던 곽천의 눈이 날카롭게 빛났다.

무언가 수상쩍은 이들이었다.

전통을 차고 안장에 활을 걸어두어 사냥꾼으로 보이는 먼지 앉은 차림새와는 달리 타고 있는 말이 너무 깨끗했다. 옆구리에 매달린 두 자루의 쌍수도가 눈을 찔렀다.

곽천은 호통을 쳐 두 사내를 불러 세웠다.

"이봐! 너희들 뭐 하는 놈들이냐?"

내공을 끌어올려 엄한 기세로 묻는 곽천의 어조가 삼엄했다. 옆구리에 매달린 검집을 가볍게 치는 손놀림은 충분히 그의 신분을 알려주었으리라.

"어라? 댁이 뭔데 백주대낮에 호통이오?"

느물거리며 대답하는 사내의 눈에는 곽천을 꺼려하는 빛은 추호도 보이지 않았다.

'역시 수상한 놈들이군. 진짜 사냥꾼이라면 이 정도 호통에 오금을 저렸을 거야.'

"수상한 놈들이구나! 썩 말에서 내려라!"

단삼양은 슬쩍 안색을 찌푸렸다.

　호기롭게 천패궁 깃발을 휘날리며 행진하지 못해 다소 짜증이 나 있는 곽천의 마음은 이해가 갔지만 괜한 분란을 일으킬 필요는 없었다. 막 곽천을 말리려는 단삼양의 목소리는 동시에 울린 장발사내의 말에 가려졌다.

　"참내, 지가 무슨 포쾌라도 되는 줄 아나? 그 나이 처먹도록 겨우 상단 호위나 하는 떨거지 주제에……."

　무인이지만 상인이기도 했던 단삼양에게 '겨우' 라는 장발사내의 말은 모욕과 다름없었다. 단삼양의 눈빛이 싸늘해졌다.

　곽천은 화가 머리끝까지 솟아올라 푸욱 눌러썼던 방립을 뒤로 젖혔다.

　"이 자식들이 호랑이 수염을 건드려도……."

　있는 대로 화를 터뜨리려던 곽천은 장발사내의 방정맞은 웃음소리에 말을 멈추었다.

　"푸헤헤헤헤!"

　곽천은 어처구니가 없었다. 천패궁에 입궁하고 자신 앞에서 이리 무례하게 웃었던 놈은 없었다. 다시금 상인으로 변복하라는 본궁의 명령에 분기가 치밀었다. 천패궁도의 상징인 백의만 입고 있었던들…….

　까마득히 잊고 있었던 비웃음에 곽천의 마음은 오히려 싸늘해졌다.

　"이봐, 아우! 저놈 얼굴 좀 봐! 꼭 자라새끼처럼 생겼지? 저런 쌍판을 하고 잘도 무게를 잡는구만. 우헤헤헤."

　장발사내의 옆에 앉아 있던 스물 남짓한 청년도 만면에 웃음을 드리웠다.

　"정말 닮았네요."

　곽천은 대머리였다. 스물이 넘으면서부터 듬성듬성 빠지기 시작한 머리카락은 서른이 넘으며 우수수 떨어졌고 온갖 좋다는 영약을 구해 먹었지만 빠지는 머리칼을 막지 못해 결국 중처럼 머리를 밀고 다녔다.

불행한 일은 곽천의 얼굴이 광대뼈가 툭 튀어나오고 가늘게 밑으로 처진 눈에 거의 눈썹이 없다는 점이었다. 들창코에 콧대마저 낮아 어린시절 '자라'라는 별명으로 불렸던 아픈 과거가 있는 곽천.

머리를 깎은 지금 곽천의 얼굴은 정말 자라를 닮아 있었다. 두정(頭頂)마저 뾰죽하니 튀어나와 갈 곳 없는 자라의 머리, 바로 그것이었다.

"저놈은 방사를 머리로 해도 되겠다. 우헤헤헤헤."

순식간에 벌어진 사태에 마차를 호위하던 한단의 분타원들은 고개를 돌려 웃음을 참기에 바빴다. 그들 사이에 떠도는 곽천의 은밀한 별명도 바로 '그것'이었기에. 평소 곽천의 엄한 기세에 눌려 대놓고 말하지는 못했지만 한단에서는 그의 극단적인 성미만큼이나 유명한 것이 그의 별명이었다. 자라대가리[龜頭].

'저놈들 곱게 죽기는 틀렸군. 하필 곽 단주의 얼굴 생김새를 건드리다니……. 불쌍한 놈들.'

분타원들은 곧 이어질 비극이 눈앞에 펼쳐지는 듯해 내심 혀를 찼다. 아무것도 모르고 웃음을 터뜨리는 저놈은 정말 비참하게 죽으리라.

"다…… 웃었…… 느냐?"

느릿하게 내뱉는 곽천의 어조는 살기가 최고조에 달해 있음을 말해 주었다.

장발사내는 곽천의 무위를 전혀 짐작도 못하는 하수인 듯 여전히 깝치고 있었다.

"아니, 니 얼굴 생각하면 한 삼 년은 계속 웃을 수 있겠다. 우헤헤."

"너흰…… 오늘 죽었…… 어!"

말을 마치기도 전, 곽천은 말 등에서 몸을 날렸다.

장발의 사내는 마치 준비라도 하고 있었다는 듯 자신의 말 배를 후려차며 고삐를 채었다.

두 사내의 말이 쏜살처럼 서편의 산등성이를 향해 달려갔다.

헛되이 땅바닥에 먼지만 가득 휘날린 곽천의 얼굴은 분노로 인해 머리끝까지 시뻘게졌다. 이런 모욕은 정말이지 검을 든 후 처음이었다.

멀어지며 고개를 뒤로 돌린 장발사내의 말이 곽천의 마지막 이성(理性)을 날려 버렸다.

"야! 자라대가리! 새빨개진 게 발기도 하는구나! 푸헤헤헤헤."

곽천의 눈에 불똥이 튀었다.

"우아아아악!"

곽천의 신형이 괴성을 지르며 쏘아져 나갔다.

단삼양도 사내들의 짓거리가 불쾌했던지라 어이가 없는 가운데 슬며시 살기가 치밀었다.

"정 대주!"

"옙!"

"스물 정도 데려가서 얼른 처리하고 와! 곽 단주가 너무 흥분했으니 적당히 달래주고. 말도 가져가게."

"존명!"

스물 남짓한 인마(人馬)가 먼지를 휘날리며 사라져 가자, 단삼양은 고개를 설레설레 저었다.

"미친놈들……. 아무리 닮아도 그렇지, 대놓고 비웃다니, 원."

단삼양의 얼굴에서 피식 웃음이 피어났다.

"하긴, 처음 보면 웃음을 참기가 힘들긴 하지."

곽천이 처음 머리를 민 것을 보았을 때, 웃음을 참느라 곤혹스러웠던 과거가 생각나 단삼양은 고개를 저었다. 조금 기다리면 분풀이를 시원히 끝내고 다시 멀쩡히 돌아오리라. 곽천은 화도 잘 냈지만 뒤끝은 없는 사내였으니.

한편, 말을 탄 두 사내를 쫓아가는 곽천의 마음은 급하기만 했다. 검술에 비해 신법연마에 다소 소홀했던 자신이 그렇게 원망스러울 수가 없었다. 마음은 급하건만, 앞서 가는 말과 자신의 거리는 좁혀지질 않고 있었다.

장발사내가 뒤로 고개를 돌리며 발안상에서 엉덩이를 늘어 두드렸다.

"우헤헤. 내 엉덩이 보니까 흥분되나 보구나! 나는 니 머리를 품어줄 자신이 없으니 외양간에 가서 암소나 찾아봐!"

"저…… 저놈이!"

곽천은 자신을 뒤돌아보며 엉덩이를 두들겨 희롱하는 두 사내에게 분기탱천해 머리에서 김이 날 지경이었다.

"곽 단주님!"

말발굽 소리가 뒤쪽에서 울리더니, 정 대주가 스물 정도의 수하를 이끌고 자신의 말을 끌며 달려오는 것이 눈에 띄었다.

곽천은 냉큼 자신의 말에 올라타 이를 불끈 물고 말 배를 걷어찼다.

'갈기갈기 찢어 죽여주마!'

"하아!"

쫓고 쫓기는 추격전이 시작되었다.

곽천 등이 두 사내를 쫓아 협곡에 접어들 무렵.

진영과 조온은 전나무 위의 높다란 가지에 올라 계곡으로 달려오는 인마들을 지켜보고 있었다.

"오는군!"

"생각보다 많이 따라오는데요. 류가 잘했나 보군요."

"류가 원래 사람 성질 긁는 데 일가견이 있잖니."

"그렇지요. 크크."

가파른 산줄기의 가운데에 은밀히 뻗어 있는 좁은 협곡. 사냥꾼들이나 알 만한 좁은 소로의 양편에 진영과 그의 형제들이 은밀히 은신하고 있었다.

상단의 행렬을 따라가 그들을 유인한 이들은 반류와 의령. 일곱 중 가장 활 솜씨가 뛰어난 둘이 나선 것이다.

그들이 탄 두 필의 말 뒤로 엄청난 먼지가 피어오르고 있었다. 반류가 때때로 뒤를 돌아보며 거리를 재고 있는 것이 보였다.

"그런데 형님, 처음에 너무 크게 일을 벌이는 것이 아닐까요? 이건 그들의 보급선을 끊어버리는 게 아닙니까?"

진영이 빙긋 미소를 지었다.

"네 우려도 일리는 있다. 하지만 지금 저들은 드러나 있고 우리는 그렇지 않아. 우리 존재가 알려지기 전, 최대한의 타격을 주는 것이 바람직하다. 저 정도 물량의 미곡이라면 다시 보충하기도 만만치 않을 거야. 물론, 보급선을 터는 것은 이번이 처음이자 마지막이어야 하겠지."

"저는 이번 일이 좀 꺼림칙합니다."

조온의 얼굴이 은근히 찌푸려졌다.

"무엇 때문에 그러냐?"

"저희가 현무교의 손발이 되는 것이 마뜩치 않습니다."

"나도 그 생각을 안 한 것은 아니다. 하지만 우리가 수집할 수 있는 정보라는 것은 한계가 있다. 현무교에서는 바로 그 점을 보충해 줄 수가 있어."

"우리가 그들의 꼭두각시가 되지는 않겠지요?"

진영은 천천히, 그러나 단호하게 고개를 저었다.

"내 개인적인 은원이 섞여 있음은 사실이다. 하지만 그렇다고 내 아우들을 위험에 빠뜨리기야 하겠느냐. 정보를 제공해 주는 것은 저쪽이지만 판단과 실행은 우리가 결정하는 거야. 걱정하지 마라."

조온은 수긍한다는 듯 고개를 끄덕였다.

"알겠습니다."

"그래, 이제 슬슬 시작해야겠구나. 맡은 곳으로 이동하자."

"예, 형님."

협곡의 입구에 나와 추이를 지켜보던 진영과 조온의 신형이 사라졌다.

어느덧 반류와 의령이 유인하는 한단 분타의 인마는 협곡의 깊숙이 들어와 있었다.

곽천을 뒤쫓아 협곡의 소로를 달리던 정 대주는 살짝 얼굴을 찌푸렸다.

잡힐 듯 잡힐 듯하며 잡히지 않는 놈들을 쫓다 보니 어느새 계곡이 점점 좁아지고 있는 중이었다.

양 옆으로 무성히 우거진 수풀을 바라보니 왠지 섬뜩한 기분이 들었다.

'혹시 함정이 아닐까?'

선불 맞은 멧돼지마냥 소리를 지르며 날뛰는 곽천을 말릴 수도 없었다. 곽천이 이렇게 흥분한 것은 정말 그도 오랜만에 보았기에.

날카로운 시선으로 협곡의 양 옆을 살폈지만 뚜렷한 매복의 기미는 보이지 않았다. 어디에서 돌이 떨어질 만한 절벽이 있는 곳도 아닌지라 정필(鄭弼)은 약간 마음을 풀었다. 그들 이십여 명이면 웬만한 매복쯤은 쉽게 돌파할 수 있다는 자부심도 있었다.

'그나저나 정말 재빠른 놈들이군.'

말 배를 후려 차는 정필의 눈에 말 등에서 뒤로 몸을 돌리려는 장발 사내가 보였다.

저놈은 저렇게 한 번씩 뒤돌아보고는 곽천을 슬슬 놀려대며 도망가곤 했다. 그 말에 흥분한 곽천은 지금 제정신이 아닐 지경으로 화가 나 있었다. 새빨갛게 익은 뒷머리가 정말 무엇을 연상시킨다고 할까?

'또 뭐라고 놀릴려고 그러나?'

익살스런 그의 말에 뒤를 쫓는 입장이었으면서도 웃음을 참기 힘들었던 정필은 은근히 기대감이 생기기까지 했다.

장발사내의 몸이 휙 돌아섬과 동시에 정필은 눈을 치켜떴다.

시위를 흠뻑 당긴 활.

"조심…… 큭!"

곽천에게 주의를 주려던 정필은 말을 잇지 못하고 말 등에서 떨어져 내렸다. 그의 목, 천돌혈에는 한 뼘 길이의 작은 화살이 박혀 있었다.

소리없이 날아온 보이지 않는 화살. 비거리(飛距離)는 줄어들지만 화살의 길이가 짧을수록 속도와 은밀함이 배가되는 법.

'어…… 언제…….'

화살 날아오는 소리도 듣지 못했던 정필의 의식은 뒤를 따라오는 수하들의 말발굽 소리를 들으며 서서히 끊어졌다.

정필의 낙마에 깜짝 놀란 수하들의 급박한 외침을 들으며 곽천이 고개를 뒤로 돌릴 때였다.

사방을 진동하는 소음과 함께 그의 머리로 아름드리 나무들이 좌우에서 쓰러져 내렸다.

"억!"

곽천은 전속력으로 달리던 말고삐를 힘차게 낚아채었다.

이히히힝!

놀란 말이 앞다리를 치켜들며 멈추어 섬과 동시에 그의 앞에 두 아름은 될 듯한 나무들이 쓰러져 길을 막았다.

귀를 울리는 굉음과 자욱한 먼지가 피어올랐다.

"후, 후퇴! 함정이다!"

소스라치게 놀라 말 머리를 돌리는 곽천의 관자놀이를 노리고 무서운 살기가 쏘아졌다.

쎄에엑!

날카로운 소리를 듣고 당황한 가운데에도 검을 들어 후려쳤으나 화살의 힘은 상상을 불허해 그의 검에 맞고도 방향만 틀어 왼쪽 허벅지를 뚫었다.

"으윽! 당장 철수해!"

왼쪽 허벅지가 불로 지진 듯 쑤셔왔지만 화살을 빼낼 틈도 없이 곽천은 다급히 부르짖었다.

곽천의 명령이 도화선이 되었을까.

수하들의 후미에도 일단의 나무들이 길을 가로막으며 쓰러져 내렸고 좌우의 협곡에서 자욱이 화살들이 날아오기 시작했다.

쉬쉬쉬쉬쉭!

속수무책으로 말에서 떨어져 뒹구는 수하들을 보며 곽천은 당황했다. 말들이 놀라 통제가 되지 않았다.

"말에서 뛰어……. 컥!"

표적을 줄이기 위해 말에서 뛰어내리라고 명령하려던 곽천은 가슴을 뚫고 삐져 나온 화살촉을 내려다보며 서서히 말에서 떨어져 내렸다.

'그…… 그놈…….'

급작스런 매복에 놀라 이제까지 쫓던 놈들이 등 뒤에 있음을 깜빡 잊은 것.

이제 화살은 삼면에서 자욱이 날아오고 있었다.

말에서 떨어지며 뒷머리를 땅에 부딪친 곽천의 의식은 점점 흐릿해져 갔다.

"왜 이렇게 늦는 거야?"

단삼양은 슬슬 짜증이 나기 시작했다. 그깟 반선마를 탄 둘을 따라잡는 데 이렇게 오래 걸린단 말인가.

무료한 듯 마차를 지키는 분타원들이 하품을 하기 시작했다.

정예 무사들이 이렇게 미곡이나 끄는 잡부의 역할까지 한다는 것이 그들로서는 매우 불만스러운 일이었다. 따로 막일을 할 이들을 데려오지 않은 것은 아니었지만, 최대한 쓸데없는 인원을 줄이고 오라는 상부의 명령으로 웬만한 잡일까지 직접 해야 했다.

이곳은 널찍한 평원의 한가운데라 볼 것도, 즐길 것도 없는 관도.

아까 따라가지 못한 것이 한스럽기만 하다. 지금쯤 재미를 단단히 보고 있나 본데…….

"그놈들 어떻게 되었을까?"

"글쎄, 껍질을 벗기고 있지 않을까?"

"곽 단주님이 성질 더럽기는 해도 잔인한 분은 아닌데……."

투덕이던 동료의 귀로 슬쩍 귓속말을 던졌다.

"모르는 소리 말라구, 몇 년 전에 멋모르고 곽 단주님을 놀렸던 아이들이 병신이 되었다는 거 모르나?"

"그게 정말이야? 에이, 설마 애들이 철모르고 한 소리를 갖고……."

"어허, 이 친구 모르고 있었구만. 자기 용모를 갖고 놀린 놈들은 남녀노소를 불문하고 아주 잔인하게 대하신다네."

"그럼, 그놈들 된통 걸렸겠군."

"글쎄 말이야. 좋은 구경을 놓쳤네그려."

수하들의 농지거리를 듣던 고탁(古卓)은 말을 천천히 몰아 단삼양의 곁으로 갔다.

"분타주님!"

"왜 그러나, 고 대주?"

"일정이 급한데 곽 단주님이 너무 분풀이에 몰두해 계신 듯합니다. 제가 가서 모시고 오죠."

"그럴까?"

단삼양은 곽천이 사라진 산등성이를 바라보았다. 이곳에서는 산마루가 이어진 듯 보이지만 중간에 계곡이 있는 듯했다. 그 사이로 들어간 곽천이 아직까지 나타나지 않고 있었다.

황제가 직접 다스리는 이곳 북직예(北直隷)에서 감히 천패궁에 대항하는 무리가 있을 거라고는 생각되지 않았다. 지난 이십여 년간 천패궁도는 적어도 중원에서는 도전 세력이 없었다. 가히 무적의 위세.

단삼양이 고개를 끄덕이자 고탁이 슬그머니 청을 넣었다.

"본궁의 너무 철저한 은폐 명령으로 수하들이 지금 많이 답답해하고 있습니다. 여홍거리 삼아 한 사십여 명 끌고 갔다 오겠습니다. 시원하게 한바탕 달리고 나면 기분들도 좀 가벼워질 것 아니겠습니까?"

그렇지 않아도 수하들의 사기가 너무 떨어져 걱정하고 있던 단삼양은 미소를 지으며 고개를 끄덕였다.

"좋아. 너무 심하게는 하지 말고. 제발 빨리 좀 데려오게. 이러다 해가 저물겠어."

"하하, 알겠습니다."

고탁의 명령에 지목을 받은 분타원들이 환호성을 지르며 말에 올라탔다. 느릿한 마차를 따라 아무 볼 것 없는 평지를 한가히 오가는 것은 따분하기 그지없었던지라. 운없게 뽑히지 못한 이들은 놀이라도 떠나듯 말에 오르는 동료들을 부러운 눈으로 쳐다보았다.

고탁을 따라 사십여 기의 인마가 계곡을 향해 질주하기 시작했다.

먼지가 자욱이 피어났다.

그들을 조용히 바라보고 있는 두 시선이 있었다.

"또 오는군요."

"그래요. 이번에는 좀 수가 많군요."

진영 등이 곽천 일행을 유인한 협곡이 한눈에 내려다보이는 산마루의 마당바위. 허리를 뒤튼 잣나무에 슬쩍 가려진 한 켠, 경장을 걸친 여인이 앉아 있고 그 뒤에 한 노인이 서 있었다.

"이런 지형을 무턱대고 말을 달려 쫓아오다니 정말 병법의 기본도 모르는 놈들입니다."

녹의를 입은 여인이 슬쩍 미소를 지었다.

"그만큼 저들을 유인했던 이들이 뛰어났다고 볼 수 있지요. 아마 겁 없는 무뢰배들쯤으로 여기고 있을 거예요. 앞선 이들이 어찌 되었는지도 모르고 아주 신이 났군요."

먼 아래쪽 협곡의 입구를 지나 말을 달려오는 사십여 인마는 무질서하게 소리를 지르며 사냥 몰이라도 온 양 신이 나 있었다.

여인의 뒤에 서 있던 노인이 탐스러운 수염을 손으로 어루만졌다.

"그런데, 소교주님. 언제까지 그분께 수아의 존재를 숨기실 생각이십니까?"

여인의 안색이 어두워졌다.

"밝힐 생각이 없어요, 남(南) 사부."

"그것은 천륜을 거스르는 행동입니다."

노인의 말에 여인의 고개가 뒤로 돌려졌다.

면사에 얼굴이 가려져 있었지만 원망과 분노, 애증이 섞인 복잡한 눈빛이었다.

"그와 나는 이어질 수 없는 사이예요. 지금 들은 말은 안 들은 것으로 하지요. 수아에게도 비밀로 해주세요."

단호한 어조에 노인은 한숨을 내쉬었다. 헝클어진 인연의 실타래를 다시 곱게 정리하는 것이 얼마나 어려운지 잘 알고 있었기에.

여인이 노인에게 고개를 돌렸다.

"남 사부, 고화를 구해야 하지 않나요?"

노인은 고개를 저었다.

"그 애는 임무를 수행하다 적에게 사로잡힌 것입니다. 그 애를 구하기 위해 교도들이 희생할 수는 없습니다."

"하지만 그 애는 남 사부의 친소녀예요."

노인의 손이 잘게 떨렸다.

"쇄뇌결을 펼쳤을 테니, 이용 가치가 있다고 느껴질 때까지는 죽이지 않을 것입니다. 좀 더 경계가 늦추어졌을 때까지 기다려 보지요. 제가 대국(大局)에서 몸을 뺄 수는 없는 노릇이니."

"하지만 그동안 그 애가 당할 고초가……."

노인은 화제를 바꾸려는 듯 저 아래 협곡을 가리키며 말을 던졌다.

"이번에는 어찌 대응할지 궁금하군요. 좀 전과 같은 방법으로는 한계가 있을 것인데……. 시작입니다."

여인도 묵묵히 고개를 돌려 진영 등이 은신해 있는 협곡을 내려다보았다.

계곡을 치달려온 사십여 인마의 선두가 앞선 이들의 주검을 발견할 만한 거리까지 접근해 있었다.

사십여 인마의 선두에 서 있던 고탁은 말고삐를 잡아채며 주먹을 어깨 위로 들어 올렸다.

희희낙락 뒤따르던 수하들이 고탁의 수신호에 급히 말을 멈추어 세웠다.

가볍게 말 배를 차 뚜벅뚜벅 걷게 하며 고탁은 날카롭게 전방을 응시했다. 마치 울타리라도 쳐진 듯 커다란 나무들이 쓰러져 협곡의 중간을 막고 서 있었다.

"고 대주님, 무슨 일이십니까?"

고탁은 턱끝으로 협곡에 쓰러져 있는 나뭇더미들을 가리켰다.

"무언가 심상치 않다."

"예? 무엇이요?"

"잘 봐. 나무가 쓰러진 지 얼마 되지 않았어. 껍질이 벗겨진 속살이 하얗잖아. 쓰러지며 입은 상처가 얼마되지 않았다는 거야."

고탁은 조용히 등 뒤에 매달린 거치도를 빼어 들었다.

"모두 긴장들 하라고 전하라. 무기를 꺼내 들어 임전 태세를 갖추도록."

"예!"

뒤따르던 수하들이 모두 무기를 빼어 들자, 고탁은 전방을 응시하며 말에서 내려섰다.

한 걸음 한 걸음 신중히 옮겨가는 고탁의 시선은 주변을 빈틈없이 훑고 있었다. 그의 뒤를 따르는 수하들의 눈도 바삐 움직였다.

'매복한 기미는 전혀 보이지 않는데…… . 내가 잘못 생각한 걸까?'

서서히 발걸음을 옮겨 나무 울타리 바로 앞까지 다다랐다.

눈앞에 쌓인 자신의 키 높이만한 나무들을 바라보며 고탁의 눈은 날카롭게 빛났다. 그의 눈이 수풀 속에 가려져 있던 나무 둥치의 끝에 멈추었다. 저절로 뿌리가 부실해 쓰러진 나무가 절대 아니었다.

'역시! 일부러 쓰러뜨린 나무임에 틀림없다.'

은은히 코끝에 익숙한 비린내가 미미하게 풍겨왔다.

피 냄새.

이 나무 울타리를 뛰어넘으면 어떤 위험이 닥칠지 몰랐다.

고탁은 거치도를 움켜쥔 손바닥 가득 땀이 고이는 것을 느꼈다.

수하들도 잔뜩 긴장한 기색.

적이 매복해 있다면 이 울타리 건너편에 어떤 술수를 부렸을지 알 수 없었다.

고탁은 이제까지 위험 앞에서 수하를 앞세운 적이 없다는 것을 자랑하는 호한. 뒤따르는 수하들을 보며 고리눈을 부릅뜨고 좌우로 손짓했다.

사십여 인의 수하들이 좌우로 일사분란하게 갈라져 나무 울타리에 달라붙었다.

오른손을 들어 다섯 개의 손가락을 쫘악 펼친 고탁은 천천히 한 손가락씩 접기 시작했다.

마지막 약지를 접는 순간, 고탁은 울타리 위로 번개같이 몸을 솟구쳤다. 그와 동시에 사십여 명의 수하들도 몸을 날려 나무 둥치를 뛰어넘었다.

울타리를 넘어선 그들의 눈앞에 펼쳐진 것은 정녕 뜻밖의 광경이었다.

그들을 지켜보던 의령은 시위를 가득 당긴 활을 움켜쥐고서 반류의 말을 떠올리고 있었다.

"이 조그만 화살은 아무나 날릴 수 없는 화살이다. 줌통에 화살을 기대지 않고서도 정확히 과녁을 뚫을 수 있는 사람만이 쓸 수 있는 화살이야. 속도가 빠르기 때문에 절정에 이른 고수가 아니면 눈으로는 화살의 궤적을 쫓을 수 없다. 이놈이 날아가는 소리는 웬만한 고수도 듣기 어려워. 청각을 방해하는 소리가 있다면 더하지. 너는 이 화살로도 겨냥한 대상을 떨굴 수 있을 게다. 양편에서 나와 동시에 노린다면 적의 수뇌가 아무리 일류라고 할지라도 피할 수 없다. 신호가 떨어지면 공격해라."

화살을 시위에 걸쳐 놓는 오늬를 잡은 깍지손이 잔뜩 힘을 머금고 있다.
우거진 숲 속 여기저기에 은신해 있는 형제들이 모두 활시위를 가득 당기고 있을 것이다.
의령은 공격 신호가 떨어지기만을 기다리고 있었다.

고탁과 그의 수하들은 울타리 건너편에 내려서 멍하니 들었던 칼을 떨구었다.
모든 상황은 이미 끝난 후.
곽천 등이 타고 왔던 말들은 어디에도 보이지 않았다.
다만, 여기저기 몸을 눕히고 있는 동료들의 시신만이 가득 눈에 들어왔다.
"감히…… 어떤 놈들이 중원에서 천패궁에 도전을……."
고탁은 이를 부드득 갈며 천천히 앞으로 나아가기 시작했다.
건너편에도 역시 나무 둥치가 무너진 울타리가 보였다.
전형적인 매복 함정. 곽천 같은 이가 어찌 이런 매복조차 대비를 못했다는 것일까.
'이들을 몰살시킬 정도로 압도적인 적이었다는 건가. 도대체 몇이나 동원했다는 거야!'
건너편 끝에 곽천으로 보이는 시신이 땅바닥에 고개를 박고 널브러져 있었다.

파르라니 깎인 곽천의 머리. 어디에서고 알아볼 수 있었다.

'곽 단주님…….'

고탁은 몸을 날려 곽천의 시신 곁으로 다가갔다.

엎어져 있는 그의 몸을 조심스레 뒤집었다.

감겨져 있는 눈이 고통스럽게 보인다.

고탁은 곽천의 목, 대동맥이 흐르는 곳에 살짝 손가락을 얹었다.

고탁의 눈이 커졌다.

"살아 계시다!"

여기저기 흩어져 동료들의 시신을 점검하던 수하들의 입에서도 같은 소리가 터져 나왔다.

모두가 죽은 것이 아니었다는 말인가.

머리를 스치는 한 생각에 도병(刀柄)을 움켜쥐며 몸을 일으키려는 찰나.

귓전을 찢어발기는 듯한 엄청난 소리가 협곡을 가득 메웠다.

원혼이 호곡하는 듯 온몸의 털을 곤두세우게 하는 엄청난 소음.

끼이이이이아아아.

깜짝 놀라 고개를 돌려 주위를 돌아보는 고탁의 시선에 화살에 꿰여 나가떨어지는 수하들이 가득 잡혔다.

"모두 엎드……."

고탁은 양 목덜미가 꿰뚫리는 뜨거운 고통에 눈을 치켜떴다. 그의 목 양편에는 한 뼘 정도 되는 두 개의 짧은 화살이 맞창을 내며 꽂혀 있었다.

수하들이 계속 쓰러지는 광경이 기우뚱 흔들렸다.

땅바닥이 일어서 수직으로 곤두서는 것이 보인다.

시야가 하얗게 흐려진다.

"끄……."

곽천의 옆에 쓰러져 고개를 박은 고탁의 몸이 가늘게 떨리고 있다.

순식간에 이십여 명을 거꾸러뜨렸지만 살아남은 이들은 시신을 방패로 하고 잔뜩 몸을 낮추고 있었다.

그들이 방패로 삼은 이들 중에는 마혈과 아혈을 제압당한 살아 있는 사람들도 다수였다.

진영은 눈살을 찌푸렸다.

'천박한 것들!'

생명의 위협 앞에서 어찌 의리를 따실까마는 이미 살아 있음을 확인한 동료들의 몸까지 쌓아 올리는 행동에 진영은 미간을 찡그렸다.

형제들에게 날카로운 전음을 날렸다.

―직접 공격한다! 가자!

진영은 활을 어깨에 걸으며 몸을 날렸다.

그의 옆구리에 찬 두 개의 쌍수도가 빛을 뿜었다.

'사정을 봐줄 가치도 없는 것들이야.'

숲 속 여기저기서 나무를 박차며 협곡을 가로지르는 일곱의 그림자들이 나타났다.

협곡을 내려다보는 여인 금지민(金智珉)의 아미가 살풋 찡그려졌다.

"저건 거의 도살에 가깝군요."

"이미 전의를 상실한 데다 우두머리를 잃은 무리니까요."

등 뒤에서 조용한 음성이 들려왔다.

금지민은 고개를 흔들었다.

"그것을 말하는 게 아니에요. 저런 식의 행동은 그…… 답지 않아요. 하수(下手)들에게 가혹한 사람이 아니었는데……."

"그런 게 아닐 겁니다."

금지민이 의아한 듯 고개를 돌렸다. 초라한 남의(襤衣)를 걸친 노인이 빙긋 웃음을 머금었다.

"처음에 유인한 무리들을 어떻게 대했는지 보시지 않았습니까? 부상당한 이들은 하나도 죽이지 않았습니다. 모두 점혈을 해 죽은 것처럼 위장만 해놓았죠. 진 대협은 살아 있는 그들을 방패막이로 삼은 것에 분노한 듯합니다. 무엇을 중시하고 무엇을 버려야 할지가 분명한 분이라고 보는 것이 맞겠군요."

금지민은 잠시 고개를 숙여 생각하는 듯한 눈초리였다.

"그럴까요?"

"그럴 겁니다."

왠지 안심한 듯 보이는 그녀의 눈빛에 남옥당(南玉堂)은 슬쩍 미소를 지었다. 세월의 간극을 메울 수 있을지도 몰랐다.

남옥당은 조용히 금지민에게 말을 건넸다.

"이제 마무리되었나 봅니다."

금지민의 시선도 협곡을 향해 돌려졌다. 조용한 음성이 흘러나왔다.

"우리도 슬슬 준비를 해야겠군요."

"알겠습니다."

남옥당이 몸을 돌려 어디론가 사라졌다.

금지민의 눈은 머언 거리를 가로질러 진영의 뒷등을 향하고 있었다.

이십여 년 만에 바라보는 그의 뒷모습이었다.

멀리서 들려오는 귀를 찢는 괴성에 단삼양은 고개를 홱 돌렸다.

수하들이 몰려간 계곡으로부터 은은한 귀곡성이 한동안 들려왔던 것이다.

수천의 원귀가 한꺼번에 호곡하는 듯한 소리는 머리를 쭈뼛하게 했다.

남은 수하들이 조금씩 동요를 일으켰다.

'어디선가 분명 들은 소리인데……'

기억 깊숙이 분명 아는 소리임에 분명했으나 수면 위로 떠오르지 않는다.

불길한 예감이 가슴을 쳤다.

조금씩 시간이 흐르고 있었다. 어느덧 어둑한 황혼 녘.

더 이상 마냥 기다릴 시간이 없었다.

다시 한 번 수하들을 보내보거나 자신이 직접 확인하는 방법, 마차의 안전을 위해 이 자리를 벗어나는 세 가지 중 하나를 골라야 하는 선택의 기로.

곽천을 따라 계곡으로 몰려간 수하들에게 무슨 일이라도 있는 것일까?

믿을 수 없는 일이었지만 스멀스멀 피어오르는 불안감이 뒷골을 당기고 있었다.

그들은 자신이 데려온 수하들 중 인원수만도 육십이 넘는 데다가 백여 명의 수행원 중 가장 핵심이 되는 전력(戰力)이기도 했기에 단삼양은 크게 경각심이 생겼다.

'내가 너무 안일하게 생각했다는 말인가?

아무래도 심상치 않았다.

평범해 보이는 무뢰배 둘을 따라간 육십여 명의 수하들이 돌아오지 않는다는 것.

아무리 보아도 그들은 상승의 무공을 익힌 것처럼 보이지 않았었다.

절정고수인 그의 눈을 속일 정도로 훈련된 자들이란 말인가.

정녕 이곳에 천패궁을 상대로 시비를 걸 만한 자들이 존재한단 말인가.

단삼양의 내심이 결단을 향해 가쁜 저울질을 하고 있을 그때.

돌연 일단의 먼지가 황혼의 잔상을 뚫고 계곡의 입구에서부터 일어나기 시작했다.

단삼양은 선두에 선 자의 검은 방립을 보며 안도의 한숨을 내쉬었다. 곽천의 방립.

'돌아오는군.'

좀 전의 귀곡성이 궁금했으나 곽천이 돌아오면 자세한 정황을 들을 수 있을 것이다.

단삼양은 크게 소리쳤다.

"모두 출발 준비!"

불안에 사로잡혔던 수하들도 웃음을 머금고 마차와 말에 오르며 다시 출발의 준비를 시작했다.

조금 있으면 날이 어두워질 터.

밤길에 비라도 만난다면 큰 낭패를 볼 것이다.

조금만 더 가면 편안한 객잔에서 따뜻한 저녁을 먹을 수도 있을 터였다.

그때쯤이면 신나는 곽천의 무용담을 들을 수 있을 것이다.

한단 분타원들은 엄청난 놀림을 당했던 곽천의 분풀이를 들을 생각
에 슬쩍 미소를 머금었다.

그런데, 한 무더기로 달려오던 먼지 떼가 갑자기 좌우로 넓게 갈라
지기 시작했다.

"응? 뭐 하는 거야?"

"글쎄?"

수런거리는 이들의 목소리와 함께 평원을 횡(橫)으로 제압해 달려오
는 말발굽 소리가 천지를 진동했다.

학의 날개처럼 넓게 펼쳐진 말 떼의 질주는 자욱한 먼지를 일으켰
다.

황혼의 태양에 반사된 뿌연 민지는 마치 붉은 인개처럼 보였다.

의아한 표정을 짓고 있던 단삼양과 한단 분타원들은 돌연 터져 나온
날카로운 소리에 전신의 솜털이 섬뜩하니 곤두섰다. 귀를 자극하는 무
시무시한 소리.

끼이이이야아아아아.

"이…… 이것은……!"

계곡에서 은은히 들려왔던 귀곡성.

단삼양의 얼굴은 잔뜩 찌푸려진 채 의혹 어린 눈빛에 가득했다.

'분명히 아는 소리인…….'

단삼양의 생각은 툭 끊어졌다. 십여 명의 수하가 말에서 떨어져 뒹
구는 그 순간에.

비명을 내지르는 그들의 목과 몸통에는 화살이 박혀 부르르 떨리고
있다.

"며…… 명적(鳴鏑)!"

단삼양의 입에서 경악성이 터져 나왔다.

귀신이 호곡하는 그 소리! 몽고인들이 쓰는 우는 화살, 명적(鳴鏑)이었다.

젊은 시절, 장성 이북을 넘나들 때 가끔 들었던 그 신비한 소리를 단삼양은 그제야 기억해 낼 수 있었다.

'이렇게 엄청난 굉음은 아니었는데……?'

의문을 풀 사이가 없었다.

자신들을 향해 달려오는 말발굽 소리가 곽천 등의 귀환으로만 알고 미처 습격에 대비하지 못했던 수하들이 무방비로 쓰러져 갔다.

귓전을 사납게 긁어대는 명적의 울부짖음과 방향을 가늠키 어렵게 노을 속에서 날아드는 화살들.

청각을 마비시킬 듯한 귀곡성에 화살이 날아오는 소리가 파묻혀 방향을 짐작할 수 없었다.

입술을 질끈 깨문 단삼양은 말고삐를 당기며 크게 소리쳤다.

"모두 마차 뒤로 피하라! 정신 차려!"

전열을 정비할 시간도 없었다.

벌써 땅에 뒹구는 수하들만 십수 명이 넘어 보였다.

이 상태로 마차를 몰아 육, 칠십은 족히 될 듯한 기마병을 따돌린다는 것은 불가능에 가까울 터.

이 자리를 사수해야 한다.

단삼양은 말을 휘몰아 마차의 뒤로 바싹 붙었다.

그의 지휘에 따라 남은 수하들이 마차를 엄폐물 삼아 몸을 웅크렸다.

슈슈슈슈슉!

자욱이 날아오는 화살들이 마차의 차양막에 투투둑 틀어박힌다.

검을 빼어 든 단삼양은 살아남은 수하들을 정비하며 높게 소리쳤다.

"겁먹지 마라! 화살은 더 이상 위협이 될 수 없……."

단삼양의 말을 들은 것일까?

불화살들이 내리꽂혀 마차에 불이 붙기 시작했다.

"이런!"

단삼양은 몸을 날려 마차 위로 뛰어올랐다.

마차를 향해 날아오던 불화살들이 파도처럼 번뜩이는 그의 검을 따라 허공 가득 튕겨 나갔다.

"어서 불을 꺼!"

수하들에게 다급히 녕녕하며 단삼양은 삼십여 대의 마차 위를 이리 저리 날아 불화살을 퉁겨내었다.

단삼양은 문득 날아오는 화살의 숫자가 그의 생각만큼 많지 않음을 깨달았다. 명적의 호곡성에 홀려 엄청난 숫자의 화살이 날아오는 듯 느껴졌지만 실제로 한 번에 날아오는 화살은 채 이십을 넘지 않았다.

'훈련된 궁수는 얼마 없나 보구나! 뚫고 나갈 수 있을지도!'

말 떼가 달리며 일으키는 먼지가 얼마나 대단한지 저들의 숫자조차 정확히 파악할 수 없었다.

단삼양이 채 대책을 생각하기도 전.

다시금 수하들의 비명 소리가 울려 퍼지기 시작했다.

쫘악 펼쳐 일직선으로 달려오던 먼지구름이 돌연 방향을 바꾸어 마차의 선두를 둥글게 우회해 배후로 짓쳐들어오고 있었다.

"이런!"

발을 굴린 단삼양의 신형이 마차의 선두로 날았다.

몸소 마차를 몰아 방향을 꺾으며 단삼양은 수하들에게 소리쳤다.

"마차로 방진(防陣)을 쌓아! 어서!"

살아남은 이들이 필사적으로 마차로 달려들어 사면(四面)을 감싼 보호막을 쌓기 시작했다.

몇 대의 마차로 엉성하나마 방진(防陣)을 구축하자 화살은 마차에 가로막혀 더 이상 희생자를 내지 못했다.

악에 받친 단삼양의 포효가 울려 퍼졌다.

"나머지 마차들로 겹겹이 막아! 말 머리는 북쪽으로 돌려! 조금 후에 한꺼번에 마차를 몰아 돌파한다! 정신들 차려!"

어느새 먼지구름은 그들의 마차를 가운데에 둘러싼 채로 둥글게 원을 그리고 있었다.

사방팔방을 울리는 말밥굽 소리와 명적의 귀곡성이 평원을 가득 메웠다.

단삼양은 수하들을 둘러보았다. 간신히 이십여 명 정도만이 마차로 둘러싼 공간 안에서 무기를 빼 들고 눈을 부릅떠 마차 건너 먼지구름을 경계하고 있었다.

"도대체 어떤 자식들이!"

안일하게 대처했던 자신을 탓할 사이도 없이 전방을 주시하던 수하들이 높다란 경계음을 발했다.

"저놈들이 돌진해 온다! 막앗!"

온통 먼지에 휩싸인 분타원들의 가운데에서 단삼양은 크게 소리쳤다.

"겁먹지 마! 마차 사이로 뛰어드는 놈들만 막아! 마차 위로는 올라서지 마라!"

지축이 쿠쿠쿠쿵 울리는 가운데 쏜살같이 사방에서 말 떼가 달려들
었다.

마차의 앞에서 급히 멈추는 말들의 투레질 소리가 허공 가득 울렸
다.

마차의 사이를 뚫고 십여 필의 말이 달려들어 왔다.

"이놈들!"

자욱한 먼지 사이로 고함을 내지르며 한단 분타원들이 달려들었으
나 그들이 벤 건 말뿐이었다.

모두 사람이 타지 않은 빈 안장의 말.

당황한 무사들이 정신없이 좌우를 경계할 때, 비명 소리가 터져 나
오기 시작했다.

"아악! 내 발!"

마차 가까이 있던 무사들이 비명을 지르며 쓰러져 갔다.

"무섭기 짝이 없군요."

남옥당이 허연 머리를 조용히 흔들자 산 아래 평원에 둥글게 퍼진
먼지를 보며 금지민이 고개를 끄덕였다.

"심의령이란 사람을 빼고는 저들 모두 고림성의 정통 심법을 수련한
자들이니까요. 그 사람의 원래 다섯 아우는 모두 그 사람이 직접 지도
한 듯하더군요."

"그 친구도 대단히 강해 보입니다."

"그래요. 우리가 파악했던 무공 수위와는 현격한 차이가 나는군요."

남옥당은 턱수염을 매만지며 금지민에게 시선을 돌렸다.

"그런데, 소교주님. 저렇게 위력적인 명적(鳴鏑)에 대해 들어본 적이

있으신지요?"

금지민은 고개를 저었다.

"저도 뜻밖이에요. 애초에 함께 공격하자고 했을 때, 따로 움직이겠다고 한 것이 이유가 있었군요. 저들이 활 솜씨가 저리 좋을 줄은 꿈에도 몰랐어요. 명적이 그 정도 위력을 발휘할 수 있다는 것도 뜻밖이고요. 제가 알기론 군졸들의 혼을 뺄 수는 있어도 무림인들의 청각을 차단할 정도는 아니었어요. 아마도 그들 중에 솜씨 좋은 장인(匠人)이 있어 화살을 개량했거나 어떤 공급처가 있겠지요."

"일반 병사가 쏘는 것이 아니라서 저런 위력을 발할지도 모르지요. 무엇보다 그분의 전술이 뛰어났습니다. 적들의 말을 한데 묶어 통솔하는 기마술도 엄청났지만 말들의 뒤에 소나무 가지들을 매달아 먼지를 일으킨 것이 기발합니다. 그 때문에 저들은 실제 습격한 인원이 일곱뿐이라는 것을 끝까지 모를 겁니다. 군문에 드셨다면 일세의 명장이 되셨을 분입니다."

"꼭 진…… 사형의 계획이라 볼 수는 없잖아요?"

남옥당은 조용히 미소를 머금었다.

"그럴 수도 있겠군요. 진 대협이 아니면 심의령이라는 자에게서 나왔을 것입니다. 그는 유사(儒士)니까요. 당연히 병서(兵書)도 연구했을 겁니다."

금지민의 눈이 반짝 빛났다.

"협곡에 있는 자들은 처리했나요?"

"예. 생존자들은 모두 입을 막았습니다."

"잘했어요."

"진 대협을 곤란하게 하는 행동은 아닐까요? 저들을 일망타진한 것은 후련한 일이지만 진 대협 일행이 천패궁의 표적이 될 것입니다.”

금지민의 입에 잔잔한 미소가 걸렸다.

“그렇게 되기를 바라고 한 일이에요.”

“소교주!”

“그래야 저들이 궁지에 몰려 우리 품으로 들어올 거예요. 그리고 조금 고생해도 싼 사람이에요. 저곳도 정리되어 가는 듯하니 예정대로 처리하도록 하세요.”

남옥당은 설레설레 고개를 저었다.

여인이 한을 품으면 오뉴월에도 서리가 내리는 법. 그 서리를 진영이 기꺼이 감당할지가 의문이었다.

‘뜻을 꺾기보다는 몸을 불태울 분이건만…….’

남옥당은 아무 말 없이 조용히 몸을 돌려 산을 내려갔다.

금지민의 눈빛만이 홀로 빛나고 있었다.

마차 위에 훌쩍 뛰어올라 선 의령은 고개를 휘둘러 적의 수뇌를 찾았다.

가운데에서 검을 들고 수하를 독려하는 단삼양의 방립이 눈에 띄었다. 반류와 함께 접근했을 때부터 눈여겨보았던 자. 저자가 한단 분타의 분타주일 것이다.

마차 밑으로 뛰어든 형제들이 기습의 효과로 몇 놈씩 해치우고 쌍수도를 휘두르는 모습이 눈에 들어왔다.

이제 거의 일 대 일의 형국.

의령의 눈이 파랗게 빛났다.

‘저놈은 내 몫이다!’

의령의 신형이 마차를 박차며 날아올랐다.

그의 모습은 임교연을 향해 검을 뻗는 단삼양의 머리 위에서 번쩍 나타났다.

태산을 무너뜨릴 듯한 맹렬한 스물네 번의 연환분각(連環分脚)이 단삼양의 머리를 노리고 쏘아졌다.

팔괘산초 중 산악의 기세를 내뿜는 간(艮)!

느릿하면서도 장중한 발차기가 엄청난 압력을 담고 뿜어졌다.

임교연을 향해 푸른 검기를 뿌려대던 단삼양은 왼쪽 머리 위에서 느껴지는 거센 압력에 몸을 띄워 부보(仆步)를 디디며 오른쪽으로 휘돌았다.

검을 들어 팔황개천(八荒蓋天)을 펼쳐 막았으나 미처 피하지 못한 여력에 말려 그의 방립이 산산이 부서져 날아갔다.

"너, 넌……?"

의령의 신형이 매가 날개를 접고 낙하하듯 뚝 꺾여 떨어져 단삼양의 눈앞으로 쇄도해 들어갔다.

거리를 주지 않기 위해 공간을 압축하여 순간적으로 쳐들어가는 의령의 표마(驃馬)에 단삼양은 당황한 기색이 역력했다.

이미 선기를 빼앗긴 것.

"이익!"

단삼양의 손목이 휘돌며 당천포(撐天砲)를 자욱이 내뻗고 있는 의령의 주먹을 검으로 휘감아갔다.

푸른 검기(劍氣)가 맺혀 있는 그의 칼이 의령의 손목을 뱀처럼 감싸고 들어왔다.

이미 초식을 이용해 적을 상대할 수 있는 거리를 빼앗겼으니 의령을 후퇴하게 해 거리를 만들 요량.

그러나 의령은 그대로 손을 내뻗었다.

'미련한 놈, 니 몸이 검기를 견디는 금강불괴(金剛不壞)라도…… 헉!'

따따따당!

콩 볶는 듯 금속에 튀기는 검날의 울림과 함께 단삼양의 검이 퉁겨 올랐다.

의령의 두 주먹이 밑에서부터 쳐올려져 자욱한 권영(拳影)을 그렸다.

콰콰콰콰쾅.

내장과 갈비뼈가 뭉개지는 극렬한 충격에 단삼양의 입에서 폭포수처럼 선혈이 터져 나왔다.

단삼양의 몸이 앞으로 기울어지며 뒤로 밀려 날아갔다.

검기가 실린 단삼양의 검을 팔목에 찬 묵룡으로 퉁겨낸 의령은 그의 품 안에 안기듯 들어가 뒤로 밀리는 단삼양을 따라 몸을 날리며 전신을 무자비하게 두드렸다.

마지막으로 올려치는 의령의 주먹이 단삼양의 아래턱을 부수고 얼굴을 뭉개 버렸다.

이미 생명이 끊어진 단삼양의 몸이 날아가 마차의 벽에 구겨져 박히며 일장의 전투가 막을 내렸다.

이제 마차로 둘러싸인 공간에 서 있는 사람은 일곱 외에는 없었다.

평원의 먼지가 부옇게 흩어지기 시작했다.

23장 검은 안개

의령의 일행이 말을 달려 평원을 벗어나자 남옥당을 비롯한 수십 인의 그림자가 마차의 주위에 나타났다.

"대단하군."

명적의 비밀이 궁금해 마차와 시신을 훑던 남옥당의 눈에는 은은한 찬탄의 빛이 서렸다.

부러진 화살대를 제외하곤 남아 있는 화살이 없었다.

그 짧은 순간에 화살을 전부 수거해 간 것이 틀림없었다.

남옥당은 세심한 시선으로 주위를 훑어보다 마차 밑에 쓰러져 있는 시신에 눈이 닿았다.

미처 눈에 띄지 않아 가져가지 못한 듯 시신의 목덜미에 박힌 화살이 눈을 찔렀다.

남옥당의 얼굴에 미소가 드리워졌다.

몸을 숙여 시신의 목에 박힌 화살을 조심스럽게 돌려 뽑은 남옥당의 얼굴은 호기심으로 물들었다.

특이한 화살이다.

화살촉은 평범한 두 날이었으나 화살촉 바로 밑에 달린 구슬 모양에 눈이 갔다. 여덟 개의 구멍이 뚫려 있는 쇠구슬.

'이것이 우는 소리의 비밀인가?'

피를 닦고 소중히 품속에 갈무리했다. 연구의 가치가 충분한 물건이었다.

절도있는 포권을 하는 수하에게 남옥당은 엄한 눈길을 보냈다.

"모두 처리했느냐?"

"예. 이제 살아 있는 놈들은 없습니다."

"좋아. 마차를 몰고 주변의 현(縣)으로 흩어져 신속히 미곡을 푼다. 신분을 절대 드러내지 말고 귀환 시에 삼중으로 보안을 하도록. 마차는 적당히 처리하고 말들은 모두 운반하라."

"존명!"

삼십여 대의 마차와 살아남은 말들이 뿔뿔이 흩어져 바삐 사라지기 시작했다.

"진 대협의 뜻대로 굶주림에 지친 이들에게 단비와 같은 선물이 되겠군."

황하가 옮겨온 퇴적물로 비옥한 평원이 펼쳐져 있었으나 화북은 항상 기근의 위험에 휩싸여 있었다. 매년 가뭄의 위협을 받았고 농작물이 성장하는 계절도 짧은 데다 언제나 범람의 가능성이 상존했기에.

현무교를 치기 위한 이 군량미가 굶주린 백성들에게 돌아가게 된 것은 어쩌면 진정한 하늘의 뜻일지도 몰랐다.

‘언제쯤이면 광명세계가 펼쳐질꼬……’

조용히 격전의 흔적 가득한 평원을 훑어보던 남옥당은 고개를 들어 하늘을 응시했다. 잔뜩 구름이 깔려 별빛조차 보이지 않건만 그의 얼굴엔 희미한 미소가 드리워졌다.

“이제 제남(濟南)인가?”

남옥당은 발을 굴려 신형을 날렸다.

어두컴컴한 암흑이 깔리는 가운데 사십여 구의 시신만이 먼지에 휩싸인 채 던져져 있었다.

2

발해(渤海)로 모여 흘러가는 황하의 하류.

산동(山東)의 태산(泰山) 이북에 자리 잡은 제남의 밤은 고요하기만 하다.

제남의 내성(內城) 북쪽, 대명호(大明湖) 변의 야산 중턱에 위치한 용왕묘(龍王廟)에 얕은 모닥불이 지펴져 있다.

일렁이는 모닥불의 불길을 응시하던 의령이 입을 열었다.

“그럼 자시(子時)가 넘어 출발합니까?”

“그렇지. 그동안 운기조식을 하며 몸을 추스르자꾸나.”

진영의 대답을 듣고 의령은 몸을 일으켜 말없이 한구석으로 자리를 옮겼다.

가부좌를 틀고 눈을 내리 감는 의령을 보는 진영의 마음은 왠지 착

잡했다.

의령이 며칠 전의 싸움에서 보여준 무위(武威)는 놀랍기만 한 것이었다.

그러나 그 손속의 과함은 절로 혜재의 우려를 떠올리게 했다.

'살귀가 될지도 몰라.'

귓가에 혜재의 속삭임이 들리는 것만 같다.

의령의 손에 걸린 상대는 단 한 명도 살아남지 못했다. 무공의 차이를 생각하면 상대를 죽이지 않아도 제압할 수 있으련만 의령은 그렇게 하지 않았다.

모두 피떡으로 뭉개 죽였다.

과연 첫 살인의 죄책감에 몸부림치던 그 의령이 맞나 싶을 정도로 그는 짙은 살기에 휩싸여 있었다.

그들 형제에겐 가끔 살가운 말도 건넸지만 적이라 단정한 상대에겐 냉혹하기 짝이 없었다.

의령은 혜재에게 내뱉은 '모두 죽일 것'이라는 말을 스스로 실천하는 듯 보였다.

제남으로 이동하는 동안 의령은 몇 번이고 눈에 보이는 천패궁도를 향해 파란 살기를 내뻗으며 잡아먹을 듯 노려보았다. 이번 일의 중요성을 상기시키며 진영이 제지하지 않았던들 곳곳에서 충돌했을 것이었다.

관군에 대한 적개심도 눈에 띌 지경.

오대산의 수련 이후 자신의 마음을 다잡는 데는 성공한 듯 보였지만 적을 앞에 둔 의령의 모습은 추호의 용서도 없는 염왕(閻王)의 그것이었다.

'어울리지 않아······.'

무인이 상대를 앞두고 독심(毒心)을 품는다는 것은 자신의 능력을 최대한 발휘할 수 있는 자양분과도 같다.

그러나 진영은 의령의 그러한 변화가 어색하기만 했다.

그가 아는 의령은 정대(正大)한 대협의 자질을 가진 어린 유사였다.

자신의 마음속 고뇌를 솔직히 토로하던 청년이었다.

원한에 불타는 복수귀의 모습은 어색한 옷을 입은 듯 의령에게 어울리지 않아 보였다.

하지만 지금 와서 무어라 해줄 말도 없었다.

단 일곱의 힘으로 천패궁에 덤벼든 당랑거철(螳螂拒轍)의 모험을 하는 지금, 한가하게 스스로를 찾으라 말하기도 어려웠다.

진영은 그저 조부 심명조에게 가르침을 받은 의령의 단단하게 다져진 토양을 믿어보기로 했다.

이 해가 가면 스물이 될 터.

누가 무어라 충고한다고 금방 고쳐질 나이도, 그런 상황도 아니었다. 일각을 아끼며 자신의 무공을 다듬고 있는 의령을 옆에서 지켜줄 때였다.

진영은 의령에게서 고개를 돌려 활활 타는 불꽃을 응시했다.

짙은 탄식이 이어졌다.

이대로는 결국 천패궁의 표적이 되어 분사(憤死)하는 수밖에는 없어 보였다.

'세 외 세력과 손을 잡아야 할까?'

중원의 정·사파는 확실한 승산이 있기 전에는 천패궁에 반기를 들지 않을 것이다.

스스로 몸을 던져 그 태풍의 소용돌이를 만들어야 할 어려움에 처한
것.

겨울이 오기 전, 결단을 내려야 할 때였다.

옆 자리에 앉아 있던 조온이 나직한 전음을 던졌다.

어느새 그들 둘을 빼고는 모두 자리를 잡고 운기조식을 취하는 중이
었다.

―형님.

―왜 그러나.

―성혼의 상태를 어찌 보십니까?

진영의 미간은 새로운 고뇌에 찌푸려졌다.

그가 왜 성혼의 마음을 모르겠는가.

정해(情海)의 늪에 빠진 그의 마음이 얼마나 헝클어져 있을지 진영
은 누구보다 잘 알고 있었다.

처음 임교연을 데려왔을 때부터 함께 생활했던 아우가 성혼이었다.
친누이동생처럼 교연을 돌보았고 그러던 중 은애(恩愛)의 감정을 키웠
음도 알고 있었다.

그러나 교연은 사내 자체를 싫어했다.

어린 시절 화인처럼 틀어박힌 혐오감이 성혼의 감정을 거부케 했다.

그 마음을 달래주고자 성혼을 데리고 다니지 않았던가.

성혼은 오대산에서 의령과 교연을 보며 점점 말을 잃어갔다.

그들 형제가 보기에도 교연이 가진 감정은 형제를 대하는 감정을 넘
어서 보였다. 성혼이 그를 알아보지 못했을 리 없었다.

진영은 작게 한숨을 내쉬었다.

―형님, 성혼은 제가 맡겠습니다. 앞으로 저와 항상 짝을 이루도록

배려해 주십시오.

조온의 제의에 진영은 고개를 끄덕였다. 어쩌면 자신보다는 조온이 더 적합할지 몰랐다. 조온의 상처가 어디에서 비롯되었는지 잘 알고 있었기에.

돌연 조온이 옆구리를 가볍게 찔렀다.

진영은 의아한 눈초리로 조온을 바라보았다.

조온의 손가락이 의령을 가리켰다.

—형님, 양맥을 타통하면 저렇게 손바닥에서 빛을 내는 게 가능한 겁니까?

의령은 결가부좌를 틀고 두 손바닥을 하늘로 향한 채 조식 중이었다.

한광후에게 얻은 원상도결로 인해 이제 호연심결은 본래의 길을 따라 흐르고 있었다.

단전에서 독맥을 따라 치솟은 뜨거운 진기가 백회혈에서 차갑게 식어 폭포수처럼 쏟아져 내렸다.

혀끝을 입천장에 댄 의령의 입 안과 코에는 그윽한 향기와 함께 맑은 침이 고이고 있었다.

의령은 꿀꺽 침을 삼켰다.

중단전을 거친 차가운 진기가 하단전을 지나 엄지발가락 끝까지 흘러넘쳤다.

바로 그 순간, 백회혈에서 작고 둥글게 느껴지는 기운이 양미간 사이의 인당혈(印堂穴), 상단전에 쭈르륵 하고 떨어지는 것이 확연히 느껴졌다.

'드디어 온양(溫養)을 이루었다!'

온양을 이루면 임독이맥 자체가 진기의 소생처가 되리라 한광후가 전한 책자에 적혀 있었다.

의령은 가벼운 환희에 들떴다.

내친김에 의령은 한 발을 더 내딛기로 했다.

노궁(勞宮)과 백회, 용천혈을 통해 천지간(天地間)의 기운과 교감을 하는 것이 원상도결의 본뜻. 성공할 시는 초인의 경지에 한 걸음 내디딜 수 있다 하였다.

다섯 곳의 혈을 뚫어 천지간의 기운을 이용하는 것.

의령은 하단전의 진기를 회음으로 보내고 회음에서 다시 왼쪽 발바닥의 중앙, 용천혈로 밀어붙였다.

무릎을 꿈틀거리며 지난 진기가 용천혈까지 순조롭게 흘렀다.

'된다!'

용천혈을 뚫은 진기를 끌어올려 회음으로 되돌린 후 다시 오른쪽 발바닥의 용천혈로 보내었다.

용천혈을 뚫고 거슬러 올라 회음에서 다시 뭉쳐진 진기의 도도한 급물살이 중단전까지 단숨에 치고 올랐다.

이제 대지의 기운을 이용할 수 있게 된 것.

전신이 뜨겁게 달구어지는 가벼운 흥분 속에 의령은 왼팔로 진기를 보내 노궁혈까지 흘려보냈다.

의령의 왼 손바닥 중앙, 노궁혈이 황금빛으로 빛나기 시작했다.

다시 진기를 끌어올리려는 그 순간.

순조롭게 흐르던 진기가 더 이상 거슬러 오르지 못하고 손목의 태능혈에서 꽉 틀어막혔다.

'헉! 여기서 왜?'

손목이 작게 진동하기 시작했으나 한 번 틀어막힌 진기의 흐름은 더이상 나아가지 못하고 왼손을 따라 휘돌기 시작했다.

왼손의 노궁혈에서 황금빛이 찬연히 빛나기 시작했다.

뇌호혈에서 막혔던 진기가 흩어지며 벌어졌던 사태가 떠올라 의령은 이를 악물었다.

이렇게 중요한 시기에 한 팔을 못 쓰게 된다는 것은 사형 선고와도 같았기에.

의령은 진기를 중지 끝 중충혈로 보내 손등으로 넘나들게 하려 했으나 역시 손목의 양지혈에서 꽉 막혀 더 이상 흐르지 않았다.

이마에 작게 식은땀이 맺히기 시작했다.

노궁혈까지 보낼 때는 막힘없던 진기가 왜 끌어올려지지 않는다는 말인가.

돌연 손목에 찬 묵룡의 차가운 이물감이 느껴졌다.

'혹시 이놈 때문에?'

당황한 의령의 귓가로 진영의 침착한 음성이 들려왔다.

"노궁혈로 조금씩 기(氣)를 방출해라."

진영의 말에 한 생각이 동한 의령은 손바닥이 진동할 정도로 격류를 이루며 막혀 있는 진기를 조금씩 노궁혈로 밀어내기 시작했다.

의령의 왼 손바닥 위로 찬란한 황금색의 빛이 반짝이더니 서서히 용천혈을 통해 몸 안으로 흘러 들어가기 시작했다.

처음 보는 괴사(怪事)에 진영과 조온의 눈이 휘둥그레졌다.

"형님, 저게 가능한 거요?"

"지금 보고 있지 않느냐."

간신히 하단전으로 진기를 갈무리하는 데 성공한 의령의 눈이 천천히 떠졌다.

"괜찮은 거냐?"

조온이 걱정스레 말을 던지자 의령은 고개를 끄덕였다.

"그런 듯합니다."

"그런데 손은 왜 아직도 빛나는 거야?"

조온의 말에 시선을 왼손에 돌린 의령의 눈이 의아한 빛을 띠었다.

왼손의 노궁혈이 은은히 황금색으로 빛나고 있었다.

"아마…… 노궁혈에 갇힌 진기를 완전히 돌리지 못했나 봅니다."

조온이 일단 안심한 듯 익살스런 웃음을 지었다.

"그래도 다행이다. 그나저나 거지들이 널 보면 왼손을 잘라가려 하겠구나. 그렇게 빛나서야 원…….

"일단 천으로라도 감아두어라. 장갑이라도 하나 구해야겠다."

진영의 말에 고개를 끄덕이면서도 의령의 시선은 양 손목의 묵룡에 멈추어져 있었다.

'이것의 재질이 무엇인데 진기의 흐름을 가로막았단 말인가.'

온양을 이루어 전신이 가뿐하고 힘이 넘치는 가운데에도 의령은 새로운 고민거리에 부딪쳐 잔뜩 미간을 찌푸리고 있었다.

묵룡의 광택없는 은은한 빛깔이 시야를 가득 채웠다.

*　　　*　　　*

제남의 남쪽 외곽, 천패궁의 제남 분타는 검게 찌푸려진 밤하늘 아래 낮게 몸을 웅크린 표범처럼 도도한 자태를 자랑하고 있다.

제남 분타가 멀리 한눈에 보이는 관도변의 수풀 속.

진영의 형제들이 조용히 습격의 준비를 다지고 있는 중이다.

진영이 낮게 지시했다.

"나와 정선이가 정문을 통해 치고 들어가 시선을 끌 테니, 나머지는 온이를 따라 북쪽 끝에 있는 창고에 불을 지른다. 성공과 함께 즉시 몸을 빼 이 자리에서 모인다. 제대로만 성사되면 우리가 몸을 빼는 데 아무 지장도 없을 것이다. 이번 일의 목표는 그 창고 하나임을 잊지 마라."

바류가 투덜댔다.

"아니, 신나는 일은 둘이서만 하겠다는 겁니까?"

"창고에 접근하는 것만도 어려운 일일 게다. 그쪽의 정보에 따르면 엄중한 경계가 펼쳐져 있다고 하니……. 이 작전의 성패는 너희들이 얼마나 철저하게 그곳을 파괴하는가에 달려 있다."

조용히 듣고 있던 의령이 나섰다.

"형님."

진영은 의령에게 시선을 돌렸다.

조금 전 용왕묘에서 한 단계 진보한 것이 분명했다. 의령의 신형은 표홀(飄忽)했고 눈은 한층 깊숙이 가라앉아 빛났다. 천으로 둘둘 감싼 왼손은 야물게 다물어져 있었다.

"제남 분타주를 제가 맡겠습니다."

진영은 의령의 눈빛 깊숙이 일렁이고 있는 살기를 감지했다.

"암습이라도 하겠다는 것이냐? 넌 아직 그런 경험은 부족하다."

"그래, 의령아. 아직 은신술을 익힌 지도……."

임교연의 만류는 의령의 단호한 고갯짓에 끊기고 말았다.

"여기까지 와서 창고만 불태운다는 것은 허망합니다. 물론 그것이 얼마나 천패궁에 타격을 입힐지 잘 알고 있습니다만……. 형님, 자신 있습니다."

의령의 활활 불타는 시선을 보며 진영은 나직이 한숨을 내쉬었다.

"네가 은신술을 펼쳐 우리에게 들키지 않는다면 허락하마."

"오라버니!"

"우리의 눈을 속일 정도면 가능한 일이다."

의령을 혼자 보내지 않기 위해 내건 무리한 요구였다.

고개를 끄덕인 의령의 신형이 앉아 있던 채로 돌연 퍽 하고 꺼지듯 사라졌다.

진영의 눈이 날카롭게 수풀을 훑었다.

나머지 형제들도 주의 깊게 주변의 흐름을 주시하기 시작했다.

은신(隱身)이란 결국 주변의 지물(地物)에 동화되어 몸을 감추는 것.

무공을 익힌 햇수만큼이나 은신술을 익힌 여섯의 면밀한 시선이 샅샅이 수풀 속을 헤집어갔다.

그러나 의령의 자취는 발견되지 않았다.

"형님, 저는 찾을 수 없는데요. 형님은 어떠십니까?"

조온의 물음에 진영은 미간을 찌푸렸다.

"나도…… 찾지 못하고 있다."

"혹시 이놈이 혼자서 제남 분타로 향한 것 아닙니까?"

차정선의 걱정스런 말에 모두의 눈이 동그래졌다.

유성혼이 다급히 몸을 일으켰다.

"바보 같은 녀석이…… 얼른 쫓읍시다. 아직 살객(殺客)으로선 초보에 가까운 녀석이에요!"

유성혼의 얼굴에는 걱정스런 기색이 가득했지만, 모두의 눈은 휘둥 그렇게 떠 있을 뿐 아무 반응이 없었다.

"우리 눈을 모두 속일 수 있을 리가 없잖습니까? 녀석의 경공이 특출하니 몸을 숨기는 대신 이 자리를 뜬 것이 분명합니다. 무얼 망설이는 겁니까?"

낮은 목소리였지만 성혼의 어조는 다급하기 그지없었다.

반류가 조용히 손가락을 들었다.

"야…… 뒤를 봐……!"

흠칫한 성혼이 반류의 손가락을 따라 고개를 돌리자 자신의 그림자에서 반쯤 몸을 일으킨 의령의 얼굴이 보였다.

의령의 입가에 잔잔한 웃음이 떠올라 있었다.

3

제남 분타의 중앙, 깊숙한 중지(重地)에 자리 잡고 있는 삼층의 누각을 반대 편 건물의 추녀 깊숙이 매달린 의령이 응시하고 있다.

온양을 이루어 임독양맥 전체가 진기의 소생처로 변했을 뿐 아니라 대지의 기운을 용천혈로 받아들일 수 있게 된 의령은 경공과 은신술에서 놀라운 진보를 이루었다.

이곳까지 오는 동안 거의 무인지경처럼 한숨에 달려온 것이다.

그럴듯한 구양순체로 양각된 삼층 누각의 현판에는 '숭의청(崇義

廳)’이라 적혀 있었다.

현무교에서 준 정보에 따르면 이 건물 삼층에 제남 분타주의 침실이 있다 했다.

‘의(義)가 뭔지도 모르는 놈들이……’

의로움을 높이 받든다는 현판을 보며 의령은 중오의 눈을 빛냈다.

‘나의 복수행은 의(義)를 따른 것인가?’

갑작스런 의문이 솟아났지만 의령은 내심 고개를 흔들어 상념을 떨쳐 냈다.

‘이제 그런 건 중요치 않아!’

의령의 눈이 새파랗게 빛났다.

숭의청을 순찰하는 번초들의 간격을 면밀히 살폈던 의령의 신형이 추녀 끝에서 팟 하고 사라졌다.

쿵! 쿵! 떨걱. 쿵!

살풋 졸음에 빠져 고개를 끄덕이고 있던 제남 분타 주작단 소속인 일대(一隊)의 오조(五組)원, 두칠(豆七)은 은은히 들리는 낯선 굉음에 정신이 번쩍 들었다.

“이게 무슨 소리야?”

두칠의 옆에 서 있던 모백(毛伯)이 검병(劍柄)을 움켜잡으며 턱으로 앞을 가리켰다.

“저놈들이 내는 소리야.”

두칠이 눈을 비비며 전면을 쳐다보니 대문에서 쭉 뻗은 관도를 걸어 오는 두 명의 검은 그림자가 보였다.

하나는 팔 척 장신의 거대한 덩치였고 하나는 중키의 보통 체격.

장신의 사내가 들고 있는 선장처럼 보이는 큰 지팡이가 땅을 치며 은은한 굉음을 내고 있었다.

떨걱. 쿵—

일부러 소리를 내려고 작정했는지 두 발을 내디딜 때마다 쿵쿵 소리가 땅을 울렸다.

"이런 오밤중에 뭐 하는 짓거리여? 젠장할…… 오랜만에 죽이는 꿈을 꾸는 중이었는데……."

모백이 신중한 어조로 대꾸했다.

"아무래도 시비를 걸러 오는 자들 같은데……."

"시비는 무슨 시비! 이 시간에 안에 알려봤자 욕만 처먹는다구! 빌어먹을 놈들, 왜 오밤중에 지랄이야?"

달콤한 단꿈을 깨서 성질이 났는지 두칠이 대뜸 칼을 빼 들며 앞으로 걸음을 옮겼다.

"이봐, 좀 더 지켜……."

"감히 천패궁에 시비를 걸 놈이 어디 있다고 그래? 여기가 어딘지도 모르는 촌놈들이 분명해. 내가 저 곰 같은 녀석을 갈아 마셔 버릴 테니 지켜나 봐!"

말리는 모백의 말을 듣지 않고 두칠은 성큼성큼 발을 내디뎌 자신을 향해 계속 걸어오는 사내들의 일 장 앞에 섰다.

"이런 오살할 놈들! 여기가 어디라고 발소리를 울리구 지랄이여? 감히 어르신네의 단잠을……."

위엄있게 호통을 치던 두칠은 구름이 걷히며 달빛 아래 드러난 거구의 사내를 보고는 흠칫 말을 멈추었다.

온통 시꺼먼 얼굴의 포악해 보이는 사내.

그냥 크기만 한 것이 아니었다.

전신에 묵철의 갑옷이라도 씌워놓은 듯 거대한 철탑 하나가 눈앞에 서 있었다.

거구의 사내가 조용히 지팡이의 끝에 달린 가죽 주머니를 묶은 끈을 풀어갔다.

덩치만 커 보이던 사내의 기세가 돌연 산악처럼 일어나기 시작했다.

얼어붙듯 굳은 두칠의 머리 속에 경종이 울렸다.

'고…… 고수!'

"누, 누구……."

독사 앞의 개구리모양 사내의 기세에 눌린 두칠이 말을 더듬었다.

그때였다.

사내가 잡은 시커먼 지팡이가 두칠을 향해 번개처럼 쏘아졌다.

눈앞이 돌연 시꺼멓게 흐려지는 것을 느끼며 두칠의 의식은 뜨거운 아픔 속에 툭 끊어졌다.

두칠의 목에서 가득 튀어 오른 핏줄기가 활짝 펼쳐진 창영(槍影)에 가로막혀 물벼락이 벽에 부딪쳐 흩어지듯 점점이 튀었다.

걱정스레 두칠을 바라보던 모백은 눈에 보이지도 않는 속도로 찔러 들어와 두칠의 목을 뚫은 후, 활짝 펼쳐져 피를 막는 말총 장식에 지팡 이처럼 보이던 것이 무엇인지 그제야 깨달았다.

'창(槍)!'

순식간에 일어난 사태에 당황한 모백이 채 반응도 하기 전, 거구의 사내 옆에 있던 자(者)가 손을 뒤로 돌려 무언가 잡더니 장난처럼 휘익 흩뿌렸다.

달빛에 은색으로 반짝이는 그것은 짧은 창두(槍頭)를 양 옆에 묶고 손잡이에서 월아(月牙)가 내뻗어 있는 월아자였다.

사내의 손길을 따라 푸른 강기가 빛살처럼 날아와 대문의 상단에 걸려 있는 현판(懸板)을 강타했다.

콰쾅—!

고요했던 사위를 울리는 벼락 치는 굉음과 함께 모백의 머리 위에 조각난 제남 분타의 현판이 우수수 떨어져 내렸다.

'어…… 엄청난 고수!'

모백의 신형이 휘익 돌며 대문 안으로 쏘아져 들어갔다. 단단히 문을 걸어 잠근 모백은 양쪽 망루를 향해 다급한 고함을 내질렀다.

"비상! 비상! 적이다!"

모백의 부름에 화답하듯 단단한 오동나무로 만들어진 대문이 통째로 뜯어져 나갔다.

우지끈!

얼른 신형을 날려 쓰러지는 대문을 피한 모백은 내당을 향해 달리며 목청을 돋우었다.

"적이다! 강적이 내습했다!"

망루에서 다급한 경종이 울리며 제남 분타 전체가 소란스러워지기 시작했다.

귓전에 아련히 들려오는 소란스러운 경종 소리에 제남의 천패궁 분타주 범달(氾達)은 부스스 눈을 떴다.

며칠 동안, 획록현으로 운반할 화물을 접수하느라 눈코 뜰 새 없이 바빴다. 드디어 오늘 신경 쓰이는 일들을 대충 마무리한 후 잠들기 전 홀로 마셨던 독주(毒酒) 탓이었을까.

자신도 모르는 새 깊이 잠든 모양이었다.

"뭐…… 야?"

꿈결처럼 아련히 들리던 소리가 현실의 급박한 굉음으로 선명히 들리자 범달은 벌떡 몸을 일으켰다.

편안한 잠자리는 무인(武人)의 수치라는 그의 평소 신조대로 나무로 짠 초라하기까지 한 딱딱한 침상.

처자식이 없는 그는 언제나 홀로 잠들었다. 지나치게 색(色)을 탐하는 것도 무인답지 못하다 하여 기녀를 품을지언정 침실로 여자를 끌어들인 적은 한 번도 없었다.

창가에 놓인 탁자와 의자 하나가 전부인 소박한 침실.

몸을 덮은 이불을 잡아채며 바닥에 내려서려는 범달의 귀에 조용한 음성이 들려왔다.

범달에게는 섬뜩하기 그지없는 낮은 목소리.

"이제 일어났나?"

낯선 음성에 잠시 흠칫했던 범달의 손이 번개처럼 침상 위에 걸린 애검 풍월(風月)을 잡아챘다.

검갑을 들고 소리가 들린 곳으로 몸을 돌리며 검신을 뽑아 중단을 겨누는 한 올의 빈틈없는 신속한 동작.

"누구냐?"

날카로운 호통 소리는 이제까지 깊이 잠들어 있던 사람이라곤 믿어지지 않을 정도였다.

열려진 창가로 은은한 달빛이 부서지는 가운데 자신을 응시하며 탁자에 걸터앉아 있는 검은 그림자가 보였다.

그의 손에는 무언가 책자가 들려 있었다. 사내는 손에서 책자를 내려놓으며 범달을 향해 낮게 말했다.

“소리치지 않아도 돼. 이곳을 지키던 놈들은 어차피 듣지 못할 테니……”

범달은 놀라움과 분노로 고리눈을 부릅떴다.

‘모두 당했다는 말인가?’

목소리로 보아 그리 나이도 많지 않은 듯한 상대의 침착한 음성은 자신을 봐주듯이 조롱하고 있었다.

“이놈…… 지금 나 범달을 갖고 놀려는 것이냐?”

달빛에 가려 검게만 보이는 사내가 고개를 저었다.

“아니. 처음에 당신이 잠들어 있을 때 그냥 죽일 수도 있었어. 나로서는 넘치도록 당신을 대우하고 있는 거야.”

탁자에 걸터앉아 있던 사내가 바닥에 내려섰다.

가벼운 신법.

간단한 한 동작으로도 범달은 만만치 않은 상대임을 직감할 수 있었다.

아무리 깊이 잠들었다고 해도 자신의 거처를 지키는 수하들을 모두 침묵시키고 자신의 침실에 무인지경으로 침입한 자.

그가 잠들어 있는 자신을 해치지 않은 것은 사정을 보아준 것이 분명했다.

범달의 얼굴은 치욕으로 벌게졌다.

그의 귀에는 은은한 비명 소리와 병장기 부딪치는 소리가 들리고 있었다.

“저들과 한패인가?”

“쓸데없는 것을 묻는군.”

건방진 대꾸에 또 한 번 울컥했지만 범달은 침을 삼키며 자신의 마음을 다스렸다.

일단 이자를 베는 것이 급선무였다.

사내는 맨손이었다.

자연스레 손을 늘어뜨리고 있었으나 뚜렷한 빈틈이 보이지 않았다.

"너는 누군가?"

상대의 고요함을 깨뜨리기 위한 범달의 질문에 사내는 고개를 저었다.

"내가 당신을 암습하지 않은 것은 한 가지 물어볼 것이 있어서야. 내 질문에 답을 한다면 나도 답해주지."

"내가 대답할 것 같은가?"

사내는 고개를 끄덕였다.

"당신은 무인의 자존심이 무언지 아는 자 같더군. 당연히 대답하리라 생각해."

사내의 손에 탁자 위에 놓였던 책자가 다시 들렸다.

"여기에 적은 게 사실인가?"

범달은 미간을 짙게 찌푸렸다.

그것은 날마다의 생각을 간단히 기록한 그의 일기였다.

"무슨 짓인가! 그것은 나의……."

사내가 손을 저으며 천천히 신형을 움직이자 달빛에 수려한 그의 외모가 드러났다.

의령이었다.

"이곳에 들어왔을 때, 침실의 소탈한 분위기를 보고 당신에 대한 생각이 조금 바뀌었지. 하지만 탁자 위에 펼쳐 있던 이 일기를 보지 않았다면 당신을 그냥 죽였을 거야. 실례를 한 것은 틀림없지만 당신을 최소한 무인처럼 대접하고 싶다는 마음이 들게 했지."

의령은 범달을 보며 천천히 말을 이었다.

"당신은 정말 개봉 연좌를 진압한 천패궁의 처사를 추잡한 짓거리라 생각하나?"

뜻밖의 질문에 범달은 멈칫했다.

잠시 흔들리던 범달의 눈동자가 담담히 빛났다.

"그렇네."

의령은 망설이는 듯한 눈으로 범달을 보다 고개를 가볍게 좌우로 흔들었다.

"뜻밖이군. 천패궁에 당신 같은 자가 있다니……."

숭의청에 침입해 누각 안을 지키던 자들을 차례로 해치우고 가볍세 분타주의 침실까지 잠입했던 의령은 침실의 검박한 분위기에 멈칫했었다.

극도로 절제된 아무 가구도 없는 방.

탁자 하나와 의자 하나. 그리고 나무로 아무렇게 짠 거친 침대가 다였다.

탁자 위에 펼쳐진 서책에 저절로 눈이 갔다.

술을 먹으며 대충 휘갈긴 듯한 난잡한 서체였으나 개봉 연좌에 대한 단상(斷想)이 적힌 글에 붙들려 그의 침입을 눈치조차 채지 못한 범달을 살려두었던 것이다.

천패궁에는 악귀 같은 자들만이 있을 것이라는 그의 생각이 깨어지는 순간이었다.

"나같이 생각하는 자가 아마 많을 것이네. 그래서 그냥 가줄 생각인가?"

의령을 쳐다보는 범달의 입에 희미한 미소가 걸렸다.

"물어보지 않아도 자네가 누군지 알 것 같네. 아마 그때의 참사에서 살아났다는 그 심의령이겠군. 천패궁에 대항을 한다……. 허허. 멋진 일이야. 그게 가능하리라고 생각하나?"

의령은 고개를 저었다.

"이미 그런 건 중요하지 않아. 가능할지 불가능할지 생각하고 칼을 뽑은 게 아니니까."

검을 겨눈 채 의령의 말을 듣던 범달은 고개를 끄덕였다.

"하긴……. 그런 맘이 아니라면 할 수 없는 일이겠지. 이제 우리 사이에 할 말은 더 이상 없는 듯하군. 내 집을 방문한 손님을 이대로 보낼 수는 없겠지?"

무인다운 결기가 묻어나는 범달의 말에 의령은 슬쩍 웃음을 지었다.

"당신은 내가 본 천패궁도 중에 가장 마음에 드는 자로군."

"그러나 적이지."

마지막 말을 끝으로 중단에 세워져 있던 범달의 검이 무수한 궤적을 따르며 끊임없는 동심원을 그려 나갔다.

자자자자작—

범달의 마음은 조급했다.

밖에 몇이나 되는 적이 몰려왔는지 알 수 없으나 이제껏 보고를 하러 오는 수하가 아무도 없다는 것은 상황이 그만큼 급박하다는 반증.

눈앞에 선 자가 의령이 맞는지 확신도 없다. 듣기로는 그리 높은 무공을 지니지는 않았다고 들었는데 실체조차 잡히지 않는 상대의 표홀함이 범달의 마음을 무겁게 압박했다.

이런 상황이 아니었고 고하를 가릴 수 없는 애매한 압박감에 시달리지 않았다면 말하는 중간에 공격을 하는 파렴치한 짓을 할 범달이 아니었다.

그러나 생사가 걸린 일에 어찌 예의를 따질까. 범달은 그런 헛된 예의에 얽매이지 않았다.

자신의 검법 중 최고의 초식이라 할 수 있는 파랑만변(波浪萬變)을 곧바로 펼쳐 냈던 것.

'일 초에 모든 걸 건다!'

잔잔한 물속에 손가락으로 동그라미를 그리듯 보이던 범달의 작은 동작은 곧 커다란 폭풍우가 몰아치듯 확산되었다.

검극에서 피어나는 시퍼런 검기의 바람이 의령을 향해 쏟아지며 방 안을 가득 채웠다.

의령의 몸이 기척없이 꺼지듯 사라졌다.

콰직!

의령의 뒤에 있던 탁자와 의자가 검기의 바람에 으깨져 갔다.

의령의 눈에는 언뜻 꽉 들어찬 듯 보이는 범달의 검기 곳곳에 남겨진 성긴 틈이 커다란 동굴의 입구처럼 크게 확대되어 보였다.

온양을 이루고 난 후, 정신을 집중하면 언제나 그 대상이 크게 확대되어 보이는 신기한 경험.

진영이 전수해 준 은신술까지 융합한 의령의 신법은 또 다른 경지를 열고 있었다.

검기의 그물을 강제로 뚫지 않고도 그 틈의 흐름을 따라 물결치듯 이동하는 그의 신형은 너무나 빠르고 은밀하여 범달의 눈에는 잡히지 않았다.

시야에서 사라진 상대에 당황해하던 범달은 왼쪽 뺨에서 느껴지는 경풍에 휘청 몸을 옆으로 숙이며 바닥을 박찼다.

범달의 몸이 순식간에 침실의 중앙으로 미끄러졌다.

부보(仆步)를 밟으며 검신을 들어 몸을 보호한 채 사라진 상대를 찾던 범달은 크게 눈을 떴다.

목덜미에 느껴지는 뜨거운 아픔.

"어…… 언제……?"

그의 목에는 작은 구멍이 뚫려 분수처럼 피가 솟구쳐 오르고 있었다.

왼손을 들어 올려 상처를 막으려 했으나 만 근의 쇳덩이라도 매달린 듯 팔이 무겁기만 하다.

오른쪽 어깨를 적시는 뜨거운 기운.

그의 목은 이미 의령의 지풍(指風)에 꿰뚫려 있었다.

범달의 눈앞에 의령의 신형이 불현듯 나타났다.

아무것도 없는 백지에 푸스스 그림이 피어나듯 돌발적인 운신(運身).

"사…… 사술(邪術)."

"당신이 무사답다는 것을 인정하지. 그래서 깨끗이 보내주는 거야. 천패궁에도 사람이 산다는 걸 알았지만, 결국 우리는 적이지. 당신이 말한 대로야. 좋은 걸 알려주었어. 다른 놈들은 절대 쉽게 죽지 못할 거라는 것을 약속하지."

의령의 오른손이 쌍수도를 채어내 횡으로 그었다.

범달의 목에 가는 선이 그어졌다.

"하지만 자신이 알아보지 못한다고 무조건 사술이라 하면 곤란하지. 이건 호접무라는 신법이야."

의령의 신형이 창문을 박차고 날아올랐다.

가늘게 그어졌던 붉은 선이 퍽 하고 벌어지며 범달의 잘린 목이 바닥에 떨어졌다.

침실은 시뻘건 피로 물들었다.

제남 분타의 청룡단주 하림(何林)은 믿을 수 없는 광경에 잔뜩 눈살을 찌푸리고 있었다.

단 두 놈이었다.

그런데도 제남 분타의 전원이 그 두 놈에게 농락당하고 있었다.

대문을 부수고 들어온 그들은 일 대 일로 덤벼든 대주급 일류고수들을 잇따라 격파했다.

그리고 지금 한꺼번에 덤벼든 수하들 사이를 양 떼 속에 뛰어든 늑대처럼 누비고 있었다.

전각 사이를 오가며 동에 번쩍 서에 번쩍 좌우를 가르는 두 명의 합격술은 치밀한 톱니바퀴가 돌아가는 듯했다. 장병기인 창과 단병기인 월아자의 합격은 효율적으로 공방을 겸한 채 무질서하게 덤벼드는 제남 분타원들을 유린하고 있었던 것.

'도대체 어디서 나타난 놈들인가.'

상대를 무시한 대가일까.

천패궁의 분타를 단 두 명이 정면으로 침입했다는 사실에 어이가 없어 체계적인 대응을 하지 못한 결과였다.

하림은 입술을 깨물었다.

장년에 접어든 듯 보이는 강퍅한 얼굴이 일그러졌다.

분타주 범달은 왜 모습을 보이지 않는다는 말인가.

이 정도 소란을 못 들을 범달이 아니건만.

하림은 다시 한 번 전령을 보내고 목청을 돋우어 날 서린 명령을 터뜨렸다.

"청룡단은 천패구궁검진(天覇九宮劍陣)을 펼쳐라! 나머지는 겹겹이 검진을 둘러싸!"

혼란스러웠던 장내가 청룡단의 삼 개 대가 전면에 나서며 차츰 정리되기 시작했다.

숭의청의 창문을 박차고 나온 의령의 눈이 파랗게 빛났다.

지붕을 한숨에 건너뛰어 달렸다. 발 밑에 바스러지는 기왓장의 감촉이 전신을 달구었다.

온몸을 뜨겁게 휘도는 열기.

휙휙 스쳐 지나가는 전각을 뒤로 한 채 의령의 신형이 달빛을 박차고 떠올랐다.

제남 분타의 중앙인 거대한 연무장이 보였다. 수백의 인원이 포위한 가운데 성난 범처럼 날뛰고 있는 차정선과 진영이 시야에 들어왔다.

차정선의 흑창은 이미 피에 젖어 혈창(血槍)이 되어 있었다. 진영의 월아자가 달빛을 쪼개며 피를 흩뿌렸다.

의령은 길게 고함을 지르며 지붕에서 뛰어내려 연무장으로 몸을 날렸다.

"타아아아아아—"

귓전에 엄청난 바람 소리가 들려왔다.

당황하여 몸을 뒤로 돌려 검을 휘두르는 무사의 얼굴이 시야에 잡혔다.

의령은 발부리로 검신을 걷어차며 그대로 얼굴을 밟았다.

우직.

목뼈가 어긋나는 감촉이 발 밑에 선명히 느껴졌다.

의령은 양손으로 쌍수도를 잡아채며 발끝의 탄력을 빌어 몸을 띄웠다.

연무장을 둥글게 감싼 채 포위망을 구축한 천패궁도를 짓밟으며 중앙의 진영과 차정선을 향해 달려갔다. 발에 밟힌 자들의 머리와 어깨가 부서졌다. 고통에 찬 날카로운 비명이 연무장의 한쪽을 무너뜨리기 시작했다.

포위망의 한쪽이 무너져 내리자 차정선과 진영은 힘을 얻은 듯 의령이 달려오는 쪽으로 돌파를 시도했다.

의령을 향해 자욱한 칼바람이 몰아쳤다. 봄을 돌린 천패궁도들이 반격을 시도한 것. 그의 발 밑에서 수십 자루의 검도가 번뜩였다.

의령은 오른발을 굴러 방금 짓밟은 자의 머리를 걷어차며 공중으로 몸을 띄웠다.

의령의 몸이 한 바퀴 회전하며 쌍수도가 금광을 내뻗어 휘몰아쳤다.

"타하이아—!"

살기를 가득 머금은 탄성과 함께 수십 자루로 갈라진 쌍수도가 주위를 휩쓸었다. 의령을 향했던 검과 칼이 허공으로 튀어 오르며 수수깡처럼 부러져 나갔다.

"크아아악."

연무장을 가득 채우는 비명과 함께 수십의 팔과 머리가 동시에 허공으로 떠올랐다.

혼(魂)은 떠났으나 백(魄)은 남은 머리 잃은 몸뚱이들이 비틀거리며 쓰러져 꿈틀댔다.

허공에 흩어지는 자욱한 피보라의 한가운데 의령은 마침내 바닥에
내려섰다.

전신에 쏟아지는 피비를 그대로 맞으며 좌우를 노려보는 의령.

그의 눈은 살기에 젖어 파랗게 희번덕거렸다.

“사…… 살귀(殺鬼)!”

압도적인 무위와 악독한 손속에 질린 천패궁도 하나가 더듬거렸다.

의령은 하늘을 향해 고개를 들고 미친 듯이 웃음을 터뜨렸다.

“크하하하하!”

가슴속을 가득 채우고 있던 울분이 목구멍을 통해 밖으로 뿜어져 나
오는 느낌. 온몸을 휘달리는 뜨거운 기운. 터져 나오는 광기.

의령은 쌍수도를 던지듯 옆구리에 꽂았다.

광소(狂笑)를 멈추고 몸을 날렸다.

피에 젖어 몸에 달라붙어 있던 흑의가 부풀어 오르며 핏방울이 허공
에 점점이 떠올랐다.

“우아아아아아—”

먹이를 앞에 둔 표범이 도약하듯 동그랗게 뭉쳐진 의령의 몸이 천패
궁도의 무리 속으로 떨어졌다.

깜짝 놀라 반사적으로 휘두른 칼을 손목에 찬 묵룡으로 퉁겨낸 의령
은 그대로 오른쪽 어깨를 상대의 가슴팍에 박아 넣었다.

우득.

가슴뼈가 뭉개지는 선명한 소리와 함께 폭포수처럼 피를 토하며 상
대가 날아갔다.

의령은 오른발을 중심으로 빙글 반원을 그리며 머리 위로 떨어지는
두 개의 칼을 피했다.

왼손으로 떨어지는 칼등을 움켜쥔 의령은 가볍게 오른쪽으로 힘의
방향을 바꾸었다.

"어억!"

동료의 목을 찌른 무사가 당황한 탄성을 발했다.

멈칫한 그의 얼굴에 의령의 주먹이 틀어박혔다.

쾅!

벼락 치는 소리와 함께 머리가 날아갔다.

단숨에 셋을 해치우며 공간을 확보한 의령은 사방으로 자욱이 장(掌)
을 내뻗었다. 팔괘 중 뇌(雷)의 기운을 운용한 진(震)이 우뢰 소리를 동
반한 채 전방을 휩쓸었다. 왼손을 감싼 헝겊이 터져 나가며 황금빛 광
채가 노궁혈을 통해 폭포수처럼 터져 나왔다.

콰쾅—

장세에 정면으로 부딪친 자들이 피떡으로 뭉개져 날아가고 여력에
휩쓸린 이들의 칼이 방향을 잃고 동료들을 그어 나갔다.

의령의 신형이 허공으로 치솟았다.

제비가 먹이를 채어가듯 허공에서 내리꽂히며 눈부신 발차기가 현
란하게 터져 나왔다. 피투성이로 뭉개진 시신들이 사방으로 튕겨 나갔
다.

눈앞을 가득 채우는 피보라. 의령의 눈은 점점 붉게 달아올랐다.

그때였다.

돌연 제남 분타의 북쪽에서 천지를 진동하는 폭음이 터져 나왔다.

콰룽! 콰콰콰쾅!

연쇄적으로 터지는 거대한 폭음과 함께 분타의 절반이 송두리째 날
아갔다. 폭발의 여력에 휘말린 분타원들이 가랑잎처럼 날려갔다.

“아차! 성동격서(聲東擊西)!”

갑자기 등장한 의령의 숨 돌릴 틈도 주지 않는 공세에 잠시 멈칫했던 청룡단주 하림은 이를 갈았다.

현무교의 공략을 위해 비밀리에 보관 중이었던 폭약이 창고째 폭발하고 있음이 틀림없었다.

하림은 입술을 깨물며 안타까운 고함을 내질렀다.

“모두 전속력으로 분타를 벗어난다! 이 정도로 끝날 폭발이 아니야!”

하림의 말이 끝나기도 전, 두 번째로 귓청을 찢어발기는 엄청난 폭발음이 터졌다.

쾨콰콰콰콰콰콰쾅.

땅거죽이 뒤집혀 나가고 전각들이 태풍에 휘날린 가랑잎처럼 날아갔다.

폭발에 휩쓸린 제남 분타원들의 신형이 조각조각 부서져 흩어졌다.

천패궁의 제남 분타는 시뻘겋게 불타오르기 시작했다.

날름거리는 화마(火魔)의 뜨거운 불길 속에서 갑자기 시꺼먼 안개가 폭발하듯 피어났다.

검은 용이 나타나 세상을 집어삼키듯 삽시간에 주위가 한 치 앞도 보이지 않는 어둠에 휩싸였다.

불길마저 집어삼키는 검은 안개의 폭풍을 보며 창자가 터져 나가 땅바닥에 뒹굴던 하림은 정신을 잃어갔다.

“빌어…… 먹을……. 흑루탄마저…….”

지하에 깊숙이 숨겨놓았던 회회교의 독문무기.

천패궁에서 심혈을 기울여 대량 생산에 성공한 흑루탄.

개봉 연좌를 고립시키기 위한 공작에 사용해 천하의 눈을 속였던 흑루탄의 위력을 실감하며 청룡단주 하림은 툭 고개를 떨구었다.
제남의 천패궁 분타는 달빛마저 집어삼킨 검은 안개 속에서 타오르는 불길과 함께 그렇게 무너져 갔다.

24장 함정(陷穽)

비릿한 혈향이 감돌았다.

우드득, 오득!

뼈를 으깨는 섬뜩한 소리와 함께 살점을 발라 삼키는 묵직한 소리가
울려 퍼졌다.

"맛있느냐?"

조용한 물음에 쓰러뜨린 황소의 내장을 삼키던 대호(大虎)가 고개를
들었다.

피로 범벅이 된 입가를 새빨간 혀를 내밀어 핥은 놈은 자신을 내려
다보는 쇠창살 너머의 척무절을 위협하듯 얼굴을 찡그려 송곳니를 드
러내었다.

한바탕 포효라도 할 듯 살기(殺氣)를 내뿜던 호랑이는 곧 황소의 목
을 물고 나무가 우거진 우리 안쪽으로 몸을 돌렸다.

창살 앞에 서서 한껏 애정 어린 눈으로 사라져 가는 호랑이를 지켜 보던 척무절은 조용히 입을 열었다.

"놈은 아직 나를 주인으로 인정하지 않고 있지. 기껏해야 수하 정도로 여길까? 매일 먹이를 주는 것도 당연하게 생각하는 듯해. 아마 바친다고 생각하는지도……. 계속 저런 식이면 누가 주인인지 가르쳐 줘야 할 것 같군."

혼잣말이라도 하듯 나직하게 중얼거리던 척무절은 느긋하게 뒤쪽을 향해 말을 던졌다.

"이제 어쩔 생각인가?"

척무절의 뒤에서 고개를 조아리고 서 있던 공야치는 전신에 쭈욱 소름이 돋는 것을 느꼈다. 조용한 말투의 척무절에게서 말할 수 없는 짜증과 분노가 느껴졌기 때문이다. 언젠가부터 호탕하기만 하던 척무절은 이렇게 조용히 말하곤 했다. 그것이 극심한 분노의 표현임을 공야치는 잘 알고 있었다.

그가 키우는 호랑이 우리로 자신과 주소추를 불러낸 것부터가 심상치 않았다. 저 호랑이가 집어삼킨 인간이 몇이던가……

"요즘 심의령이란 이름을 너무 자주 듣는 것 같군."

"그것이……"

이미 척무절이 읽은 보고서에 이제까지의 피해 상황은 상세히 적혀 있었다. 지금 척무절이 묻는 것은 사정을 몰라서가 아니었다.

한단 분타가 책임진 군량미를 탈취당하고 제남 분타가 책임진 화약과 흑루탄이 소실되었다. 현무교를 공략하기 위한 중요 거점의 분타주들이 차례로 암살당하고 있었다. 강호에는 제남을 휩쓸었던 검은 안개에 대한 분분한 억측이 나오는 중이었다. 그들이 누구인지도 이미 알고 있다. 용모파기는 전 분타에 뿌려진 상태.

그러나 척무절이 원하는 것이 그런 자질구레한 상황 설명이 아님을 공야치는 너무나 잘 알고 있었다. 척무절이 지금 원하는 것은 명확한 해결책이었다.

공야치는 등덜미가 축축히 젖어오는 것을 느꼈다. 특단의 조치가 필요한 때였다.

공야치가 준비해 온 대책을 건의하려 할 때.

"궁주님, 먼저 짚고 넘어가야 할 점이 있습니다."

'저놈이!'

"무엇인가?"

척무절의 질문에 공야치는 터지는 분노를 꾹 눌러 참았다.

개봉 연좌의 완전 진압에 실패한 주소추는 이제까지 밀전(密殿)에서 쥐 죽은 듯 지내며 자질구레한 정보 분석만 해왔다. 끊임없이 경계와 견제를 늦추지 않았건만 결국은 기회를 주고 만 것. 궁주가 함께 호출하지 않았다면 결코 대동하지 않았을 것이다.

"훤히 그 소재가 드러나 있는 분타주들의 암살이야 그렇다 쳐도, 일급기밀이라 할 수 있는 군량미 운송의 경로와 제남 분타에서 흑루탄을 보관하고 있음을 그들이 알고 있었다는 것이 중요합니다."

"지금 무슨 소리를 하는 것인가? 내가 관장하는 정보망에 구멍이라도 뚫려 있다는 소리인가!"

공야치의 날 선 반박은 척무절의 손짓 한 번에 그치고 말았다.

"그래서?"

주소추는 깊숙이 고개를 숙였다.

"적의 간세가 깊숙한 상층부에까지 침투해 있음이 틀림없습니다. 그들은 철저히 현무교를 겨냥한 포석만을 노렸으니, 현무교의 간세일 것이 확실합니다. 지금 천패궁에 대항하고 있는 무리들이 현무교와 손을 잡은 것이 틀림없습니다."

척무절의 눈이 주소추를 응시했다. 터질 듯한 압박감이 주소추에게 밀려들었다.

"그 무리들이 바로 주 군사가 놓친 개봉 연좌의 잔당임은 알고 있나?"

주소추의 얼굴이 창백해졌다. 한 번의 실수가 점점 커다란 결과를 낳고 있었다. 심의령이 날뛰면 날뛸수록 그의 위치는 천패궁에서 점점 왜소해지고 있었기에.

척무절의 싸늘한 한마디 질책이 초빙되듯 군사가 된 그의 현 위치를 대변해 주었다. 주소추는 고개를 숙인 채 심의령을 향해 이를 갈았다.

'심의령…… 너와는 정말 질긴 악연(惡緣)으로 맺어져 있나 보구나……!'

"제 책임이라는 것을 통감합니다."

고개 숙인 주소추를 보며 공야치가 고소할 때, 척무절의 말이 공야치의 뒤통수를 내리쳤다.

"실수를 만회할 방책은 가져왔나?"

"아니, 궁주님! 그것은 제가……."

"그럼 공야 전주가 먼저 말해 보라."

공야치는 침을 꿀꺽 삼켰다. 다시 한 번 책사로서의 능력을 비교당하는 것. 이번에도 실패한다면 그의 위치가 위험할 수도 있었다.

"천패궁의 보이지 않는 힘, 명부전(冥府殿)을 열도록 해주십시오."

"명부전을?"

"예. 조금 일찍 발동한다 해도 관계없을 것입니다."

"음……."

가타부타 말이 없이 척무절은 주소추에게 고개를 돌렸다.

"주 군사의 생각은?"

공야치는 내심 웃음을 터뜨렸다. 아직 주소추는 명부전의 존재조차도 모르고 있을 터. 명부전의 존재는 개파공신 중 상층부 몇몇밖에는 모르는 천패궁의 특급기밀이었다. 공야치는 자신의 승리를 자신했다.

"저는 명부전이 어떤 곳인지는 모릅니다. 아마도 강력한 무력을 갖고 있겠지요. 제가 건의드릴 것은 심의령 등을 유인할 계책입니다. 그들을 가만 내버려 둬도 우리의 그물에 걸려들 것이라는 예측이 얼마나 안이했는지 이번에 드러났습니다. 이제는 적극적으로 그들의 명줄을 끊어야 합니다."

심의령을 대했던 자신의 대책을 송두리째 반박하는 주소추의 말에 공야치의 얼굴이 흑빛으로 변했다. 척무절은 눈을 반짝였다.

"확률은?"

"반드시 올 것입니다. 그곳으로 명부전이란 곳의 힘을 보내 뿌리를 자르는 겁니다. 마침 잘되었군요."

"좋아. 이 시간부터 주 군사는 밀전의 부전주를 맡아보라. 공야 전주와 함께 그 계획을 추진하도록. 그리고 주 군사, 아니, 부전주는 현무교의 간세에 대한 대처 방안을 세우라."

허울뿐이었던 제이 군사에서 정식 보직을 얻게 된 주소추의 고개 숙인 어깨가 당당했다. 공야치의 눈빛은 패배감과 질시로 파르르 떨리고 있었다.

"존명!"

"물러가도록."

공야치와 주소추가 뒷걸음쳐 사라져 완전히 모습을 감추자 척무절은 허공을 보며 짧게 물었다.

"그 녀석은?"

땅속 어디선가 음울한 전음성이 울렸다.

—그곳에 머물러 계십니다.

"여전한가?"

—……그렇다고 합니다.

"가까이 접근하지는 말고 계속 지켜만 보도록."

—존명!

척무절의 시선은 창살 너머의 호랑이를 쫓고 있었다. 패도적인 그의 눈빛 가운데 언뜻 우울함이 맴돌았다.

*　　　*　　　*

시린 하현달에 뿌연 달무리가 걸린 밤.

건조한 바람이 황하를 가르고 지나갔다. 낮게 울부짖는 강물의 흐름을 내려다보던 진영의 귓전에 조용한 음성이 들렸다.

"형님."

"무슨 일이냐?"

조온이 팔짱을 낀 채 다가오고 있었다.

"혼자 심심할 것 같아 나와보았수."

가는 웃음을 지은 진영은 강물로 시선을 돌리며 물었다.

"아우들은 어찌하고 있느냐?"

"뭐 특별한 일이 있겠습니까. 저쪽 갈대밭에서 다 잘 쉬고 있습니다. 의령이가 좀 걱정될 뿐이지요."

유성혼은 나름대로 자신의 마음을 정리한 듯했다. 임교연을 대하거나 의령을 대할 때에도 별다른 머뭇거림은 보이지 않았다.

"너무 걱정 말아라."

조온은 가볍게 한숨을 내쉬었다.

"휴…… 어쩌자고 그 녀석을 혼자 보내신 것입니까? 저는 너무나 불안합니다. 그 녀석은 지금 정상이 아닙니다. 처음 만났을 때와 지금의 모습은 전혀 다른 이를 보는 것만 같습니다. 가끔은 녀석의 살기(殺氣)에 저까지 움찔거립니다. 무슨 생각을 하는지 알 수도 없고……. 이러다 정말 혜재 스님 말씀대로 되는 것은 아닌지……."

"말이 씨가 된다 하였다."

"오죽하면 제가 이런 말을 하겠습니까? 의령이는 지금 너무 위험한 상태입니다."

진영은 가볍게 머리를 저었다.

"의령이가 가족들의 묘에 다녀오고 싶다고 말할 때 너도 보았지 않느냐? 저도 혼란에 빠져 있는 기색이었어. 그래서 혼자 보낸 것이다. 개봉에 다녀오면 좀 달라질지도 모르지 않느냐?"

"이런 시기에 보낸 것이 마음에 걸립니다. 지금 천패궁에서 불을 켜고 찾고 있는 마당에……."

"의령이도 강호 경험이 꽤 쌓였으니 너무 걱정할 것은 없다. 무공 수위만으로만 따진다면 너보다도 높지 않느냐. 더구나 개봉에는 이무력도 없으니. 천패궁의 개봉 분타는 현무교 공략을 위해 북(北)으로 이동해 개봉은 지금 대국(大局)에서 벗어나 있어. 이번 기회에 가슴에 쌓인 피를 씻어내라고 혼자 보낸 것이다."

"그렇지만……."

푸드득—!

암천을 가르고 비둘기 한 마리가 진영의 앞으로 날아 내렸다.

"이상하군. 오늘은 사람을 직접 만나기로 하였는데……."

전통에서 쪽지를 꺼내 읽는 진영의 얼굴이 슬쩍 굳어졌다.

"형님, 왜 그러십니까?"

"아우들에게로 가자."

비둘기를 날려 보내고 진영은 신형을 날렸다.

진영을 뒤쫓으며 조온은 불안한 마음을 가누지 못했다. 딱딱하게 굳은 진영의 얼굴이 그의 불안을 부채질하고 있었다.

모닥불이 피워진 갈대밭의 한구석에 여기저기 흩어져 쉬고 있는 아우들이 눈에 띄자 진영은 신형을 멈추었다. 얕은 모닥불을 피워놓고 이리저리 흩어져 편하게 쉬고 있던 네 명의 아우들이 고개를 들었다.

진영의 안색에서 무언가 심상치 않음을 느낀 차정선이 몸을 일으켰다.

"무슨 일입니까, 형님?"

"여기서 현무교 쪽 사람과 만나기로 하였는데 뜻밖의 전서구를 받았다."

모두가 진영의 얼굴을 쳐다보았다.

"병마를 이유로 개봉지부를 사직하고 종적을 감추었던 이무력의 행방이 드러났다."

탄성과 함께 모두의 눈이 빛났다.

조온의 눈빛이 서린 한기(寒氣)를 띠었다. 연좌대를 지키지 못했다는 마음의 빚은 온전히 이무력을 향해 있었기에.

"어딥니까?"

"개봉지부로 복직한다는구나."

모두 자리를 떨치고 일어섰다.

임교연의 얼굴에 다급한 기색이 떠올랐다.

"의령이가 개봉에 있잖아요!"

진영은 얼굴이 모두를 둘러보았다.

"의령이가 이 사실을 알게 되면 혼자 복수하려 할 게야. 소문이 급속도로 퍼지고 있다고 하니 수상한 일이다."

"그건 또 무슨 말씀이십니까?"

유성훈이 급히 묻자 진영은 낯빛을 굳혔다.

"이무력의 이동 경로가 속속들이 강호에 흘러나오고 있다 한다. 밍백히 우리를 유인하는 것이니 조심하라는 전언이야. 함정의 냄새가 강하게 난다. 류! 의령이와 우리의 거리가 얼마나 될 것이라 생각하나?"

"아무리 빨리 가도 하루의 차이는 날 것입니다. 의령이는 지금쯤 개봉에 당도해 있을 겁니다."

"지금 출발한다."

다급한 기색으로 모닥불을 끈 여섯의 신형이 달빛을 가르고 쏘아져 나갔다.

진영의 얼굴은 긴장으로 딱딱하게 굳어 있었다.

'의령아, 서두르지 말아라. 제발!'

2

삭풍(朔風)이 몰아치는 한밤.

덩그마니 달빛 아래 놓인 네 개의 봉분 앞에 의령이 홀로 앉아 있다.

검은 오의(鳥衣)를 걸친 의령은 양손에 검은 장갑을 끼고 있었다. 양손바닥에서 빛나는 황금빛 광채를 감추기 위해서였다. 반류가 만들어 준 검은 죽립을 눌러쓴 의령의 모습은 싸늘한 칼날이 곤두서 있는 듯 날카롭기 그지없었다.

의령은 술을 먹고 있었다. 진영에게 처음 배운 술. 화주(火酒)였다.

"할아버지……. 아직 놈들을 한 놈도 죽이지 못했습니다."

낮게 웅얼거리던 의령은 병목을 잡아 붓듯이 술을 들이켰다.

꽃 한 송이 놓여 있지 않은 쓸쓸한 봉분 앞에 바람이 휘몰아쳤다.

"천추서림에 다녀왔습니다. 누군가 비문(碑文)을 세워주었더군요."

까맣게 불타 무너진 을씨년스러운 폐허의 한곳에 누군가 곱게 비문을 세워두었다. 섬세한 필체가 느껴지는 정성스러운 서체.

"사이불망혼(死而不亡魂)이라는 구절이 있었습니다."

의령의 눈길은 어느새 촉촉이 젖어들고 있었다.

의령은 심명조의 봉분을 바라보며 대화라도 하듯 물었다.

"제 마음속에 모든 분들이 살아 있지요. 세상에서는 그것을 알까요?"

심명조는 대답이 없었다.

의령은 몸을 일으켰다. 죽립을 단단히 눌러썼다.

"이제 알게 될 것입니다."

미령과 효령, 서문추월의 봉분을 차례로 보듬어 안은 의령은 몸을 돌려 신형을 날렸다.

날카롭게 귓전을 스치는 바람을 느끼며 의령은 차가운 눈빛을 뿌렸다. 술을 마셔도 울분은 가라앉지 않았다.

진영에게 홀로 성묘(省墓)를 다녀오겠다 말했을 때도 그랬다.

천패궁도를 도륙 내도 그의 가슴은 풀리지 않았다.

정작 죽여야 할 자들을 한 놈도 해치우지 못했기 때문에.

마우간과 패일로, 이가러, 주소추는 합비의 천패궁에 있었다. 이무력은 행방을 알 수 없었다.

봉분을 바라보며 의령은 마음을 굳혔다.

이대로 현무교에 끌려 다닐 수는 없었다. 혼자서라도 그들을 해치워야 한다. 더 이상 한 하늘 아래 그들이 숨 쉬고 있음을 의령은 용납할 수 없었다.

의형제들이 머리에 떠올랐지만 의령은 고개를 저었다.

'언제까지 기대고만 있을 수는 없다.'

진영은 천천히 세(勢)를 모으고 때를 기다려야 한다고 했지만 의령에게는 그럴 여유가 없었다.

숨 가쁘게 생각을 하며 신형을 날리다 보니 어느새 관도로 접어들었다. 미령과 효령이 살해된 그 관도.

의령의 신형은 차차 느려졌다.

조금 더 가면 미령과 효령이 마차에 치인 그 장소였다.

'저곳이었지……. 어디서 마차 소리까지 들리는군. 응?

의령은 효령과 미령이 마차에 치인 갓길의 허공을 빙빙 맴도는 무언가를 응시했다.

'저 녀석은 혹시?

쏜살같이 신형을 날린 의령은 관도 위에 서서 허공을 바라보았다.

반가움이 턱을 치고 밀려왔다.

"휘익—"

후르르.

의령이 내민 손목 위의 묵룡에 내려와 앉은 녀석은 서문추월이 기르던 올빼미 금아였다.

"너는 아직도 날 금세 알아보는구나. 금아, 여기는 웬일이냐?"

금아의 머리를 쓰다듬자 녀석은 기분이 좋은 듯 눈을 감고 머리를 빙그르르 회전시켰다.

"그래도 가끔씩 네가 와주었나 보구나. 미령이, 효령이가 고마워할 것이다."

의령의 입가에 오랜만에 미소가 떠올랐다.

그때였다.

"비켜라! 이놈!"

관도에서 들려오던 마차 소리가 가까워지는가 싶더니 마부가 채찍을 휘두르며 호령하는 소리가 들린 것.

조금만 궤도를 비껴가면 될 것을 굳이 호통을 치며 똑바로 달려오는 마차를 보던 의령의 눈이 싸늘하게 굳었다.

마차의 한구석에 선명히 찍힌 천패궁의 표지를 본 것이다.

"에이, 젠장! 비키라니까!"

의령은 금아를 등에 멘 기다란 상자에 앉히며 작게 속삭였다.

"금아, 저놈들은 항상 저따위구나."

콧김을 내뿜으며 달려오는 말들이 지척까지 달려왔으나 의령은 눈도 깜박이지 않고 말들을 노려보았다.

그대로 짓밟고 돌진하려는 듯 마차의 속도가 줄지 않자 의령은 싸늘한 미소를 머금었다.

"그래, 니놈들은 항상 이런 식이지……."

의령은 주먹을 들어 좌에서 우로 강렬하게 후려쳤다. 꽝 하고 천둥 치는 듯한 소리와 함께 권배(拳背)를 통해 강렬한 경풍이 일어나며 마차를 끌던 네 마리의 말들이 순식간에 관도를 벗어나 갓길에 틀어박혔다. 마차와 말들이 뒤엉켜 갓길에 처박혀 뒹굴었다.

마차를 몰던 마부는 창백한 얼굴로 마차에서 뛰어내린 후였다.

의령의 무위(武威)에 놀란 듯 질린 표정을 한 마부가 더듬거렸다.

"이, 이놈……. 우리가 누군 줄 알고……."

의령이 뚜벅뚜벅 옆으로 쓰러진 마차를 향해 걸어갔다.

"잘 알고 있어. 아주 잘."

하늘을 향해 쓰러진 마차의 옆문이 벌컥 열리며 한 사내가 신경질을 내며 튀어나왔다. 그의 손에는 축 늘어진 여인 한 명이 들려 있었다. 온몸이 피투성이로 젖어 있고 밧줄로 꽁꽁 묶여 있는.

"이런 젠장! 무슨 일이냐!"

"단…… 단주님! 저, 저자가……."

의령은 피투성이로 늘어진 여인에게 시선이 멈췄다. 의령의 눈에서 새파란 불길이 일었다.

"그 여인을 내려놔."

"뭐?"

아직 제대로 상황을 파악하지 못한 사내는 어이가 없는 듯 중얼거렸다. 사내의 눈은 의령의 몸에서 아무런 기세도 읽을 수 없었다. 남보다 강한 살기만이 느껴질 뿐.

그러나 무언가 위험한 느낌이 감지되었다. 자신이 알아보지 못할 정

도의 고수일지도 모른다고 생각한 순간 사내의 음성은 조심스러워졌
다.

"나는 천패궁 개봉 분타의 주작단주 담척(談倜)이오. 지금 죄수를 호
송하는 중이오. 귀하는 누구시오?"

"내려놔."

자신의 말에 전혀 상관하지 않는 의령을 보며 담척은 눈살을 찌푸렸
다. 그로선 오의를 걸치고 죽립을 눌러쓴 의령의 정체를 알아낼 수 없
었다. 이렇게 천패궁의 위세를 무시하는 자는 처음이었다. 담척은 마
차를 끌던 수하인 왕일(王一)에게 눈짓했다.

단매에 전속력으로 달리던 말과 마차를 날려 버리는 의령의 손속을
지켜본 왕일은 쭈뼛거렸다. 그러나 상명하복은 천패궁의 법도. 거역은
즉결 처형도 가능했다. 왕일은 청강검을 빼 들며 의령에게 무작정 달
려들었다.

"와악—"

의령의 신형이 흐릿해졌다.

왕일은 멍청하게 자신의 검끝을 노려보고 있었다. 그의 검첨(劍尖)
은 의령의 두 손가락에 단단히 잡혀 있었다. 검은 장갑이 눈에 들어오
자 왕일은 천패궁에 떠도는 죽음의 손에 대한 소문이 떠올랐다.

"묵, 묵룡혈수(墨龍血手)!"

강북의 천패궁 분타가 차례로 습격당하고 있음은 천패궁 내에서만
은밀히 떠도는 소문이었다. 분타를 습격하는 무리 중에 가장 많은 이
를 가장 잔인하게 죽인다고 소문이 난 주인공, 검은 장갑을 보면 죽게
된다는 그.

의령의 오른손이 어느새 왕일의 목을 틀어쥐고 있었다.

“너도 천패궁도겠지?”

“예…… 예…….”

“마차로 사람을 몇이나 죽여보았나?”

“그, 그…….”

“내 동생들도 너 같은 놈들에게 죽었지.”

의령은 왕일의 목을 우드득 꺾어버려 뒤로 내팽개쳤다.

의령의 단호한 손속을 지켜본 담척은 손에 든 여인을 내려놓고 두 손을 자연스레 내려뜨렸다.

담척의 눈에 숨길 수 없는 긴장이 떠돌았다. 의령의 살기가 점점 담척의 마음을 짓눌러 오고 있었다. 이미 감당할 수 없는 기세였다.

‘나로선 상대할 수 없는 고수다.’

“당신이…… 정말 묵룡혈수요?”

“그게 누군데?”

의령은 천패궁에서 자신을 무어라 부르는지 모르고 있었다. 상층부의 몇을 빼고는 묵룡혈수가 개봉의 그 심의령임을 천패궁에서도 모르고 있었다.

담척은 침을 삼켰다.

궁 내의 기밀을 발설할 수는 없는 노릇이었으나 자신의 목숨이 더 소중했다.

“그는…… 요 근래 강북의 천패궁 분타를 공격하는 무리 중에 가장…… 많은 천패궁도를 죽인 자요.”

“내가 맞는 것 같군.”

의령이 천천히 다가가자 담척은 자신의 특기인 발검술(拔劍術)을 발휘하여 땅 위에 쓰러져 있는 여인의 목에 검을 겨누었다.

“더, 더 이상 다가오면 죽이겠소.”

묵룡혈수임을 시인하는 의령의 말에 담척의 마지막 호기는 이미 땅속으로 숨었다. 그의 손에 분타주들도 버티지 못했음은 천패궁 내에서 은밀히 유명했다.

“그 여인은 누구지?”

의령이 멈추어 서서 물었다.

의령의 기세에 완전히 짓눌린 그는 터럭만큼의 희망을 좇아 주섬주섬 알고 있는 바를 털어놓았다.

“개봉에서 정심맹과 사흑련이 붙잡아 우리에게 넘긴 현무교의 간세입니다. 더 이상 알아낼 것이 없다고 해서 개봉 분타로 다시 이송 중이었습니다.”

“그래?”

의령이 한 발자국 더 다가서자 담척은 내려뜨린 검에 살짝 힘을 주려했다. 그로선 마지막으로 갖고 있는 수단으로 의령을 협박하려 한 것.

핑―!

낮은 소리와 함께 담척은 손목을 움켜쥐며 비명을 질렀다.

어느새 그의 손은 검과 함께 뒤쪽으로 날려가 잘린 손목에선 피가 쏟아지고 있었다. 의령이 지풍(指風)으로 날린 진(震)에 날아간 것이다.

“난 세상에서…….”

허공에 몸을 띄운 의령의 연환분각(連環分脚)이 번개처럼 날아 담척의 머리를 터뜨려 날려 보냈다.

“여자를 해치는 놈들을 제일 싫어해.”

땅에 내려선 의령은 쓰러져 있는 여인을 향해 몸을 굽혔다.

피를 뿜으며 싸늘히 식어가는 담척의 머리와 몸은 의령의 말을 들을 수 없었다.

'엄청난 고문을 받았나 보군. 몸이 만신창이야.'

맥(脈)을 짚던 의령은 여인이 개봉 연좌 때 잡힌 현무교의 간세라는 말이 떠올랐다.

'이 여인이 잡혀서 무림인들이 연좌를 떠나기 시작했지.'

"으응……."

'이런 몸으로도 의식이 있나?'

"소저, 정신이 드시오?"

의령은 여인의 흐트러진 머리카락을 쓸어 넘겼다.

왼쪽 얼굴이 퍼렇게 멍들어 오른쪽 얼굴의 두 배쯤이나 부풀어 있었다. 의령은 눈살을 깊숙이 찌푸렸다. 거듭된 구타가 아니면 이렇게 얼굴이 망가질 리 없었다.

여인의 눈빛은 멍하니 풀려 허공을 바라보고 있었다. 그에겐 무척 익숙한 눈빛. 한때는 그도 이랬었다.

'당신도 잊고 싶은 것이 있었나……?'

가슴 한구석이 아릿하게 저려왔다.

의령은 그나마 멀쩡해 보이는 오른쪽 얼굴이 어딘가 낯설지 않음을 발견했다.

고개를 갸웃거리다 의령은 마침내 여인을 알아보았다.

'연좌 도중, 미령이와 효령이에게 꽃을 주었던 그 기녀로군. 만월루의 기녀였는데…… 연좌에 열심히 참석하고 무대에서 가무(歌舞)도 공연했던. 이름이…… 고화(高華)였던가?'

뜻밖이었다. 비록 현무교의 간세라지만 함께 촛불을 들었던 사람.

의령에겐 왠지 남과 다른 친밀감과 안타까움이 느껴졌다.

'개봉으로 들어가야겠군.'

의령은 여인의 몸을 조심스레 안아 올리고 신형을 날렸다.

은밀한 움직임으로 개봉 최고의 번화가인 반루가(潘樓街)에 스며든 의령은 지붕에서 지붕을 건너뛰며 반루가의 뒤편 마행가(馬行街)의 골목길을 끼고 돌았다.

다섯 번 우측으로 꺾고 사 장을 지나 다섯 번 좌측으로 꺾자 진영에게 들었던 허름한 주점(酒店)이 눈에 들어왔다.

열어놓은 문앞에 앉아 꾸벅꾸벅 졸고 있는 중년 사내를 발견한 의령은 건너편의 지붕에 앉아 전음을 던졌다.

―광명(光明)!

중년 사내는 아무것도 듣지 못한 듯 두 손을 들어 기지개를 켜며 하품을 했다.

―천세(千歲)! 건너편의 골목길로 와주시오.

목을 두어 번 꺾은 사내는 부스스 일어나며 중얼거렸다.

"제엔장! 객(客)은 없고 오줌발만 서는구나."

길 건너 어둑어둑한 골목으로 들어간 사내는 괴춤을 풀며 시원하게 오줌을 내갈기기 시작했다.

"에혀, 이놈의 손님들은 다 어디로 간 거여?"

의령은 사내가 중얼거리는 것이 흑화(黑話)라는 것을 알아듣고 진영에게 들은 대로 계속 전음을 던졌다.

―북쪽으로 갔소.

"도대체 어디로들 지나다니는 건지, 제엔장!"

─대도(大道)의 한가운데를 지나가오.

"귀한 손님이라도 오려구 이러나?"

─열(十)의 양(羊)을 끌고 들어[內]올 거요.

진영과 연락을 취하는 남옥당의 성인 남(南)을 파자(破字)하자, 중년인의 눈이 흠칫 커졌다.

중년인은 괴춤을 추키더니 다시 기지개를 켜며 지붕을 향해 손으로 원을 그렸다.

의령은 끝까지 자연스럽게 행동하는 중년인에게 감탄했다.

─안채를 빌렸으면 하오. 부상자가 있소.

중년인이 고개를 끄덕이더니 주점 안으로 발걸음을 옮겼다. 의령은 신형을 날려 주점의 뒤편으로 날아 내렸다.

뒷문이 살짝 열리고 경계심을 늦추지 않는 중년인이 병장기를 갖춘 청년들과 서 있었다.

"교의 형제가 분명한가?"

의령은 품 안에 안겨 있는 고화를 바라보았다.

"나는 아니오만 이 여인은 당신들의 형제가 틀림없을 거요."

고화의 얼굴을 바라보던 청년들의 얼굴이 창백해졌다.

"남 소저!"

다가서려는 청년들을 제지하고 중년인이 긴장 어린 얼굴로 칼을 빼 들었다.

"너는 누군가? 한 번도 본 적이 없다. 천패궁도인가?"

중년인의 말을 들은 청년들이 좌우로 번개처럼 흩어지며 의령을 포위하고 주위를 살펴갔다.

"흑화를 확인하고도 의심하오? 내 신분이 이 사람보다 중요하오? 아주 위급한 상태요.”

“닥쳐랏! 정체를 밝히지 않는다면 살아남을 수 없을 것이다.”

의령은 고개를 젓다 등 뒤의 금아에게 속삭였다.

“금아, 내 죽립을 살짝 들어 저분에게 얼굴을 좀 보여주겠느냐?”

날개를 퍼득이며 의령의 어깨로 옮겨 앉은 금아는 부리로 의령의 죽립을 물어 살짝 들었다.

중년인의 입에서 앗 하는 탄성이 튀어나왔다.

“개봉에 계속 있었다면 내가 누군지 알 것이오. 이제 되었소?”

“시…….”

“죽립을 쓴 것은 이유가 있어서요.”

“아…… 알겠습니다. 안으로 드십시오.”

의아한 표정을 하고 있는 청년들을 뒤로하고 의령은 고화를 안고 조심스레 걸음을 옮겨 중년인을 뒤따랐다.

몇 굽이의 복잡한 복도를 지나 은밀한 내실에 접어든 의령은 침상 위에 고화를 눕혔다. 서둘러 고화의 상세를 살펴보던 중년인이 몸을 돌렸다.

“의…… 공자께서 어떻게 남 소저를……?”

중년인의 물음에 의령은 관도에서의 일을 간략히 설명했다. 중년인은 허리를 굽히고 거듭 감사의 인사를 표했다.

“정말 감사드립니다. 하늘이 도와 남 소저께서 저희에게 돌아오셨군요.”

“빨리 치료를 해주도록 하시오. 몸이 엉망…… 이오.”

“정말 감사합니다.”

“치하는 필요없소. 우연히 눈에 띄었을 뿐. 술이나 한잔 주셨으면 좋겠소."

"안채에서 드시겠습니까? 아니면……."

"주점으로 가겠소."

"알겠습니다. 안내하겠습니다."

중년인이 손뼉을 가볍게 치자 문밖에서 한 청년이 들어섰다.

"이분을 주점으로 안내해 드리고 원하시는 대로 드려라."

"알겠습니다."

의령은 금아를 손목에 앉히고 조용히 말을 건넸다.

"금아, 이 소저를 지켜보다 상세가 완쾌되면 내게로 오너라. 나를 찾을 수는 있겠지?"

후르르.

고개를 끄덕이는 금아의 부리를 몇 번 쓰다듬은 의령은 침상의 발치에 금아를 내려놓고 고화를 응시했다. 허공을 향한 고화의 멍한 시선을 잠시 바라보던 의령은 청년을 뒤따라 내실을 벗어났다.

의령이 사라지자 중년인은 참았던 눈물을 주르르 흘리며 고화의 얼굴을 쓰다듬었다.

"화아야, 다시는 못 볼 줄 알았구나. 이제야 남 장로님을 제대로 뵐 수 있겠다."

멍하게 자신을 바라보는 고화의 얼굴은 흐릿하니 초점이 없었다.

"미안하다. 남 장로님의 엄한 명령 때문에 널 구하러 갈 수가 없었다. 내가 널 반드시 원래대로 고쳐 주마. 아무 걱정 말아라."

중년인의 입에서 가벼운 탄식이 새어 나왔다.

청년을 따라 뒷문을 나와 다시 정문으로 주점에 들어선 의령은 검박하며 단순한 주점의 분위기가 마음에 들었다. 너덧 명가량 앉아 있는 고졸한 분위기도.

의령은 문이 보이는 구석에 앉아 가장 독한 술과 간단하면서 담백한 안주를 청했다.

술과 안주가 탁자에 나오자 의령은 술병을 잡고 목에 부었다.

시원히 넘어가는 산서의 독한 분주(汾酒)는 피에 전 의령의 가슴을 촉촉이 적셔주었다.

고화의 텅 빈 눈빛이 생각났다. 그 공허함이 마음에 와 닿았다.

고개를 흔들어 생각을 떨친 의령이 간단한 산채 안주를 집어 들 때였다.

"형장은 술을 먹을 줄 아는군."

죽립의 밑으로 바라보니 왼팔 소매가 헐렁한 마른 사내였다. 영준한 얼굴에 꺼칠한 수염, 잔뜩 끼인 우수(憂愁)가 왠지 우울해 보이는.

의령의 허락도 받지 않고 털썩 맞은편에 앉은 사내는 자신의 술병을 들어 목구멍에 부었다. 남은 술이 없어 몇 방울 떨어지지 않자 사내는 입맛을 다셨다.

주점의 가운데 탁자에 앉아 술을 먹던 세 명의 주객(酒客)들이 대소(大笑)를 터뜨렸다.

"와하핫! 독비(獨臂), 또 공짜 술 먹으려고 그러나?"

"이보게, 처음 보는 친구. 그거 독비가 술 얻어먹는 수법이라네."

독비라 불린 사내는 얼굴을 찌푸렸다.

"젠장."

일어서려는 사내를 의령이 붙들었다.

"드시려오?"

의령이 술잔 가득 분주를 따라주자 사내는 고맙다는 말도 없이 단숨
에 비웠다. 목젖이 꿈틀거리는 것이 참으로 시원해 보였다.

의령은 점소이를 불러 분주 두 병을 더 청했다. 잠시 독비를 바라보
며 눈살을 찌푸리던 점소이는 곧 두말없이 술을 내왔다.

의령이 아무 말 없이 자신의 술병을 목에 붓자 마주 앉은 외팔이 사
내도 술병을 들어 부었다.

어처구니없어하며 의령을 바라보던 세 명의 주객은 고개를 설레설
레 젓다 다시 그들끼리 술을 마시기 시작했다.

시간이 흐르고 의령의 탁자에는 빈 술병이 수북하게 쌓였다 치워지
기를 반복했다.

어느덧 주점에는 의령과 독비라는 사내밖에 없었다.

의령은 가벼운 취기(醉氣)를 느끼기 시작했다.

사내는 그보다 술이 센 듯했다. 익숙해 보인달까.

잠시 사내의 부스스한 얼굴을 바라보던 의령은 다시 술을 털어 넣었
다.

독비란 사내가 문득 말을 던졌다.

"형장은 내 이름을 안 물어보시오?"

"내가 그래야 하오?"

사내의 얼굴에 하얀 선이 그어졌다. 그러나 금세 사라졌다.

"내게 술을 사준 인간들은 꼬치꼬치 내 인생사(人生事)를 알려고 하
오. 그들에겐 안주로 씹을 이야기가 필요한 거지. 난 그들을 위해 아주
많은 흥미진진한 인생 역정을 여러 개 준비해 두고 있소."

의령의 얼굴에 빙긋 웃음이 떠올랐다.

"나는 술을 배운 지 얼마 아니 되었소. 여태 이렇게 많은 술을 한꺼

번에 먹는 것도 처음이오. 모르는 사람과 먹는 것도 처음이오. 당신이
준비한 이야기에는 별로 흥미가 없소이다.”

독비의 얼굴에도 웃음이 떠올랐다.

“잔뜩 무게를 잡더니 술에는 초짜였구려. 초보치고는 아주 대단한
소질이오.”

“내가 소질이 있소?”

“물론이오. 당신은 내 좋은 술친구가 될 소질을 타고난 듯하오.”

의령의 입에서 맑은 웃음이 터져 나왔다. 그에겐 아주 오랜만의 흔
쾌한 웃음이었다.

“친구라……”

“형장은 친구가 있소?”

의령은 어린 시절을 잠깐 떠올렸다. 항상 고아라 놀리던 또래들. 여
동생들을 괴롭히던 그들은 그에겐 적일 뿐이었다. 그에겐 또래의 친구
가 없었다.

“형제는 있지만, 친구는 없소.”

독비는 크게 고개를 끄덕이며 술병을 목에 부었다. 그의 목젖을 타
고 조금씩 술이 흘러내렸다.

“커―! 재밌구려. 나도 친구가 없소이다.”

“당신도?”

“그렇소.”

마주 보는 의령과 독비의 얼굴에 빙긋 웃음이 떠올랐다.

“그럼 우리 술친구합시다.”

“그럼 우리 친구합시다.”

독비가 섭섭하다는 듯 술을 들이켰다.

"형장은 날 술친구로밖에 생각지 않는 거요?"

의령은 얼굴을 굳히더니 서서히 죽립을 벗었다. 술기운이 섞인 그의 얼굴엔 취기와 함께 진지함이 떠올라 있었다.

"생각보다 좀 어리구려."

"친구가 되는 데 나이도 필요하오?"

"진짜 친구는 아무것도 필요 없지."

"내 이름은 심의령이오."

의령의 얼굴을 쳐다보는 독비의 눈이 잠시 흔들렸다.

"형장이 개봉 연좌를 이끌었던 그 천추노호(千秋怒虎) 심의령이오?"

"친구로 부족하오?"

독비는 단숨에 남은 술을 다 마시고 얼굴을 굳혔다.

"친구는 그런 걸 따지지 않소."

"그럼 친구의 이름은 뭐요?"

"나는…… 단엽(但葉)이오."

의령은 씨익 미소를 짓고 다시 새 술병을 들어 마시기 시작했다.

단엽도 아무 말 없이 술잔을 비웠다.

어느덧 새벽이 밝아오고 있었다.

단엽은 다시 죽립을 눌러쓴 의령을 보며 물었다. 단엽의 혀는 살짝 꼬여 있었다.

"친구, 그런데 친구는 왜 이 시간에 여기서 술을 먹고 있나?"

"내가 여기에 있으면 안 되나?"

"자넨 원한을 갚을 생각이 없나?"

의령의 얼굴이 딱딱하게 굳었다.

"언제나 그 생각뿐이네."

단엽은 고개를 갸웃거렸다.

"알 수 없군. 이무력이 다시 이곳 지부(知府)로 부임한다 들었네. 지금쯤은 기현(杞縣)을 지났겠군."

"이리로 오고 있다는 것인가?"

"그렇네. 개봉에는 지금 그 소문이 파다하다네. 혹시……."

"몰랐네."

의령은 벌떡 몸을 일으켰다. 잠시 기우뚱하던 몸을 바로 세운 의령은 품속에서 은자 한 냥을 꺼내 탁자에 놓았다.

"자네가 지불해 주게."

"이건 너무 많아."

"남은 건 나 대신 마셔주게."

"가려나?"

"가야지."

단엽은 의령의 소매를 슬며시 잡았다.

"언제 또 볼 수 있겠나?"

"살아 있으면."

단엽은 슬며시 한숨을 지었다.

"살 이유가 하나 생겼군."

의령은 빙긋 미소를 지었다.

"알려주어 고맙네. 큰 선물을 받았군."

"조심…… 하게."

"자네도."

마지막 말을 끝으로 의령의 신형은 팟 하고 그 자리에서 사라졌다.

의령이 있던 빈자리를 보던 단엽은 다시 술병을 목구멍에 틀어박았다.

"내게…… 친구가 생긴 날이군."

단엽의 머리가 탁자에 처박혔다.

실눈을 뜨고 꾸벅꾸벅 졸던 주점의 점소이가 슬며시 몸을 일으켜 내실로 발걸음을 옮겼다.

3

마차 안의 푹신한 의자에 몸을 실은 이무력의 얼굴은 몰라보게 달라져 있었다.

피둥피둥 살이 올라 그의 얼굴은 부풀어 터질 듯했다.

아이의 손가락처럼 통통히 살찐 손가락. 족히 세 배는 살이 찐 듯한 이무력의 잘 보이지도 않는 눈동자는 연신 좌우로 바삐 움직였다.

이무력은 자신의 앞에 앉아 있는 비쩍 마른 노인에게 불안한 목소리로 물었다.

"노사(老師), 정말 아무 일 없겠지요?"

도끼로 찍어 내린 듯 반듯한 이마를 갖고 있는 노인은 짜증스러운 듯 얼굴을 찌푸렸다. 노인의 검은 얼굴이 무섭게 찡그려졌다.

"그만 좀 물어보게. 도대체 하루에 몇 번을 물어야 속이 시원하겠나!"

"그…… 그러니까, 아무 일도……."

"허어……."

한숨을 토해낸 노인은 고개를 절레절레 저었다.

"그래. 자네의 안전은 우리가 보장한다 했지 않나? 아무 염려 말게."

그제야 안심한 듯 이무력이 고개를 주억거렸다.

"허…… 자네 같은 인재가 어찌 이렇게 되었는가. 쯧쯧."

이무력은 대답없이 양손을 가슴 앞으로 끌어 모아 엄지와 검지를 교차하며 계속 손장난을 하고 있었다.

노인은 아이처럼 계속 손장난을 하는 이무력을 쳐다보다 눈을 내리감았다.

'계획대로 된다면 오늘이나 내일, 개봉에 입성하기 전과 그 후가 가장 위험할 터.'

그들이 조홍을 죽였다는 말을 듣고 나서 그는 곧바로 이 출정을 허락했다.

'오랜만에 제대로 손맛을 볼 수 있으려나.'

문득 어디선가 은은한 주향(酒香)이 그의 코를 찔렀다.

'왔다!

마차의 지붕 위에서 아무 기척도 없이 날카로운 도첨(刀尖)이 솟아나 섬전같이 지붕을 꿰뚫어왔다.

노인은 쌍장(雙掌)을 뒤집어 그의 성명절기(盛名絶技) 혈리파(血離破)를 내뿜었다. 지붕을 뚫고 들어오던 도첨과 함께 마차의 지붕이 통째로 날아갔다.

"아악!"

겁에 질린 이무력이 바닥에 고개를 처박고 벌벌 떨었다.

측은한 눈초리로 이무력을 힐끗 바라본 노인은 신형을 뽑아 부서진 마차의 지붕 위에 올라섰다.

사면을 둘러보니 마차가 지나온 바로 뒤에 커다란 바위가 우뚝 솟아 있는 것이 보였다.

'저곳에서 뛰어내렸나 보군.'

어느새 멈춘 마차의 삼 장 앞, 널찍한 초지(草地)에 엄밀히 포위된 죽립을 쓴 흑의인이 보였다.

그의 손에 들린 쌍수도를 바라보며 노인은 입을 열었다.

"혼자인가?"

의령은 고개를 끄덕이다 입을 열었다.

"어떻게 알았소?"

"나이도 얼마 안 되는 것 같은데 대단하군. 나도 아무 전조(前兆)를 느끼지 못했다네. 다만……."

의령이 묵묵히 서 있자 노인은 재미가 없는 듯 혀를 차며 말을 이었다.

"은은히 술 냄새가 나더군. 분주(汾酒)겠지?"

의령은 고개를 끄덕였다.

"그래서 알았군."

"술의 힘을 빌릴 정도로 겁이 났나? 그렇다면 실망인데?"

죽립 아래로 보이는 의령의 턱 선이 하얗게 벌어졌다.

"역시 나이를 먹는다는 건 슬픈 일이오."

"자네 정도 나이로 그런 말을 하는 것은 건방진 걸세."

"노인네가 되면 그렇게 냄새만 잘 맡고 말은 많아지오?"

노인의 얼굴이 싸늘하게 굳었다.

"자네 칼도 혀처럼 날카로우면 좋겠구먼."

"곧 직접 겪게 될 거요."

"그들을 먼저 뚫어보게나. 자네 한 명뿐이라 너무 버겁겠지만 그 특별한 입을 생각해서 명부전 이십팔도객(二十八刀客)의 칼을 모두 받는 영광을 주지. 우리는 이십팔명부진(二十八冥府陣)이라 부르네."

의령이 여전히 빙긋 웃고 있자 노인은 곧 손가락을 퉁겼다.

자욱한 먼지가 일어나며 스물여덟의 도객들이 의령을 둘러싸고 휘돌기 시작했다.

의령은 웃음을 거두었다.

상대의 심기(心氣)를 흐리며 기회를 엿보았지만 그를 포위한 스물여덟의 칼은 조금의 미동도 없었다.

'하나하나 모두 얕잡아 볼 수 없는 자들이다.'

그의 주위를 도는 도객들의 신형이 점점 빨라져 갔다. 삼 척(三尺) 간격으로 떨어져 도는 도객들의 눈은 모두 의령을 꿰뚫을 듯 노려보고 있었다. 쉰여섯의 살기에 찬 눈동자가 의령의 전신을 관통할 듯 휘돌았다.

양손에 쌍수도를 움켜쥔 의령의 검은 손이 자연스레 지면을 향했다.

슈파앗―!

챙챙!

일곱 자루의 칼이 의령의 전신을 노리고 쏟아졌다. 가볍게 쌍수도를 흔들어 일곱 자루의 칼이 뿜어내는 도기(刀氣)를 퉁겨낸 의령의 팔이 부르르 떨렸다.

'모두가 도기를 뿜어낼 정도의 고수들이란 것인가.'

파르스름하게 도신(刀身)에 맺혀 있는 기운을 보며 의령은 질끈 이를 깨물었다.

처음의 공격은 인사였는 듯 곧 쉴 틈 없이 스물여덟의 칼이 돌아가며 의령의 몸에 내리꽂혔다.

회전력이 더해져 그들의 칼이 내뿜는 기세는 점점 강렬해지고 날카로워졌다. 신법을 이용해 피하려 했지만 덮쳐 오는 칼의 무게 때문에 움직이며 맞받을 수가 없었다. 의령의 몸에 하나둘 칼자국이 나 핏줄기가 튀어 오르기 시작했다.

의령의 몸은 제자리에 멈추어 선 채 발목까지 땅을 파고들어 갔다. 가중되는 압박감에 의령의 몸이 가늘게 진동했다.

'일곱 명씩 네 조로 나뉘어 공격하는 것이 기본이다. 칼을 나눔은 칠성(七星)의 방위를 따르고 있어. 사상(四象)에 팔괘(八卦)의 변화를 덧씌웠다.'

의령의 입에서도 가는 핏줄기가 솟구쳤다. 내부가 진동해 내상(內傷)을 입은 것. 더 이상 버틸 수 없었다.

'내가 아는 간단한 도법(刀法)으로는 저 진(陣)을 깨뜨릴 수 없어.'

그렇다고 지금 상황에서 도를 버리는 것은 바보 같은 짓이다. 묵룡만으로 쏟아져 내리는 칼의 날카로움을 모두 막기엔 역부족이었다.

'빌어먹을……!'

위기의 순간, 무기는 결국 손의 연장이라던 유성혼의 말이 불현듯 떠올랐다.

'되든 안 되든……!'

땅속에 묻혔던 의령의 발이 지면으로 솟구쳐 오르며 팽이처럼 의령의 몸이 회전하기 시작했다.

마차 위에서 지켜보던 노인의 입에 비릿한 미소가 스쳤다.

"마지막 발악인가?"

회전하던 의령의 몸이 먹이를 낚는 매처럼 쏘아져 감(坎)의 변화가 일어나려는 진(陣)의 축을 향해 돌진했다. 의령의 쌍수도에서 팔괘산 초 중 리(離)가 불을 뿜었다.

“엇?”

관전하던 노인이 흠칫하는 사이, 진의 한 축에서 폭발하듯 날카로운 도세가 황금빛 불꽃을 터뜨리며 휘몰아쳤다. 의령의 향해 내뿜어진 스물여덟의 칼이 튕겨지듯 날아올랐다.

꽈— 광!

전차(戰車)의 수레바퀴처럼 맹렬히 회전하던 진(陣)의 움직임이 멈추었다.

스물여덟 도객의 얼굴에는 희미한 놀라움이 짙게 드리워져 있었다. 궁주인 척무절이라 할지라도 진(陣)을 이용하면 상대할 만하다고 생각했던 그들로서는 엄청난 충격.

이십팔명부진의 가운데로 다시 밀려난 의령의 몸은 휘청이고 있었다. 온 힘을 다했지만 진의 움직임을 멈추고 약간의 내상을 입히는 데 그친 것이다. 단 한 명도 베지 못했다.

“아쉽군. 도가 아니라 검(劍)이었다면 다른 결과가 가능했을 텐데…….”

노인이 혀를 차더니 다시 손가락을 튕겼다.

명부전 도객들이 휘청이는 의령을 가운데에 두고 다시 회전하려 할 때, 돌연 하늘을 찢는 호곡성이 허공에 울려 퍼졌다.

끼이이이이야아아악—!

『위령촉루』 4권에 계속…